德國女孩

THE GERMAN GIRL

著 阿曼多・盧卡斯・科雷亞
Armando Lucas Correa
譯 簡萓靚

獻給我的孩子，艾瑪、安娜與盧卡斯。

獻給一九三九年於漢堡港登上聖路易斯號的安娜・瑪莉雅・卡曼・高登、茱蒂絲・庫柏・史蒂爾與赫伯特・加林那，當年他們與我的孩子同歲。

目次

你們是我的見證人。

以賽亞書 43:10—11

回憶是你不想再記得的事。

瓊・迪迪安

第一部

漢娜與安娜

柏林—紐約

漢娜

柏林，一九三九年

決定殺死父母那時，我正快滿十二歲。

心意已決。我會爬上床，等到他們睡著。這不難分辨，因爲爸睡前總會先鎖上笨重的雙層大窗，拉上厚厚的銅綠色窗簾。當時所謂的晚餐，不過就是一碗寡然無味的滾燙熱湯。每晚飯後，他會重複那句話——

「做什麼都沒用。一切都完了，我們得離開。」

接著媽就會開始尖聲吼叫，數落爸的不是。她會來回踱步，踏遍樓房各處。那是她位於這座沉淪城市中心的小小堡壘，更是那四個多月間，她唯一認識的地方。她會不斷走動，直到筋疲力盡爲止。最後她會抱住爸，孱弱的呻吟終於止息。

我會等個幾小時，他們不會反抗的，爸早就放棄了，只想一走了之。媽比較棘手一些，但她吃那麼多的安眠藥，很快就會睡著，深陷在她濃濃的茉莉花與天竺葵精油香味中。她雖然藥吃得越來越多，半夜仍會驚醒哭泣，我每每衝去看發生什麼事，卻只能透過半掩的門縫，瞧見媽倒在爸懷中，激動不已，就像個從可怕夢魘中驚醒的小女孩般慌張，差別只在於，對她來說，醒來的世界才是夢魘。

再也沒人聽得見我的哭聲，沒人在意。爸說我很堅強，無論遇上什麼都能活得好好的。但媽就不是了，痛苦啃噬著她，她是個孩子，困在日光再也照不進的房裡。四個月來，自從那座城市滿地遍布碎玻璃，空氣中瀰漫著槍火金屬焦味、煙霧繚繞後，她便夜夜啜泣。他們開始計畫逃離，並決定拋棄伴我出生成長的房子，還禁止我上學，那裡沒人歡迎我。後來爸給了我第二台相機。

「這樣你就能像阿麗雅德妮一樣，留下一條線，指引迷宮出口。」他悄悄地說。

我暗自謀略，擺脫他們才是上策。

我想過把阿斯匹靈稀釋加到爸的食物裡，或偷走媽的安眠藥——如果沒藥吃，她撐不過一週。唯一的困難，是要解答我的疑問：要加多少阿斯匹靈，才能引發致命潰瘍與內出血？媽不睡到底還能活多久？任何見血的方法都不考慮，我受不了看到血，看來最好的方法是窒息死，用顆大羽毛枕把他們悶死。媽表達得很明確，她的夢想就是某天睡夢間，死亡突然來訪。她總直直盯著我說：「我受不了道別。」如果我沒注意聽她說話，她會用僅剩的一點力氣，緊緊掐進我的手臂。

某晚睡到一半，我突然抽動驚醒，以為自己已經動手了。我能看見爸媽已無生息的軀體，卻連一滴眼淚也掉不下。現在再也沒人能逼我搬到哪個骯髒的社區去，或放棄我的藏書、照片、相機，天天擔心自己可能被親生父母毒死。

我開始顫抖。「爸！」我大叫，卻沒人回應。「媽！」回不去了。這下我成了什麼了？怎能淪喪至此？屍體要怎麼處理？要多久才會開始分解？

大家會以爲他們是自殺。沒人會起疑。他們那時已經受苦四個月了。大家會當我是孤兒，我當自己是殺人犯。這罪行在字典裡有個名字，我查過，是一個很糟的詞，光是唸出來就讓人打冷顫。弒親。我試著再唸一遍，但我做不到。我是殺人犯。

我的罪刑、我的罪惡、我的痛苦，一切都很明確。而我那對正計畫擺脫我的父母呢？殺死自己孩子的人叫什麼？是罪無可赦至極，以致字典裡也找不到詞形容嗎？這表示他們能輕鬆脫罪，而我卻得承擔死亡的重擔，以及那個令人反胃的名字。你能殺死爸媽、殺死兄弟姊妹，但不能殺死自己的孩子。

我在房裡徘徊，在不久後再也不是家的地方，這間房是顯得如此狹窄陰暗。我抬頭望向高不可及的天花板，走向大廳，沿途牆上掛滿的照片，展示著一個正逐漸消失的家族。爸書房裡有盞雪白色燈罩的檯燈，燈光透出走廊，我在廊裡迷失了方向，寸步難行，怔怔望著金黃色的燈光爬上自己蒼白的雙手。

沒碰過，也永遠不碰。闔上眼，我心裡有數，不久即將登上大型郵輪，從港口出發，離開我們從來不屬於的國家。

◇

房子的味道令人難受。一年中此時分僅存的一點日光，也被青苔色絲綢牆面吞噬殆盡，我無法理解媽如何能在這夾縫中過日子。那是囚禁的味道。

來日已不多，我知道，我感覺得到。我們不會在柏林度過這個夏天了。媽在衣櫥裡放了樟腦丸，試圖保存她的世界，刺鼻味道瀰漫樓房四處。我不了解她到底想保護什麼，反正我們無論如何是要失去一切了。

「你身上的味道和格羅斯漢堡大街上的老太太一模一樣。」李奧揶揄我。李奧是我唯一的朋友，只有他能正面看著我而不會想吐我口水。

柏林的春天又濕又冷，但爸出門老是不帶外套。那些日子裡，他從不等電梯，一出門就直接走下樓，樓板隨著他的步伐嘎吱作響。不過他們不准我走樓梯。他走樓梯不是因爲趕時間，而是不想遇上這棟樓裡的其他人。下面樓層住了五個家庭，全等著我們走。這些人昔日曾是朋友，如今再也不友善。他們曾經對爸滿懷感激，或對著媽與媽的友人打勤獻趣，誇讚她們品味高雅、請教她怎麼織個亮色手提包，搭配自己新潮的鞋子，如今遇見我們卻一臉鄙夷，隨時可能口出惡言。

媽又一整天沒出門。一早起床，她會扣上紅寶石耳環，梳順一頭濃密耀眼的秀髮，從前她到阿德隆飯店茶廳與朋友聚會，濃密秀髮總引來全場妒羨。爸都叫她女神，因爲劇院讓她十分著迷，也是她與外在世界的唯一連結。每次正牌銀幕「女神」——葛麗泰・嘉寶一有新作，她絕對不會錯過，一定在首映日往皇宮劇場報到。

「她比誰都還有德國味」，每提到女神嘉寶，她都要堅稱一遍，雖然嘉寶分明是瑞典人。不過當時的黑白電影沒有台詞，所以沒人在意影星到底在哪出生。

是我們發掘了她，知道她定能傾倒眾生。我們比任何人還早先一步欣賞她的美；好萊塢因此才注意到她。而且她初次獻聲幕前，就說得一口完美德文：「威士忌——aber nicht zu knapp（別太吝嗇）！」

有時從劇院回到家，媽仍然熱淚盈眶。她說：「我愛悲劇結局——電影裡的悲劇。喜劇不適合我。」

她會倒向爸的臂膀裡，舉手齊眉，另一手拉起滑順修長的絲裙一角，仰頭說起法語。「亞芒，亞芒啊……」她反覆呢喃，帶著濃濃口音，就像嘉寶女神一樣。

爸則回叫：「我的卡蜜兒」。

她會接著用法語回答：「Espère, mon ami, et sois bien certain d'une chose, c'est que, quoi qu'il arrive, ta Marguerite te restera.（希望，我的朋友，有件事你能肯定，那就是無

論如何，你的瑪格麗特都不會離開你。）」說完開懷大笑。「大仲馬用德文念起來眞是難聽，可不是嗎？」

但媽現在哪兒也不去了。

「到處都是破窗」是她一貫的藉口，去年十一月，大屠殺發生後，爸也失業了，媽再也足不出戶。爸在大學裡自己的辦公室內被捕，送到歌羅曼街上的警局關起，切斷所有對外聯繫，我們從來沒搞懂罪名是什麼。爸和李奧的爸爸——馬丁先生——同住一間無窗牢房，兩人日夜共處，這讓媽更加擔心，彷彿他們正謀畫一場她準備不及的逃亡計畫似的。恐懼困住她，使她走不出自己的堡壘。她總是活在痛苦中。從前她還會去凱瑟霍夫飯店裡的高雅沙龍晃晃，那兒離家僅僅幾個街區，但最後終究被那群自視純潔、蹭恨我們的人給佔據，李奧都叫他們「食人魔」。

從前她會吹噓柏林的好，若到巴黎購物，她只住麗池飯店；若是跟隨爸到維也納演講或聽音樂會，就住帝國飯店。

「但我們有阿德隆飯店，還有菩提樹下大街的大飯店。女神嘉寶住過那裡，還上了大銀幕，成爲後世不朽的存在。」

那些日子裡，她會望向窗外，試圖理解一切究竟怎麼發生的。那些快樂的日子成了什麼？她被判了什麼刑？爲什麼？她覺得自己在爲他人償罪：爲她的爸媽、祖父母，爲百年來她世世代代的所有祖先償罪。

「我是德國人，漢娜。我來自史特勞斯家族。阿爾瑪・史特勞斯。難道這樣還不夠嗎，漢娜？」她用德文對我說，接著又用西文說一次，然後英文，最後是法文。彷彿有人聽她說話，彷彿要用四個她流利掌握的語言，清楚明白地各自傳達一遍。

那天我和李奧約好要一起出門拍照。我們每天下午都在哈克雪市場附近的「傅肯赫斯特夫人」咖啡館碰面。老闆娘每次看到我們，都會笑著叫我們「小混混」。我們聽了也開心。如果哪個人遲到，先到的人得點杯熱巧克力。有時我們約在亞歷山大廣場站附近的咖啡店，店裡架上擺滿用銀色錫紙包裝的甜點。如果李奧急著見我，就在我家附近的新聞小報攤等我，以免遇上任何鄰居，雖然這些人是我家的房客，卻總刻意避開我們。

爲了不違抗大人命令，我避開鋪了地毯、如今灰塵越積越厚的樓梯，選擇坐電梯下樓。電梯在三樓停下。

「豪夫麥斯特太太，您好。」我說，並給了女兒格蕾特一個微笑，我們以前是玩伴。格蕾特漂亮的白色小狗不久前剛過世，心情很低落。我爲她感到難過。

我們同齡，但我比她高得多。她低下頭。豪夫麥斯特太太竟然對她說：「我們走樓梯。他們到底什麼時候才要走啊？害我們日子這麼難過……」

彷彿我聽不到似的，彷彿電梯裡站著的只是我的影子，彷彿我不存在一樣。那正是她想要的：我不存在。

我們的樓裡住了迪特瑪、哈特曼、布勞爾以及舒爾茲家族。我們出租樓房給他們住。打從媽出生前，這棟樓就歸她們家族所有。該離開的是他們。他們不屬於這裡，我們才是。我們比他們更德國。

電梯門關起，開始下降，我還能看見格蕾特的腳。

「骯髒。」我聽見一句。

我沒聽錯吧？我們做了什麼得忍受這種待遇？我們犯罪了嗎？我才不骯髒。我不要別人覺得我髒。出電梯後，我躲在樓梯下面，以免再撞上她們。我看到她們走出樓外。格蕾特還是低著頭。也許是想道歉，她轉頭往後搜尋我的身影，但她媽媽推著她向前。

「你看什麼？」她大吼。

我大聲跑上樓，邊跑邊哭。是的，我又氣又無力，哭自己沒能告訴豪夫麥斯特太太她比我髒多了。只要我們想，就能叫她滾蛋，這棟樓是我們的。我想撞牆，想摔碎爸給我的昂貴相機。我跑進家門，媽一頭霧水，不懂爲何我那麼生氣。

「漢娜、漢娜！」她高聲叫我，但我選擇不理她。

我跑進冰冷的浴室，甩上門，轉開淋浴水龍頭。我哭個不停，想停下，卻完全做不到。我一件衣服也沒脫，穿著鞋子爬進潔白的浴缸裡。媽持續呼喚，最後終於留我一個人清靜。耳裡聽得到的只剩蒸騰熱水的奔瀉怒號，我任由熱水扎進眼裡，直到雙眼刺痛，任其灌進耳朵、鼻子、嘴巴裡。

我動手脫去衣鞋，它們因爲沾了水、更因承受我的骯髒而顯得沉甸。抹上肥皀，倒了媽那刺激皮膚的沐浴鹽，我抓起白色浴巾猛搓身體，除去任何一丁點不純潔的痕跡。我搓得皮膚發紅，彷彿要脫皮似的。我把水轉得更燙，直到受不了爲止。沖完澡後，我癱軟在黑白相間的冰冷磁磚上。

幸好，眼淚已流乾了。我擦乾身體，用力搓揉我不想要、刻意施以高溫只求趕快脫落的皮膚。熱氣蒸騰中，我站在鏡子前，仔細檢查身上每一個毛孔：臉上的、手上的、腳上的、耳裡的，一處也不放過，想看看還有沒有任何一絲不純潔的痕跡。我倒想知道，這下誰才骯髒。

我蜷縮在角落，縮瑟顫抖著，感覺自己只是塊肉與骨。這是我唯一的藏身之處。我知道，無論我多麼用力沖洗燒燙皮膚、剪去頭髮、挖出眼珠弄瞎自己；無論我如何改變穿著與談吐，或換個名字，最終，他們仍然視我爲不純潔。

也許我該去敲敲尊敬的豪夫麥斯特太太家門，請她看清楚我的皮膚上並沒有丁點污痕，沒有必要不讓格蕾特靠近我，我不是她孩子的壞朋友，她那金髮、完美、無懈可擊與我無異的孩子。

回到房間，我穿上一身白色與粉色裝扮，那是我在衣櫥裡能找到最純潔的顏色。我去找媽，抱了抱她，因爲我知道她懂我；雖然她選擇留在家裡並因此不必面對任何人。她在自己的房間裡爲自己築起一座堡壘，由樓房厚實的圓柱，以及大樓的龐大石磚與雙層窗戶守護著。

我得快點。李奧一定已經到車站、四處衝竄閃避趕著搭車的人群。

至少我知道，在他眼中，我是純潔的。

安娜　紐約，二〇一四年

爸消失的那天，媽已懷了我。才三個月。她有機會把孩子拿掉，但沒動手。她從沒放棄爸有天會回來的希望，甚至在收到死亡證明後仍然如此相信。

「給我些證據，一點他的 DNA 什麼的，我們再來談。」她總是這樣對他們說。也許對她來說，爸在某些方面仍然是個陌生人——神祕、獨來獨往、鮮少開口——她認為他可能在任何一刻再次現身。

爸離開時，不知道我的到來。

「如果當時他知道自己要有女兒了，現在就會和我們在一起。」從我有印象以來，每年九月，媽都這麼堅稱。

爸再也不回來的那天，媽正要在我們寬敞的餐廳裡準備兩人晚餐，從窗戶望出去，能看到籠罩金黃路燈的向陽公園。她正打算告訴他好消息。那晚，她還是把餐具擺好，因為她拒絕相信他可能不在了。她從來沒能打開那瓶紅酒，碗盤在白色的餐巾上擱了好幾天，食物通通進了垃圾桶。那晚，她空著肚子爬上床，沒有哭泣，徹夜未闔眼。

她垂著目光告訴我這些事：如果她能作主，碗盤酒瓶至今會依然擺在桌上——搞不好還一併留著腐爛乾癟的食物，誰知道。

「他會回來。」她總堅持。

他們討論過要生孩子。那是件遙遠的可能事件、一個長期計畫、一個未曾放棄的夢想。兩個人都確定的是，如果有天真有孩子了，是男生就叫馬克思，是女生就叫安娜。那是爸對她的唯一要求。

「這是我欠家族的。」他這麼告訴她。

他們在一起五年，但她從來沒能讓他開口說起自己在古巴的日子或他的家人。

「他們都死了。」他只會這麼說。

即便過了這麼多年，媽仍然對此十分介意。

「你爸爸是個謎。但他是我這輩子最愛的謎。」

她試著透過解開這道謎，來讓自己放下。尋找答案就是她的磨難。

我收著他的銀色數位小相機。一開始，我瀏覽了他留在記憶卡裡的照片，看了好幾個小時。裡頭一張媽的照片也沒有。何必呢？反正她總是在他身邊。所有照片的拍攝角度都一樣，都是在客廳外狹小的陽台上拍的。太陽升起的照片。雨天、晴天、天色昏暗、天色霧濛、橘色的天空、紫羅蘭色的天空。白雪籠罩萬物的潔白天色。全都與太陽有關。建築物林立，隱沒了地平線的哈林區清晨。吐著白煙的煙囪、包夾在兩座島間的東河。一再反覆，盡是太陽——金黃、宏偉、有時看似溫暖、有時冰冷——全部都是從我們的雙層玻璃門向外望出去的景色。

媽說人生是一幅拼圖。她起床，試著找到對的那塊，試過各種組合，想拼出她的那張遙遠景物圖。我的人生則在拆解拼圖，找出我究竟從哪來。我把爸相機裡的照片印出來，製作屬於我的拼圖。

自從我得知爸到底發生了什麼事開始，媽知道我能保護自己，便把自己關進房間內，從此由我照顧她。房間變成了她的庇護，向著內庭院的那扇窗總是關著。我總在睡夢中，看到她睡前吃過那瓶藥後快速入眠，陷入灰色床單與枕頭的團團包圍中。她說那些藥能緩和痛苦，讓她昏睡。有時我會禱告——近乎無聲地禱告，連我自己都聽不到、記不得，祈禱她能持續長眠，身上苦痛永遠不再。我受不了看她受苦。

每天上學前，我會端一杯黑咖啡給她，不加糖。到了傍晚，她像幽靈一樣坐下來與我一起吃晚餐，我編造些班上趣聞。她聆聽，湯匙舉到嘴邊，對著我微笑，表達她感激我還在這陪著她，感激我為她做了熱湯，那些她總是出於義務而嚥下的熱湯。

我知道她可能隨時會消失。到時我該何去何從？

每天下午，學校巴士抵達公寓外放我下車後，我做的第一件事，就是收信。之後，準備兩人晚餐，把功課寫完，看看有沒有什麼帳單要付，有就轉交給媽。

今天我們收到了一個黃、白、紅條紋相間的大信封袋，上面寫著大大的紅色警告標語：請勿凹折。是從加拿大寄來的信，收件人是媽。我把信封袋擱在餐桌上，回到房間躺上床，讀起在學校拿到的書。幾個小時候，想起我還沒打開信封袋。

我敲了敲媽的房門。這麼晚？她一定在想。她在裝睡。一陣沉默。我繼續敲門。

夜晚對她來說是神聖的時間：她試著入睡，重回再也無法擁有的生活，想著若能躲過命運、或乾脆一筆勾銷，則她的生活將是如何。

「今天有個包裹。我覺得我們應該要一起打開。」我說，但沒有回應。

我待在門邊，然後輕輕開門，以免打擾到她。燈關著。她在打盹，身體彷彿沒有重量一般地迷失在床墊中。我檢查她是否還有呼吸、還在這個世界上。

「不能等到明天嗎？」她喃喃低語，但我不肯退讓。

她閉上眼睛、再張開，轉頭看向站在門口的我，背後大廳燈光通明——她習慣黑暗了，突來的光線讓她看不見。

「誰寄的？」她問，但我不知道。

我堅持要她跟我一起，起床對她有好處。

最後終於說服她。她搖搖晃晃地起身，順了順一頭黑色的長直髮，已經好幾個月沒修剪了。她倚著我的手臂支撐重量，兩人拖著步伐走向餐桌，看看究竟寄來什麼東西。也許是給我的生日禮物。某個人記得我要滿十二歲了，記得我長大了，記得我的存在。

她緩緩坐下，臉上表情似乎說著爲什麼要逼我下床、打亂我的慣例？

看到寄件人姓名時，她抓起信封緊貼胸膛，眼睛睜得老大，嚴肅地對我說：

「是你爸家族寄來的。」

什麼？但爸沒有家人啊！他是孑然一身地來到這個世界上，然後又獨自歸去，身邊沒有其他人。我記得他的父母在他九歲那年因爲墜機而過世了。就像媽曾說過的，此生注定成悲劇。

他們死後，爸由年長的漢娜姑姑帶大，他唯一的家人，我們以爲她已經過世了。我們不曉得他們是否曾通過電話、寫信或電子郵件往來。我的名字安娜，就是爲了紀念她。

包裹從加拿大寄來，但其實是來自哈瓦那，爸出生的那個加勒比海島上首都。打開信封時，我們看到裡面還有個信封，上面幾個斗大、歪斜的手寫字：「給安娜，自哈瓦那」。這不是禮物，我想。裡面一定有文件還什麼的，應該跟我的生日無關。或者可能是在爸生前最後一個看到他的人，終於下定決心把他的遺物寄來給我們。事隔整整十二年後。

我好緊張，忍不住動來動去、站起又坐下，往房間角落走去又走回來。還把玩起糾結的頭髮，不斷扭轉直到糾成一團爲止。感覺爸好像又跟我們在一起了。媽打開第二個信封。裡面全是老照片的接觸印樣、以及好多的負片，還有一本雜誌——德文雜誌？——出版時間是一九三九年三月。雜誌封面上印著一位金髮女孩微笑的側影。

「德國女孩，」媽翻譯雜誌標題。「她長得像妳。」她一臉神祕地對我說。

那疊負片讓我想到，我有一幅新拼圖了。這些照片從爸出生的島嶼飄洋過海抵達我們手上，我要好好地看看它們。這些新寶藏讓我很興奮，但我本來盼望能看到爸的手錶，是他的爺爺馬克思留給他的，直到今日仍能轉動；或他的白金婚戒；或是他的無框眼鏡。我一直把爸的照片帶在身邊，這是照片中我所記得的他的小細節，那張照片每晚在我身旁伴我入睡，就放在他以前的枕頭底下。

包裹跟爸毫無關聯。總之跟他的死無關。

我們不認得影像裡的任何人。印樣感覺像經歷過一場船難，要看清楚上面又小又模糊的人影實在太困難。也許爸是裡面的一人。不，不可能。

「這些照片是七十年或更久以前拍的，」媽解釋。「我想那時連你爺爺都還沒出生。」

「我們明天得把他們印出來」，我說，克制著興奮的心情，以免她不開心。她繼續研究神祕的影像，試圖辨認那一張張昔日的臉龐。

「安娜，這些是戰爭前拍的照片」，她非常認真地說，我聽了吃驚。現在我更迷惑了，她在講哪一場戰爭？

我們看過一張張負片，接著看到一張泛黃老舊的明信片。她小心翼翼地拿起，彷彿生怕明信片會分解碎裂。

一面印著一艘船，另一面有些字。

我的心跳開始狂飆。這一定是條線索，但上頭的日期是一九三九年五月二十三日，所以應該跟爸消失無關。媽對待這張明信片的方式有如考古學家，彷彿她還得戴上絲質手套，以免傷到寶物一樣。多年來，她第一次活了過來。

「該弄清楚爸到底是什麼人了」，我用現在式說，就像媽每次提到爸時一樣。我盯著德國女孩的臉龐看。

我很確定爸不會再回來，我已經在某個晴朗的九月天永遠失去了他。但我想更了解他。我沒有其他人了，只有關在黑暗房間裡、沉浸在抑鬱中、不願意與任何人分享想法的媽。我知道有的時候沒有答案，我們得接受，但我實在不懂，他們結婚的時候，她爲什麼沒有挖掘出更多他的事，試著更了解他。到現在，一切都太遲了。但媽就是這樣。

現在我們有功課得忙了。至少我有。我想我們就要發現重要線索了。媽回到房間，但我已經準備好把她從消極中拉出。我緊抓著這個從我現在極欲了解的遠親手上寄來的功課。把小小的明信片放在床頭燈前，調暗燈光，我爬上床，拉起棉被，盯著照片，直到睡著。

明信片上是一艘遠洋遊艇，船上寫著「聖路易斯號」，漢堡—美國航線。背面字句是德文：「Alles Gute zum Geburtstag Hanah」。署名「Der Kaptiän」。

漢娜

柏林，一九三九年

我向外撞開笨重的深色木門，無意間碰到了銅門環。敲擊聲在寂靜的樓裡迴盪，在這裡，我不再感到安全。我準備迎接法蘭西大街上的嘈雜噪音，整條街插滿了紅、白、黑的旗幟。人群向前行，踩到彼此的腳也不道歉。每個人看起來都像在逃亡。

抵達哈克雪庭院。五年前，這裡曾爲米歇爾先生所有，他是爸的朋友。食人魔們從他手裡奪走財產，逼他離開柏林城。一如每天正午，李奧在傳肯赫斯特夫人咖啡館的走道口等我，就在建築物的內庭中。他在那裡，一臉頑皮地等著數落我遲到。

我拿出相機拍他。他擺起姿勢，笑了出來。咖啡店門打開，臉上點點紅斑的男人走出來，身後飄出一股溫暖空氣，帶著啤酒與香菸的氣息。我接近李奧，迎面聞到他口中的熱巧克力香味。

「我們得離開這裡」，他說。我微笑點頭。

「不，漢娜。我們得離開這一切」，他又說了一次，指的是這整座城市。

這下我聽懂了：我們誰也不想繼續活在這些旗幟、軍人與陣陣推擠之中了。我會跟隨你到任何想去的地方，我暗自想著，兩人跑了起來。

我們向著風、旗幟與車流逆向奔跑。李奧在前頭奮力地跑，熟練地穿梭在自視純潔高尙的人潮中，我努力跟上他的腳步。跟李奧在一起時，有時候我不會聽見擴音器傳出的噪音，或腳步整齊劃一前行的人群呼叫聲。雖然我知道那不可能持久永恆，但仍感覺人生似乎不可能比這還快樂了。

我們跑到橋上，把柏林城市宮與大教堂遠遠拋在身後，倚著矮護欄，凝視下方的斯普雷河。河水漆黑如兩旁的建物牆壁。思緒隨著河水節奏漂盪。我覺得自己彷彿能跳入河中，任憑河水帶著我走——變得更不純潔吧。但那一天，我是純潔的；我很確定。沒人膽敢對我吐口水。我跟他們一模一樣。至少外表是。

斯普雷河水在照片中往往覆蓋著一層緞面般的銀光，橋像影子般在遙遠的一端閃動。李奧惱怒地叫了我一聲，那時我正站在橋中央、橋拱上方。

「漢娜！」

他爲何要把我拉離我的白日夢？當下的我能脫離現實、忽略身邊的一切、想像我們並不需要去哪裡，還有什麼比這要重要的事？

「有人在拍妳！」

這時，我才注意到那位乾癟高瘦、啤酒肚微禿的男人。他手上拿著萊卡相機，正要對準我。我換個位子，左右移動，讓他難以對焦。他一定是食人魔，準備舉發我們，或是爲伊蘭尼舍大街上的警察局服務的背叛者，整天等著告發我們。

「他也有拍你，李奧。一定不可能只有我。他到底想做什麼？我們連站在自己的橋上都不行嗎？」

媽堅持我們不應該在城裡遊蕩，因爲到處都是嚴厲的執法人。甚至沒人覺得冒犯別人前應該先戴個面具。我們才冒犯，他們是正義、是義務執法。食人魔攻擊我們、高聲羞辱謾罵；我們則該保持緘默、無聲、任憑他們踐踏。

他們發現了我們的汙點、我們的不純潔，遂以舉發。我對著手拿萊卡相機的男人笑了笑。他嘴巴極大，透明厚重的液體順著鼻尖留下。他伸出手背抹掉液體，多按下幾次相機上的按鈕。儘管拍吧。送我進監獄。

「我們去搶他的相機，丟到河裡去。」李奧耳語。

我忍不住直盯著這個可悲的男人，他不停瞄我，爲了找到最佳拍攝角度，幾乎要跪到我腳邊。那又大又濕的鼻子讓人作嘔，《先鋒報》頭版上的誇張漫畫裡，不純潔一族的鼻子就那麼大，《先鋒報》恨死我們，因此大受歡迎。錯不了，他一定是巴望著哪天能被食人魔接受的那群。「骯髒的低等生物。」李奧都這麼叫他們。

我開始顫抖。李奧像拉著破布玩偶一樣，拉著我跑開。男人開始揮手，試著跟上我們。我聽到他大叫：

「女孩！妳的名字！我需要妳的名字！」

他何以認爲我會停下腳步，報上自己的名字、姓氏、年齡和地址？

我們試著順著車流，穿越馬路到對街去。一輛塞滿乘客的有軌電車經過，男人還站在橋上。我們大笑，他竟還有膽對我們大喊再見！

我們往舍恩豪瑟大道上的喬治赫許咖啡館前進。那是我們在柏林最愛的咖啡館，常常在那裡放縱地大啖甜食，待上一整個下午都不怕遭人侮辱。李奧永遠沒吃飽，至於我，雖然今天不是假日，但一想到新鮮的香料小圓餅還是口水直流。我喜歡灑有糖霜和茴芹精的那款，李奧則偏愛外面塗著肉桂層的那種。我們會忘情吃到手指與鼻尖沾染白色糖霜，然後擺出食人魔的敬禮手勢。李奧會變換姿勢，擺成交通警察的「停！」手勢。他會手臂垂直向上彎折，做出一個「L」字型。李奧這小丑，媽總這樣說。

到了轉角接近咖啡館時，腳步戛然而止：喬治赫許咖啡館的窗戶也被砸碎了！我忍不住猛拍照片。看得出來李奧很難過。一群食人魔來到街角，步伐整齊劃一，口裡唱著奧德，讚誦完美、純潔、以及專屬於他們的那塊土地。再見了，香料小圓餅！

「再次證明我們該離開了。」李奧遺憾地說，我們跑開。

離開，我知道：不是離開這個街角、橋，或亞歷山大廣場。而是單純的，離開。

他們很可能在家等著抓走我們。就算食人魔不在，媽也在。我們無法全身而退。

◇

我們在哈克雪市場站搭上柏林快鐵的首節車廂。坐在對面的兩位女人整路都在抱怨物價變得多貴、食物多短缺、好咖啡現在有多難找，每次伸手在空中揮舞，摻著玫瑰香精與菸草味的汗水便跟著揮灑一地。話最多的那位，前門牙沾到一抹紅色唇膏，看起來像個傷口。我盯著她看，不自覺地也開始冒汗。那不是血，我看著她的大嘴，一邊這麼告訴自己。她被我盯得不自在，揮揮手要我別看了。我低下目光，鼻腔裡溢滿她不雅的體臭。身著藍色制服的列車長走過來驗票。

列車來到動物園站與薩維尼廣場站之間，我們看著窗外一棟棟陰沉的房屋。骯髒的窗戶、一名婦女在陽台抖動髒汙的地毯、男人對窗抽菸，到處都是紅、白、黑三色旗幟。李奧指著快鐵平交道口附近，法薩內大街上一棟慘遭祝融的美麗建築。殘破的圓頂建築屋頂仍冒著煙霧。車上沒人看向火場殘骸。他們一定是感到罪惡，不想目睹這個城市已成了什麼樣子。牙齒沾了口紅的女人也低下頭。她不僅不想親眼看到煙霧，更不敢直視我們的臉。

我們在下一站下車，往回走幾個街區到法薩內大街，踏上建築物旁的人行道，紙灰粉刷裝飾的陽台因潮濕髒汙而顯得破舊。我們還沒走到布勞恩先生的窗戶下，就已經先聽到他的收音機，一如往常地開到最大聲。

他是個噁心的聾耳老人。李奧叫他食人魔，所有所謂純潔的、穿褐色襯衫的，他都叫他們食人魔。我們待在他亂糟糟的起居室窗戶下方，身邊到處都是菸蒂與混濁的水灘。那是我們最愛的藏身處。有的時候，食人魔會看到我們，扯著嗓子用那個「J」開頭、我和李奧都拒絕使用的字[1]羞辱我們。就像媽堅稱的，我們無論如何就是德國人。

李奧不懂我爲何要拍下那些髒水灘、泥濘、菸蒂、頹圮牆壁、地上的碎玻璃堆，以及遭人打破的商店櫥窗。我認爲這些照片裡，隨便一張都比食人魔或插了他們旗幟的建築物還有價值：那是我不想看到的柏林樣貌。

就連失火建築的煙霧，也無法緩和食人魔滿口的大蒜、菸草、蒸餾烈酒與走味香腸的臭味。他老是在吐口水和擤鼻涕。我實在不確定到底哪個更令我腸胃翻攪作嘔：房裡傳出的酸腐臭味，還是他的臉。但拜他的聾耳所賜，我們能得知柏林城的動靜。

我們在家禁止收聽收音機，也不准買報紙、不能打電話。

「那樣太危險，」爸說。「我們別自找麻煩。」

食人魔調了幾次頻道。新聞——或該說是律令，李奧都這麼說——再幾分鐘後要開始了，但食人魔一直動來動去發出噪音，最後終於在窗邊坐定。我們忍不住偷笑，他的習慣我們太清楚了。

李奧知道我很樂意整天跟他在一起，知道在他身邊我覺得很安全。兩人一起的時候，我不會想到媽日漸消逝，或爸想要改變我們的生活。

李奧總是朝氣蓬勃。他不走路、而是用跑的，且腳步急促，總有個目標要達成、有件不容錯過的事情要與我分享。他會走訪好幾個社區，試著弄清楚我們的城市裡發生了什麼事、爲何一步步邁向傾頹。他偶爾會混入街上手持旗幟、高喊口號的食人魔行軍陣仗，但我從來不敢一起。他會緊張地跟我說話，彷彿能預見我們所剩時間不多。多虧那台音量開到最高的老舊收音機，我們唯一的平靜時刻就在這裡，在食人魔的汙穢與唾痰之中。

李奧比我年長。他大我兩個月。他因此認爲自己比較成熟，我配合他，因爲他是我唯一的朋友；唯一一位我能全心相信的人。

他有時會監視自己的爸爸，自從他爸爸和我爸在歌羅曼街的警局（李奧說那兒有尿騷臭味）認識之後，兩個人總聚在一起謀劃著些什麼。他總來跟我說些可怕的想法，我偏向置之

1 應指「Jewish」，猶太人。

不理。我們知道他們在謀策某件大事，也許與我們有關，也許無關。我不認爲他們要拋下我們，或把我們送去柏林城外的特殊學校，或孤伶伶地前往另一個國家，聽著當地人說另一種語言，李奧有些鄰居就是這樣把小孩送走的。但他們確實在計畫些什麼，他很肯定。我想著覺得害怕。

馬丁先生是位會計師，客戶全跑光了。他和李奧同住一間房，在格羅斯漢堡街四十號。那棟房子旁邊是間庇護所，裡面擠滿了婦女、老人與孩童——所有他們不知道該怎麼辦、能送到何處的人，全來自那個媽從來不敢踏足的社區。

李奧的母親已經成功逃到加拿大，與從未謀面的哥哥嫂嫂、姪子姪女住在一起。李奧和爸爸短期內無望過去和他們一起生活。他們在尋找「其他飛離的管道」，李奧總這麼說。爸也參與其中。根據李奧的說法，自從他們開始撤銷我們在柏林的帳戶起，爸已一點一滴把錢輸往加拿大去了。

至少這讓我快樂。不管我們的父母做什麼決定，只要我和李奧兩家人都包含其中，我們都會接受安排。李奧很肯定我的父母會協助他父親，馬丁先生已身無分文，也沒有任何執業機會，他們能一起逃離這裡。

李奧習慣晨間陪著他父親與爸見面。他會假裝忙著做其他事情，沒仔細聽大人說話，這樣他們就能順利不間斷地討論與作計畫。我常開玩笑說，他變成馬丁—羅森塔聯盟的間諜了。但李奧是很認眞嚴肅地保持警醒，不放過眼前與耳裡的一切。

他拒絕讓我到他的新住處參觀。

「不值得的，漢娜，何必呢？」

「我們在這個爛透的通道花了這麼多時間，再怎麼樣都不可能比這裡糟吧。」

「杜比埃奇夫人不喜歡我們帶訪客回去。趁火打劫的老母牛。那裡沒人喜歡她。爸也會生氣。而且，漢娜，根本沒地方讓妳坐。」

他從口袋拿出一片黑麵包，剝了一大塊放進嘴裡。他給我一些，但我沒拿。我已經沒胃口了：吃東西只是因爲不得不吃。但李奧把麵包吃個精光，我則在一邊仔細看著他吃。

李奧身上每個毛孔都散發著能量。他身上充滿色彩：紅色的皮膚，棕色的眼睛。

「血在我的血管裡流動！」他會雙頰容光煥發地高呼。「妳好蒼白，幾乎是透明的。我能看穿妳，漢娜！」我聽了臉紅。

他沒有做任何動作，也不需要：只消一個句子，就能在臉上展現出各種情緒。他用言語轟炸我。讓我緊張、大笑、顫抖，全部同時發生。聽李奧說話，你會以爲這城市隨時可能爆炸。

他細瘦高挑。雖然我們身高差不多，他看起來就是高了幾英吋，頂著一頭濃厚的鬈髮，看起來永遠像是沒梳過。每次要說些重要的事情時，他總會先用力咬嘴唇，看起來幾乎要流血了。他有著受了驚似地圓潤大眼，眼睫毛是我看過最黑、最長的。「他們都比你早一步到」，我總這樣揶揄他。我多麼嫉妒他。我的睫毛讓人難過；顏色淺得彷彿根本不存在，跟媽媽的一樣。

「妳不需要他們」，他會安慰我，「有妳那雙大大的藍眼睛就不需要」。

臭味傳來，提醒我們還在那個噁心的通道裡。食人魔在房間裡走來走去，除了購物，他很少出門。

李奧說食人魔曾經在薛穆爾先生的肉舖工作，就離這裡幾個街區而已，一直到他告發了自己的老闆爲止。自從食人魔們掌權後，他覺得一切都在自己的掌握中；他們讓他得以自由決定某個人是否跟他一樣無足輕重。

大家到現在還常說起十一月那可怕的一晚，他們砸碎薛穆爾先生的窗戶，關閉他的商店。從那一刻起，臭味瀰漫整座城市：破裂的水管、地下水與煙霧混雜在一起。薛穆爾先生遭逮捕，從此沒人知道社區裡能端出最上等肉片的男人去哪兒了。

於是這個食人魔也沒了工作。我很想知道，他舉發薛穆爾先生到底得到了什麼回報。

柏林到處都是食人魔。每個轉角都有等著動私刑的傢伙。這些人擅自舉報、迫害，讓我們難以度日，我們跟他們想法不同、來自的家庭不符合他們對家的定義。我們得非常小心別碰上他們，還有那些以爲能靠著舉發我們來自救的叛徒。

「最好躲起來過日子，把門跟窗戶都封死。」李奧說。但我們兩個無法安穩地待在定點。有什麼意義呢？反正我們的父母都要任意把我們送到他處了。

食人魔們很難分清楚我是什麼。我能坐在明令禁止我們使用的公園長椅上，也能進出專屬純潔之人搭乘的電車車廂。如果我想，還能買份報紙。

李奧總說我能騙過所有人。我的外表沒有任何印記，雖然內在與我所有被食人魔們唾棄的祖父母們同樣帶著汙點。李奧也是。他們以爲他跟他們一樣，但他覺得他的鼻子與眼神會出賣他。反正就算被他們發現了，李奧也毫不在乎，因爲他是逃脫專家，跑起來甚至比偉大的美國奧林匹克選手傑西・歐文斯還快。

我能隨心所欲蒙騙過任何人，不招人吐口水或一腳踢來，但這樣的能力反倒讓我跟自己人處不好。他們視我爲恥辱。沒人愛我；我不屬於任何一邊，但也不擔心。我有李奧。

我們常常躲在食人魔家旁的通道，偷聽最近發生什麼事。如果哪天下午我們沒空過去，李奧就會開始焦慮，擔心自己錯過什麼改變命運的消息。

很以自己的大鼻子爲傲的麵包店老闆兒子常干擾我們。但他是李奧的朋友。我低頭看地板。如果李奧想跟他玩，就去吧。我會找其他事來做。

「又是她？」他朋友大聲說。「離開那個骯髒的窟窿，別理德國女孩了。」他這樣說我的時候，刻意小心翼翼地把每個音節發好，一邊做了個鬼臉。「別理她。她覺得自己比我們這些人還要好。我們去街角看人打架吧。他們要把對方打死了，走啦！」

李奧要他小聲點，並要他離開。

「Liebchen，Liebchen，Liebchen（甜心，甜心，甜心）」，他輕輕哼著，彷彿我和李奧正甜蜜著，然後人就消失了。

李奧試著安慰我。「別聽他的」，他溫和地說，「他不過是個街頭小混混」。

我想回家，把鼻子弄得大一點、頭髮捲一點，還要染成黑色的。我受夠了大家老把我弄錯。也許我不是爸媽的女兒，而是孤兒——眞正的「純潔」孤兒，被一對不純潔的，因爲有錢、有珠寶、還有許多財產而自認高人一等的富有夫妻領養。

食人魔的老舊收音機開始播放新聞，把我從自憐自艾中拉離。我們得配合最新公告的規定和法律。一條條新法規在空氣中咆哮迴盪，聽得我一陣陣顫抖。聽得我疼。

我們得列出手上所有財物。許多人得改名字、賣掉財產、房屋與手上的生意，價格隨上面定。

我們是怪獸，偷了其他人的錢，奴役那些比我們窮困的人，正在摧毀國家的歷史傳承，把德國給吸乾，散發著惡臭，信仰不同的神。我們是烏鴉。我們不純潔。我看看李奧，再看看自己。看不出來他、格蕾特和我到底有多麼不同。

清洗行動已經在柏林展開，這是全歐洲最髒的城市。強力水柱準備開始沖擊，直到我們變乾淨爲止。

他們不喜歡我們。沒人喜歡我們。

李奧把我拉起站好，一同離開。我漫無目的地跟著他，任他拉著我來去。

食人魔走到窗邊，一臉傲慢，跟他們所有人一樣，對於清洗行動越來越接近感到非常滿意——也該是時候了！——跟他在我們社區展開的行動一樣。終於要開始打壓那些沒人要的了，燒掉他們，掐死他們吧，直到身邊一個也不剩爲止；直到沒人能壞了他們的完美、他們的純潔。

能啓動殲滅行動，做他自己，比所有人更高一等，在他了不起的地下室、菸蒂與泥濘包圍間做上帝，讓他得意極了，啪一聲再吐出一大坨濃痰。

安娜

紐約，二〇一四年

今天起得比平常早。德國女孩的臉龐在腦中揮之不去：她的五官跟我一樣。我想保持清醒，好把她給忘掉。床邊小桌上，我總放著爸的照片，現在多了那張殘破的輪船明信片。

爸的照片裡，我最喜歡那張。照片裡的他彷彿直盯著我看。向後梳的深色頭髮、內雙的大眼、藏在無框眼睛下的濃密黑色眉毛。爸是全世界最帥氣的男人。

每次我想講講學校的事、白天發生了什麼、或想找人分擔憂慮時，就會拿起他的照片放在檯燈下，象牙白色的燈罩上綴著灰色獨角獸，不斷奔馳，照片陪伴我，直到燈暗入睡爲止。

有時我們一起喝茶，共享巧克力餅乾，或者我會爲他念一段爲了作業從圖書館借回來的書中段落。

如果西班牙文課要上台報告，我會跟爸一起練習。他是最佳聽眾：最善解人意、最輕鬆隨意。

媽曾跟我說，爸小時候最喜歡的書是《魯濱遜漂流記》，我第一天上學，她就送了我一本。她細瘦的手搭著我的肩，看著我的眼睛說：

「讓你趕快學會閱讀。」

我瞥過書裡幾幅插圖，荒島上兩個身穿破布的男人，納悶著爲什麼超過一百多頁、爸這麼喜歡的一本書，插圖竟然這麼少。塞滿黑色文字的厚厚白色書頁，一點色彩也沒有，到底哪裡有趣，我不懂。

學會識字後，我試著解讀，喃喃重複著每個字、每個音節，卻仍然覺得難懂。那些複雜的句子看起來是如此陌生，我連第一句都過不去：

「我出生在一六三二年，生自紐約市，來自好家庭，雖然並不源自那個國家，爸爸是外國人……」

書裡沒提到狗、貓、迷失的月亮或魔幻森林。所以這是一本歷險記。第一道謎題解開了。

我開始跟爸一起，一個音節一個音節地讀。我們每天晚上征服一頁。一開始非常痛苦。但很快地，句子開始順暢流過，連我自己都沒發現。

男人因爲沉船漂流到的荒島上，那裡一年只有兩季，乾季和雨季，四周什麼都沒有，只有他從食人魚口中搶救出來的朋友「星期五」，這個故事爲我帶來希望。之後，我開始創造屬於我的歷險故事。

爸可能迷失在某個遙遠的小島上，我會坐上我雄偉的大帆船，航過大海遠洋，挺過暴風雨和大浪，直到找到他爲止。

但今天不是閱讀日。我得告訴他有個從古巴來的包裹，眞正的家族殘存珍寶。因爲若說有誰眞的知道那艘船和那些德文字句，一定就是他。我會說服媽去相館把照片洗出來。我知道他會幫助我弄清楚那些人是誰。搞不好他的父母也在裡面，或甚至祖父母，因爲就我們所知，照片是戰前拍的。二次世界大戰，最可怕的那場。

每天早上醒來後，我會拿起照片親吻。接著爲媽沖杯咖啡。只有這個方法能保證讓她起床。

今天沖她的咖啡時，我用嘴巴呼吸，因爲那味道讓人想吐。不過媽喜歡，而且那讓她清醒。我拿著她的大杯子進房間，走得很慢，握著手把以免燙到。那東西就像魔藥一樣，能把她從混沌中拉出。我敲了兩次們，但她一如往常地沒有回應。我緩緩開門，大廳裡的光線隨著一起灌入房內。

然後我看到她：她一臉蒼白、動也不動，眼睛閉著，下巴指向天花板。身體緊緊扭曲，我放開手中咖啡，杯子摔落地上，斑痕濺上白色的臥室牆壁。

我跑進大廳，用力打開大門，衝上樓梯到四樓，敲了雷文先生的門。他開門時，養的狗兒小浪跳向我。「我現在沒辦法陪你玩，媽需要我。」雷文先生看我如此擔心，伸手摟住我。淚水再也忍不住。

「媽出事了！」我說，因爲我說不出最害怕的那個詞。說不出我失去她了、她走了、拋下我了。從現在開始，我不只因爲爸而成了孤兒，也因爲她。也許我得拋下我的公寓、照片，還有學校。天曉得他們會把我送去哪過日子。也許是古巴。對，我能問問來找我的社工是否能幫我找到在古巴的家人——找到漢娜，世界上我僅存的親人。

我和小浪一起跑下樓梯。雷文先生搭電梯。我先到，在媽的臥室外面等待，不敢往內看。心臟狂跳，力道實在太大，震得我全身疼痛。雷文先生鎮定地進房，打開檯燈，坐在媽床上。他量了她的脈搏後，轉頭微笑看我。

他出聲叫她：

「伊姐！伊姐！伊姐！」他大聲叫，但那具肉體仍然沒移動。

接著，我看到媽的手臂開始緩緩放鬆開來，她輕輕地把頭別向左邊，彷彿想躲開我們。雙頰開始出現血色，看起來似乎很不滿房間裡這麼光亮。

「別擔心，安娜，我已經叫救護車了。妳媽沒事的。校車什麼時候到？」他開口問我，他是我全宇宙唯一的朋友，還恰巧養了這棟大樓裡最高貴的狗兒。

媽看到我滑落臉頰的淚水，而那似乎讓她空前難過。她看起來彷彿覺得羞愧，要求我原諒她，但卻沒有勇氣說任何話。我走過去抱了抱她，動作輕緩，以免傷到她。

擦乾眼淚，我下樓趕搭校車。路上看到雷文先生走到我家陽台上，確認我有搭上車。我上車，走向我的座位，其他小孩看得出來我哭過。我坐在後方，前排梳辮子的女孩轉頭看我。我確定她以爲我是因爲做錯被處罰：作業沒寫完，或是沒整理房間、沒吃早餐，或出門前沒刷牙。

我今天完全無法專心上任何一堂課。幸運地是，老師沒拿我回答不了的問題來煩我。我不曉得媽是否得在醫院多待幾天，也不知道我能不能跟雷文先生暫住一陣子。

放學回家時，我的朋友又出來在陽台上。這一定表示媽人在醫院，而我得另外找個地方住了。

我沒跟司機說再見就下了校車，在大樓入口附近等了幾分鐘，不太想進去。爬牆虎的嫩芽覆蓋大樓側牆。

終於，像平常一樣，我收了信，跑上樓梯。進門時，小浪跑過來舔我。我坐在地上花幾分鐘撫摸他，試圖拖延不進客廳。終於走進去時，我看到雷文先生，小浪坐在他腳邊，媽則坐在她靠陽台的皮椅上，陽台門開著。他們兩人微笑。媽起身走過來。

「不過是虛驚一場罷了」，她附在我的耳邊悄聲說，不讓雷文先生聽到，「我保證不會再發生了，我的女孩。」

她很久沒叫我「我的女孩」了。

她伸手撫摸我的頭髮。我閉起眼睛，依偎在她胸前，小時候常這樣做，那時對於爸怎麼了完全沒概念，希望他隨時現身走進門來。我深吸一口，她身上充滿乾淨衣物與肥皀的味道。

我抱她，兩個人維持姿勢不動了好幾分鐘。突然間，房間似乎好巨大，我覺得頭暈。別動，就這樣再一些時候。抱著我，直到妳累了、再也抱不動爲止。小浪走過來舔我的腳，把我從白日夢中叫醒，但睜開眼睛時，我看到媽站著，盈盈微笑，兩頰恢復血色。她又美麗起來了。

「她的血壓降得太低。沒事的。」雷文先生說。媽謝過他，把我拉開，走進廚房。

「現在來吃晚餐吧。」她宣布，走進那個過去幾年對她來說彷彿陌生之境的空間。餐桌已經擺設好了：餐巾、碗盤、刀叉，三人份。烤箱傳出鮭魚、酸豆與檸檬的味道。媽把菜端上桌，我們開動。

「我們明天去雀兒喜的相館。我已經打電話預約了。」

我就是得聽到這樣的消息，才能從今天的驚嚇中恢復。總覺得有點愧疚；我知道自己有時候希望她不要醒來、永遠不要再次張開眼睛；繼續睡吧，遠離苦痛。我不知道要如何請求她原諒我。但現在，我們要找出照片裡的人是誰。媽感覺正在恢復正常，至少比較有精神了。

我陪雷文先生走回他家。路上遇到一位暴躁鄰居，她受不了這棟樓裡最高貴的狗兒。「那隻髒狗是他們在街上撿回來的」，她跟我們的鄰居說了好幾次。「搞不好全身跳蚤呢，誰知道。」他們都覺得她瘋了。

但小浪，全世界最棒的狗兒，每次看到她還是很開心。他不在意自己被她排拒。小浪有雙迷濛的眼睛，有點耳背。尾巴上折了個彎。那個老女人就是因爲這樣而討厭他，但他不在意。雷文先生救了他，對他說法語。

「Mon Clochard（我的浪浪）」，他這麼叫他，狗兒聽了歡欣跳躍。

小浪順從地跟著身材結實、有著濃密灰色眉毛的老雷文先生回家。從那時起，小浪就成了他最忠心的夥伴。把小浪介紹給我認識的那天，他很認真地說：「明年我就八十歲了，人到了這個歲數，就是算著自己還剩多少時間。我不希望同樣的事情再次發生在我的浪浪身上。等到他們闖進來看我爲什麼不應門的時候，我希望我的狗知道怎麼到你家去。」

「Mon Clochard」，我摸摸小浪，用我的美國腔調對著小浪說了一遍。

雖然媽從來沒讓我養過寵物——唯一的例外是魚，壽命甚至比花還短——她知道她無法拒絕讓小浪和我們一起生活，那是我們欠老友的。

「安娜，雷文先生還會活上很長一段時間，期望別太高。」我堅持我們一定得幫雷文先生照顧他的狗兒時，她這樣對我說。

在我看來，雷文先生不老也不年輕。我知道他不強壯，因爲他走路很小心，但他的腦袋仍然跟我一樣靈活。他對一切都有答案，而他盯著你的眼睛時，你也得全神貫注。

小浪不想要我走，開始低聲嗚咽。

「好啦，你這隻沒規矩的狗狗」，雷文先生安慰他。「安娜小小姐有更重要的事要做。」

他站在門口跟我說再見，並摸了摸門框上的經文盒。我注意到牆上有一張老照片。上頭是他與他的父母親：俊俏的青年一頭濃黑髮，臉上掛著微笑。天知道雷文先生是否仍記得住在他波蘭村莊裡的那些日子。那是好久以前的事了。

「妳這女孩有個老靈魂」，他說，厚重的手放在我的頭上，吻了我的前額。

我不知道那是什麼意思，就當作是讚美吧。

回到臥房，我向爸報告今天的事，他在床邊小桌上等我。明天我們要拿負片去相館。我跟他說了小浪與雷文先生的事，還有媽做的晚餐。只有一件事沒說，就是早上的驚險經過。我不想拿這種事情讓他擔心。一切都會沒事的，我知道。

從來沒這麼疲倦過。眼睛睜不開了。我實在沒辦法繼續講話，連關燈都無法。恍惚中，我聽到媽走進房間，幫我把床邊檯燈關掉。獨角獸停止旋轉開始歇息，跟我一樣。媽幫我把紫色的涼被拉好蓋上，溫柔地給了我長長的一吻。

隔天早上，一道陽光把我亮醒，我忘了拉下百葉窗了。我驚坐起，疑惑了幾秒鐘：這一切是夢嗎？

房間外傳來聲音。客廳或廚房有人。我用最快速度穿好衣服，好快點知道發生什麼事。連頭髮都沒梳。

廚房裡，媽捧著她的咖啡杯，慢慢啜飲，笑了笑，棕色的眼睛亮了起來。她身穿紫丁香色的罩衫、深藍色長褲，以及她稱爲「芭蕾舞鞋」的鞋子。她走過來親我一下，不知爲何，但每次感覺到她在我身邊時，我就會閉上眼睛。

我狼吞虎嚥地吃起早餐。

「安娜，慢一點……」

但我想趕快吃完。我想知道照片裡那些人到底是誰，因爲我覺得我們就快要找到爸的家人了。一艘也許已沉入海底的船。

離開公寓時，我看到媽快速轉了身。她鎖上門，站在那裡一會兒，彷彿改變心意似的。

出門時，媽沒抓鐵扶杆，直接走下那六階曾把她與她已遺忘之世界隔絕開來的階梯。走上人行道時，她牽著我的手，催促我快點。即使天氣有點冷，她看起來仍像是想盡力吸入所有空氣，好好享受灑在臉上的春日陽光。她對每一位路上遇到的人微笑。她看起來很自由。

雀兒喜市中心的相館內，我幫忙她拉開笨重的雙層玻璃門。櫃檯後的男人正在等我們，他戴上一雙白色手套，在燈箱上把一捲捲負片攤開，拿著放大鏡逐一檢視。

我們從哈瓦那收到寶藏了。我是偵探，謎團即將解開。我們看到的影像是相反的：黑色變成了白色，白色變開色。在強力的燈光與化學物下，鬼魂們即將復活。

我們在其中一張標了白色十字的影像上停下動作。照片角落寫著一行模糊的德文，媽爲我們翻譯：「拍攝者：李奧，一九三九年五月」。照片裡，一位長得跟我很像的女孩望向窗外，灰髮男人認爲看起來像是在船艙內拍的照片。

我覺得媽看到我因爲負片而如此興奮時有點擔心。她覺得我盼望負片能解答太多問題，可能會失望。現在我們得弄清楚他們是從哪來的，爸有哪位親戚在照片上，他們後來怎麼了。我們知道至少其中一人後來去了古巴。其他人呢？

爸出生在一九五九年底，但這些負片已經有超過七十年歷史了，所以是我的曾祖父母到哈瓦那的時候的事。也許我的祖父也在裡面，還是個嬰兒。媽認爲照片是在歐洲和越洋的時候拍的，那時戰爭逼近，他們正在避難。

「妳爸很少開口。」她又說了一次。

回程的計程車上，她握住我的手，要我專注在她身上。我知道她還有件事要告訴我，一件這麼多年來她獨自保密的事。她仍然認爲我太年輕，無法理解我的家族遇上什麼事。我很堅強，媽。妳什麼都可以告訴我。我不喜歡祕密。但這個家族似乎滿是祕密。

如果她能在我到費爾斯頓上幼稚園前，直接說清楚我是怎麼失去爸的，事情會簡單得多。但媽總是堅持一樣的說法：「妳爸有天走了，沒有回來。」就這樣一句。

「我想妳該知道某件事了。從妳爸那邊算來，妳也是德國人。」她說話時淺淺笑著，彷佛在道歉。

我沒回話。沒有反應。

計程車轉上西側高速公路的時候，我搖下車窗。哈德遜河吹來冷風，嘈雜的交通讓媽無法再說下去。我無法不去思索剛聽到的消息。

到家時，我的臉頰凍得紅紅的。我們遇見雷文先生和小浪；他們散完步後，常坐在大門前的露臺上休息。

「我可以在這邊待一下嗎？」我問媽，她回以微笑。

「照片什麼時候好？」雷文先生想知道，但小浪撲到我身上到處舔來舔去，弄得我無法回話。小浪是隻沒規矩的壞狗狗，但也很好笑。

進公寓後，我直接回臥室。站在鏡子前，試著找出身上的德國特徵，爸一定遺傳了些什麼給我，直到不久前我還以爲爸是古巴人。我在鏡子裡看到什麼？德國女孩。我不是羅森家的嗎？

後來我問媽，她告訴我，羅森家族在一九三九年離開德國，到哈瓦那定居。

「我只知道這些，安娜。」她說。她沒上床，而是坐在椅子上看書。

我不知道自己爲什麼學了西班牙文。德文比較好。它就在我的血液裡，不是嗎？德國女孩。

漢娜

柏林，一九三九年

晚餐上桌。餐廳已成了我們的監獄，深色木板再也沒人拋光。天花板上一塊塊方形飾條看起來隨時都可能砸在我們頭上。

家裡現在一個幫手也沒有：他們全走了。包括伊娃在內，我出生時她也在場。那樣對她不安全，她也不想看到我們受苦。雖然我會想，其實是她拋下我們，因爲她不想面對是要舉發我們的抉擇。

不過，伊娃還是會偷偷來訪，毫不間斷，媽也繼續付她薪水，彷彿她仍然是我們的女傭。

「她是這個家庭的一份子。」爸每次告誡她得節省支出，否則我們會在柏林身無分文時，她總這麼辯解。

伊娃有時帶麵包來，或一大鍋在家煮好的食物來給我們熱著吃。她有鑰匙，以前都從前門進來。現在她得改從後門通道進來，以免豪夫麥斯特夫人從窗戶看見她。

那女人總在到處窺探，等著給鄰居判私刑。我能感覺她盯著我的後頸。每次上街去，她的眼神便一路跟著我，壓得我喘不過氣。那隻水蛭，她願意放棄一切把媽的衣服弄到手，進入我們公寓拿走珠寶、手包，和不合她那雙肥短醜腳的手工鞋。

「有錢也買不到品味」，媽表明。

豪夫麥斯特夫人在衣服上砸了大把錢，但穿在她身上，看起來都像借來的。

我不懂爲何媽從前總費心著裝打扮，一副要去參加派對的樣子。她甚至會戴假睫毛，本來眼褶厚重的眼睛顯得更加慵懶。她眼皮寬廣，「適合化妝」，朋友都這麼說。但她只會稍微擦點顏色：粉色和白色，眼睛周圍一點黑色與灰色。口紅只用在特殊場合。

餐廳顯得一天比一天大。我跌坐進椅子裡，遠遠看著爸媽。看不清楚他們的臉，五官一片模糊。桌上檯燈是唯一的光源，給白色瓷器染上一抹淡淡的橘色。

我們湊在桌腳結實的方形桃花心木桌旁。我看到爸的盤子旁擺了一本《Das deutsche Mädel：德國女孩》，德國少女聯盟的宣傳雜誌。我的所有朋友——或該說，我的女同學——都有訂閱，但爸不准我帶那種「垃圾印刷物」回家。我不懂爲什麼現在他手邊有一本。我們可以開始吃了嗎？他們兩人低著頭，看來心事重重。他們不敢跟我講話，動作齊一地靜靜舀起湯放進嘴裡，又難以下嚥。他們甚至連看都不看我。我做了什麼？爸停下動作，抬起頭來。總算盯著我看了。他壓抑著怒氣，把雜誌翻過來推給我。

我不敢相信。我成了什麼了？李奧會恨我。我得放棄我們每天中午在傅肯赫斯特夫人咖啡館的約會了。再也沒人跟我一起喝熱巧克力了。麵包店老闆兒子是對的，李奧。你該離開我的。別來找我。

這本屬於純潔青少女的雜誌封面上——身上沒有四位祖父母的污痕、鼻子小而圓滑、肌膚白如泡沫、金髮閃亮、眼睛比天空還藍的少女，不許任何一丁點不完美——而我就在上面，嘴角微笑，眼望未來。我成了當月的「德國女孩」。

餐廳顯得偌大空蕩。連湯匙伸入破碗舀湯的聲音都聽不見。沒人說話。沒人指責我。

「不是我的錯！爸！相信我！」

我們誤認爲舉發者的攝影師，原來是《德國女孩》的食人魔！我以爲那天雖然我死命刷磨皮膚，用力地幾乎要掉了層皮，他還是發現了我的污痕，所以才把我拍下來。

「他怎麼可能搞錯？」我問，但沒人回答。

「妳好髒，漢娜。我不想在桌邊看到妳這個樣子。」媽說，我第一次聽到自己被說髒卻覺得備受憐愛。對，我髒，我想讓全世界知道我不在意自己骯髒、有污點、滿身皺痕。我想這樣告訴爸媽卻做不到，因爲，說穿了，我們都髒。沒人能得救。就連聰明、了不得的阿爾瑪·史特勞斯也不例外，她現在不過是個羅森塔家的，跟那些住在施潘道城區擁擠小房間裡沒人要的傢伙沒有兩樣。就連爸——偉大的馬克思·羅森塔教授也是，只能沮喪地盯著地板，來回踱步。

我下桌去換件衣服讓她開心，穿上熨得平整服貼的短袖白洋裝。這是妳喜歡的嗎，媽媽？等到我們得留下一切離開的那天，我不會穿這件衣服的。我動也不能動。稍有動作，就會拉扯到衣服。坐下來，就皺。就連一滴淚珠都會弄髒它。我拚了命地洗手，回到餐桌上時，手上都還留著硫酸鹽的味道。我舀起一匙湯啜著，媽上下打量我，但不帶任何酸楚。

爸嘆一口氣，把雜誌放進公事包裡。

「也許妳的臉登上那本雜誌，哪天能發揮用處，」他無奈地說。「傷害已經造成了。」

「我們現在可以好好吃飯了嗎？」媽說。

湯匙刮過麥森瓷盤發出輕響，知道這些瓷器再沒多久就得被迫放棄、流入低俗的柏林家庭手中的那天，媽才開始用起它們。

「這可是在史特勞斯家族裡流傳了超過三代的瓷器。」媽嘆氣說，再喝一口湯。

我沒碰我的食物。我想如果打破任何東西，他們一定會把這個「德國女孩」丟上火車，送到天知道哪裡去。湯清澈透明、索然無味，裡頭不過漂著幾片馬鈴薯，和一片亂切的紅洋蔥，萬一喝著時發出任何聲音，可就萬分遺憾了——他們會直接叫我空著肚子上床去。

「馬達加斯加，」爸說。我摸不著頭緒他在說些什麼。

媽再舀起一瓢冷掉的湯到嘴邊，勉強吞下。靜默。我等著爸繼續說。馬達加斯加。

「馬達加斯加在哪個洲？非洲？我們要往這麼遠去？」我問，但他們不理我。

女神雖然盡了力，仍止不住淚水滑落臉頰。她匆忙地拿起白色蕾絲手帕擦淚，笑著摸了摸我的手，以示掉淚不是什麼大事。悲傷情緒渲染開來。我們得移民：這是唯一的選擇。

「我們走得越遠越好，」她說，再舀起一匙湯表示許可。她舉起雪白的雙手，以貴族之姿撫摸脖頸。

「衣索比亞、阿拉斯加、俄羅斯、古巴。」爸繼續列舉我們未定的目的地。

媽對我微笑，開口滔滔不絕地說了起來。

「別哭，漢娜。只要需要，無論哪兒我們都去。我懂好幾種語言。如果有必要，我們就再學新的。雖然他們待我們和其他人沒兩樣，但我們就是不一樣。我們會重新開始。如果不能住在公園或河流旁，我們就住海邊。好好享受最後在柏林的時光吧。」

她非常平靜，讓我覺得害怕。她強調著每一個字，像念著祈禱文般拉長每個母音。她暫停吸口氣，再接著繼續說。我感覺她隨時可能哭出來，開始責怪爸、詛咒自己悲慘的存在、自己的過去、家族留下的繼承。

她顯得如此脆弱，我確定她活不過往馬達加斯加的旅程。或許連去一趟阿德隆飯店、看布蘭登堡門最後一眼、或是向悼念在一次世界大戰中捐軀英雄的勝利紀念柱道別，都有問題。從前我們常在秋天午後到紀念柱那兒。

「我們可以去阿德隆飯店，漢娜。我們得向馮諾先生說再見，他對我們一直很好。還有路易斯，一定要。」

想到馮諾先生端上的甜點，口水開始生出。還記得他為我展開餐巾時，堅挺的鼻子距離我的臉是那麼地近，我能感覺到他的呼吸。路易斯是老闆的兒子，現在已開始接手經營店鋪。他總是歡欣迎接媽，認為她的大駕光臨讓飯店顯得與眾不同。他常坐下來告訴我們，有哪位德國上流社會貴賓、甚至是好萊塢明星，現正下榻飯店內。

媽難以接受她曾視為己物的飯店，現在再也不歡迎她了。從前她老愛吹噓那間飯店是現代德國的優雅象徵。飯店外觀素雅，裡頭卻有著雄偉的大理石柱，以及雕飾了黑色大象、充滿異國風味的噴水池。

一九〇七年飯店開幕時，甚至還邀了她父母出席。那天，外公送給外婆「淚珠項鍊」——帶瑕疵的珍珠——是她最珍愛的珠寶。媽每年都會提醒我，有一天它會成為我的。她十二歲時，淚珠項鍊傳承到她手上，只有在非常特殊的場合她才會戴上。

但是現在，路易斯卻笑臉迎接食人魔們。他們才是為他的飯店帶來光彩、代表著上流社會與權力的人，那自以為比嘉寶女神還神祕、結果下嫁給窮困潦倒的教授的富家女算什麼。我們現在骯髒齷齪，只會壞了此地歷史悠久的良好名譽。

從前，家裡寬大的波斯地毯還有專人清理的時候，我們曾到旅館住過兩間可眺望勝利紀念柱的房間。我的房間寬敞舒適，與爸媽住的那間相連。每天早上，我會拉開紅絲絨窗簾，打開窗戶，迎接城裡的絡繹喧嚷。我愛觀看行人追趕電車，以及菩提樹下大街的車水馬龍。柏林城的冷空氣中傳來陣陣鬱金香、糖絲與香料小圓餅剛出爐的香味。

我會鑽入羽毛枕頭與一天換兩次的淨白床單之間。早餐送到床邊，女傭用德語向我道好：「早安，漢娜公主。」我們會精心打扮下樓吃午餐，換裝喝下午茶，晚上再換上第三套服裝。

「沒錯，路易斯塞滿梅果的那些甜點」，我熱切地回應，擺出兒童貪婪的表情逗她開心。

我仔細打量她：她的輕緩動作，她如何費力把一匙湯送到嘴邊。我希望她看著我、發覺我的存在。我獨自回房。媽，拜託，再為我念念那些上個世紀的浪漫法語小說吧。跟我說說包法利夫人，那個無聊女人瘋狂墜入愛河的故事。妳差點因為她把我取名為愛瑪，可是爸爸不允許。在那個浪漫與背叛的故事裡，我只記得愛瑪喝下好幾匙的醋，好讓丈夫誤以為自己病重枯槁。一天早晨，我早早起床；我很難過，但你和伊娃都沒發現。我走進廚房喝下醋液，想讓我的感受反映在臉上。我還希望有條沾著醋液的棉手帕，就像愛瑪總隨身帶著那樣，以免有人突然昏倒。但在我們家裡，我才是唯一一個曾經昏倒的人，一看到血就昏倒。

妳現在並不指望我當個聰明的小女孩，懂得自持、在聚會上能與人談論文學地理。跟妳在一起，我想使壞，到處衝撞、大叫、跳躍、哭泣。那就是年輕女孩使性子的時候。「我不要去！我要待在房間！你們兩個去，留我跟伊娃在一起！」

我拿起穿著紅色塔夫綢洋裝的娃娃陪我上床。那是媽去年送我的，我恨死了。我再次扮演起小女孩，把所有事情怪到父母身上，但內心非常清楚，我的命運並不掌握在我或他們手中；他們只是在這個崩頹的城市中，試圖存活下來。

敲門聲傳來。我躲在被單下，但感覺得到有人靠過來，坐在我旁邊。是爸，充滿同情心地看著我。

「我的女孩，我的德國女孩」，他說，我讓全世界我最愛的男人環抱我。

「我們要到美國生活——到紐約——但我們還在等待名單上排隊。所以才得先到另一個國家去。只是過渡而已，我保證。」爸的聲音讓我安穩下來。他的體溫暖著我，呼吸包圍著我。如果他繼續用同樣的節奏對我說話，我便很快沉沉入睡。

「我們在摩天大樓之都裡的公寓已經在等我們了，漢娜。我們的大樓在向陽街上，名字跟山一樣，琴山，外牆長滿常春藤。從我們的客廳看出去，每天都能看到日出。」

該哄我入睡了，爸。我不想知道你的夢想。我想要你為我唱搖籃曲，就像小時候在你臂膀內睡著那樣，全世界最強壯的臂膀。我再次成爲乖女孩；不會再妨礙大人做事了。不想被與你分開的女孩，黏著你直到睡意來襲的女孩。

我會再次當個孩子。我會想來，認爲一切都只是噩夢。什麼也沒發生。爸難過的不是我們轉眼就要失去一切，也不是要離開柏林到遙遠天邊。他有專業。他能身無分文地捲土重來；那是他血液裡的一部份。他的苦來自媽，因爲他看得出來對媽來說，每過一日彷彿沉重如年。

我不認爲她能適應自家之外的異地生活，沒了她的珠寶、她的洋裝、她的香水。她會發瘋的。我很確定。在世世代代屬於她的房室牆面間，她的生活正一點一滴地乾涸枯竭。那是唯一一個她住得自在的地方，包圍在她父母親的相片之間；她保存父親在一次世界大戰中贏得的鐵十字勳章的地方。

爸會更想念他的留聲機和唱片集。他得向布拉姆斯、莫札特、蕭邦永別了。但他總說，音樂的好，就是你能放在腦中帶著走。沒人搶得走。

我已經開始想念和爸待在他書房裡的下午時光了。在他的古地圖上找到新國家、聽他回顧到印度旅行，或沿著尼羅河前進的故事、想像我們一起到南極大陸探險、或到非洲獵遊。

「我們有天會一起去的」，他曾這樣哄我。

別忘了我，爸。我想再當你的學生，學習遙遠大陸的地理知識。以及作夢，作夢就好。

安娜

紐約，二〇一四年

閉上眼睛，我在巨輪甲板上隨著船漫無目的地漂逐。睜開眼睛，陽光刺得睜不開眼。我是船上的短髮女孩，在海中孤獨漂零。

我醒過來，但仍然不知道自己是誰：漢娜，還是安娜。感覺我倆是同一個女孩。

餐廳木桌上，媽把從地圖遙遠的下方、加勒比海一座小島上來到我們手中的黑白相片鋪開。

木頭書櫃旁，走廊的白色牆壁上，貼著女孩在船艙舷窗旁拍下的放大照片。她並不是看著海岸、海水或海平面。而是看似在等待著什麼。看不出來他們是已經入港，還是仍在海上。

她無奈地撐著頭。頭髮旁分，髮型剪裁襯托出她的圓臉與纖細的脖子。她似乎是金髮，但照片黑白對比太強烈，很難看清楚她的眼睛究竟像不像我。

「側臉，安娜，側臉那張」，媽微笑著說。她也爲這些照片深深著迷，特別是女孩那張。

我找出書頁破碎、圖片老舊褪色的那本雜誌，再次確認封面上的女孩是同一人。但我翻遍雜誌，裡頭毫無與跨大西洋航程相關的隻字片語。沒人能解開這道謎題。媽懂一點德文，但她沒怎麼翻閱雜誌，對洗出的照片比較有興趣。她動手給照片分類：家庭照、室內照的、甲板上照的。桌上另一角，則放滿了同一個男孩的照片。

我不敢相信一封從古巴來的信，竟然能把媽從床上拉起。她變成另一個人。我不確定這到底是信封、還是昨天的虛驚一場帶來的結果。我第一次感覺到她對我的注意力、記得我的存在。看得出來她非常努力專注在這些照片上，看一個家庭在戰爭開打之際逃離至另一片大陸的紀錄。

「這就像在觀賞柏林二〇、三〇年代的影片，那是一個即將消失的世界。那時的一切留下的不多，安娜。」她仔細研究過照片後說。

她像以前一樣，把頭髮順到耳後，而且又開始用起一點彩妝了。幸運的話，周末她會讓我為她上妝，把玩她的化妝品，以前在我開始上學、她開始躲進床鋪以前，我們常這麼做。

該寫作業了，但我比較想和媽一起待在桌旁。再幾分鐘吧，然後，對，我會去廚房泡點茶。

破碎的櫥窗玻璃、大衛星、滿地玻璃碎片、牆上塗鴉、泥濘水灘、躲開鏡頭的男人、背負書堆的悲傷老男人、帶著大型嬰兒車的女人、還有個女人戴著帽子跳過如鏡面反射的水灘、公園裡一對戀人、身著黑裝頭戴帽子的男人。他們看起來像穿著制服一樣。所有男人都戴著帽子。擁擠的電車。還有更多的玻璃……攝影人對地上的碎玻璃堆情有獨鍾。

媽還帶了張照片的CD回來，讓我可以隨心列印、剪裁、放大。還有很多等待挖掘的。泡好茶後，我走到她身邊。趁這個機會，我閉上眼睛，深吸一口氣，聞進她的沐浴露香氛。我停住動作，看著她手裡的照片，一座美麗的建築屋頂被火呑噬。看著她修剪保養過後的短整指甲、沒戴戒的手指——連婚戒都沒有——我伸手摸了摸。她頭往後靠著我。我們又在一起了。

「多麼令人戰慄的一夜啊，一九三八年十一月九日。沒人料到會這樣。」媽聲音哽咽的說。

聽著她細數那晚的悲慘事件，卻無法感到難過，因爲我實在開心她跟我在一起。我擔心她會再度因爲難過而回到床上。在她完全恢復前還是離照片遠點好。

但她繼續說。

「他們打破所有店家的玻璃窗。也許遭殃的商店裡頭有間就是妳祖父的。天曉得。水晶之夜（Kristallnacht），也就是碎玻璃之夜那晚，他們燒光了所有的猶太教堂。只有一座倖免，安娜。」

「他們帶走男人、拆散家庭。所有女人被迫自稱爲莎拉，男人則叫伊瑟列，」她急促地說下去。「我跟我父親說，如果非得改名不可，我寧可死。有些人成功逃出了，剩下的被送進毒氣室趕盡殺絕。」

恐怖電影。無法想像我們兩人獨自在當時那個城市裡，我不確定媽能否活下來，柏林對我們這種人來說就像地獄。他們失去了一切。

「他們拋下住家與生活。沒幾個人活下來。他們躲在地下室度日。他們逃離邊境：那是他們唯一的機會。他們在街上被攻擊、逮捕、丟進大牢裡，然後從此消失人間。有些人選擇把孩子單獨送到其他國家去，好讓他們能在其他文化裡成長、信仰不同的宗教，進入他們不認識的家庭成為一份子。」

我閉上眼睛，深吸一口氣。我看到爸在柏林、哈瓦那、紐約。我是德國人。這是我的家人，他們被迫稱自己為莎拉和伊瑟列。逃亡、存活下來的一家人。這就是我的起源。

媽最感悲傷的照片是在市內拍的那幾張，但照片裡的兩位男女打扮得光鮮亮麗，背後盡是有如皇宮的大型空間。女人高挑優雅，合身的洋裝襯托著纖細腰線，頭上斜斜戴著帽沿寬大的帽子。她站在窗戶前。男人穿西裝、打領帶，坐在古董留聲機旁，曲線型的擴音器像一朵巨大的花朵朝上綻開。另一張照片裡，他們盛裝打扮要出席特殊場合。他穿著正裝，她一身絲綢長晚禮服。

「天知道他們最終被迫分離，還是一起赴死了。」媽感慨地說著。

我最喜歡的照片，是有著黑色大眼睛男孩的那幾張。照片裡的他奔跑、跳躍、爬上窗戶或街燈，或躺在草皮上。沒錯，全是同一個人。而且他永遠掛著笑容。

我起身站在放大的那張相片前。我們長得眞像。船上的女孩和德國少女聯盟雜誌封面上的是同一人。我想這個週末，我會去剪跟她一樣的髮型。

「那是漢娜，把妳爸帶大的那位姑姑，」我聽見媽在背後說。她擁抱我，給了我一個吻。「妳叫安娜就是爲了紀念她。」

◇

我想逃出牢籠卻無法。搞不清楚身在何處，試著睜開眼睛，卻發現眼睛被封起來了！空氣！我需要空氣！這是又一個噩夢嗎？還是我清醒著？雙臂的重量把我向下拖入深淵。雙腳凍住，毫無知覺。全身所有力量消失，眼看肺就要放棄運作了，我失去意識，不知漂往何方。我舉起頭，鼻子露出……水面？我直起身子，往左右兩邊看，試著搞清楚自己身在何方，疾風撲上臉龐。

臉上濕透。皮膚灼燒。頭腦熱得天旋地轉，身子卻冰冷麻痺。我絕望地吸氣，呑入空氣與鹹水。我想我要溺斃了，無法控制地不斷咳嗽，直到喉嚨粗啞。我睜開眼睛。

我正漫無目的地漂浮。

水面出現我的倒影。我是船上那位德國女孩。

我不知道自己怎麼跑到這而來的，但可能的話，現在得想辦法回去。我瞳孔放大、眼裡充滿鹹水。我開始移動雙臂，保持身體上浮，腿部知覺回來了。我是清醒的、而且活著。我想我能嘗試游泳。

揉揉眼睛，只見雙手皮膚皺縮。天曉得我在冷水中多久了。我在沙灘嗎？不：我漂浮在深邃暗海之中。

「媽！」爲何大叫？我不是孤獨一人嗎？「媽！」

何必浪費那一點僅存的力氣。用力游起來啊！妳很堅強，游到岸邊去，利用每一道風、海浪與洋流往前進。

光線照得我目眩。我得閉上眼睛。口好渴，但我不想喝鹹水。傷口現在更深了，鹽水滲了進去。全身都在燃燒。

我得游向無盡。遠離陽光。我能看到海岸。對，我看到城市了。有樹叢、白沙。不，那不是城市。那是一座島。

我快速划水，風逆向吹。海浪逆向拍來。太陽也礙著我。亮光使我看不見。

往岸邊去！妳的目標在那裡！妳做得到的！我當然做得到。但我要睡著了。

不！快醒醒繼續游。妳不能停！我任憑海水拉扯、一圈又一圈翻滾。爸在等我。這就是他消失那天來到的小島；他在此上岸得救。也許他搭飛機逃走，飛機失事，墜落海中。像我一樣，游啊游直到上岸。

這就是為什麼我滯留在海裡，因為我知道你在那兒、眷顧著我。我來當你的星期五了，爸。只有這能讓我保持在水面上：想著我會找到你。我們會相聚，就像兩位魯賓遜在荒島那樣，你會保護我不被食人魚、海盜與颶風侵襲。

多年過去，我們活過一場場風暴、地震、火山爆發、乾旱與攻擊，最後終於獲救，一起往陸地前進，到大陸去。媽會在那裡等我們。因為她需要你，爸，迫切如我。

現在我不再置身水中。全身躺在滾熱沙灘上，快烤焦的皮膚上黏滿沙粒。太陽把我弄糊塗了。我睜開眼睛，看到了你。是你嗎？

我就知道你不會丟下我。有天你會來找我。我們會在遙遠一方、在另一片大陸、在迷失於大海中央的小島上相遇。我是你的女孩。你唯一的女兒，你會永遠追尋的女兒。我都知道。

「安娜！」有人大叫。

我趕緊起身。是媽。我在自己的房間、自己的床上被自己的汗水濕透全身。這就是我的小島。我靠向床邊小桌找爸，他就在那裡，帶著他那抹淺淺的微笑看著我，旁邊是我從他姑姑那兒得到的輪船明信片。

媽抱住我，我開始哭泣。我再次成爲她的小女孩，跌入她的懷中讓她安撫我，撫摸我。她哼起歌。我不敢相信：是搖籃曲。我閉上眼睛，聽著她溫柔的聲音在我耳邊輕哼：「再見，露露寶貝，再見，露露寶貝，再見，露露寶貝，再見，露露再見。」

我又是她的寶貝了。我躲在她懷中，把她拉向我，再次聽著她的聲音。是的，小時候作惡夢的時候，媽就會爲我唱這首歌。不要停止歌唱，媽。我們兩人還在這裡，等待驚喜得知爸還活著，在遙遠的島上生活，他得救了，就要回到我們身邊。

「我們要怎麼慶祝妳的生日？」她停止唱歌，我睜開眼睛。

我記不得哪次生日不是只有我們兩人，用巧克力杯子蛋糕和粉紅色蠟燭慶祝。我在費爾斯頓的女生朋友大多住在城外，所以我通常只在學校上課時能看到她們。

我對派對不太有興趣。我想要更好的：一趟旅行。是的，跨越墨西哥灣。讓我們征服加勒比海的水浪，看見滿地棕櫚和椰子樹的島嶼海岸。我們會抵達港口，鮮花和氣球等著歡迎我們，還有音樂。大家會在岸邊跳舞，會讓出一條路，讓我們進入希望之境。

「古巴！我們去古巴！」

她的臉清晰了起來：雙唇微張、眼睛開始閃耀光芒。我想告訴她：「媽，我們不孤單」，但我不敢。

「我們可以和爸的家人見面，還有那位把他養大的姑姑」，我說，起初她沒有反應。

如果幸運，要是媽發生了什麼事，爸的姑姑能照顧我。說不定我還能遇見其他叔叔或表兄弟姊妹，他們能照顧我到我夠成熟爲止，不用讓什麼社工逼著我去和不認識的家庭一起生活。

現在我有目標了：找出我的父親到底是什麼人。

「我們爲何不去古巴？」我堅持。

媽仍不發一語。她微笑抱住我：

「我們明天和妳的漢娜姑婆談談。」

漢娜

柏林，一九三九年

抵達傅肯赫斯特夫人咖啡館，時間比平常約的還早。我沒看到李奧，便在哈克雪市場站附近繞繞。到處都是軍人。人比平常還多。有什麼事發生了，而李奧不在身邊。更多的旗子。到處都是一片紅黑交錯。簡直是酷刑。街上滿是旗幟，男男女女手臂高舉朝天。

擴音器裡，一人興奮地歡慶生日，那個改變德國命運之人的生日。我們理當追隨、景仰、崇拜的那個男人。最純潔的男人，屬於這個不久後只有跟他一樣純潔之人才配居住的國家。擴音器聲音蓋過了火車抵離的廣播聲，完全聽不到。一幅大型旗幟感謝食人魔頭頭創造出我們現居的柏林：「Wir danken dir（我們感謝您）」。接著，巴哈的清唱曲響徹迴盪月台：「Wir danken dir, Gott, wir danken dir.（我們感謝您，主，我們感謝您。）」所以現在食人魔成了主了。那天是四月二十日。

身上的綠裙子與月台地板磁磚完美融合，我感覺自己像隻變色龍。李奧看到我肯定會爆笑。我跑向通往咖啡館那側的出口，在那裡遇到他。

「法蘭西大街的德國女孩有什麼話要說啊？」他大笑，諷刺揶揄的神情，讓他的眼睛看起來比平常還調皮。「我們要去古巴。到時候你就知道那本雜誌能爲你打通多少路。德國女孩來了！」他大叫，哈哈笑著。

古巴。又一個新目的地。李奧什麼都查出來了。他很確定是古巴。天空下起雨來，我們跑進雄偉氣派的赫曼提耶茲百貨公司——現已不叫這個名字，因爲太不純潔了。現在他們稱那裡做「赫蒂」，以免冒犯任何人。雖然正值正午且下著雨，所有樓層卻空蕩蕩的。

「大家去哪了？」

我們往中央樓梯去，沿著階梯向上跑。跑過幾位女人身邊，她們看著我們，似乎想著管我們的大人去哪了。跑過掛著波斯地毯的樓梯扶手，我們來到玻璃穹頂下的頂樓，看著雨滴墜落。

「古巴？古巴在哪裡？非洲，還是印度洋？是島嗎？怎麼拼？」我連珠炮似地發問，上氣不接下氣地追在李奧身後，暗自希望能坐下，別再閃躲過一個個提著購物袋的女人。

「K—h—u—b—a。」李奧以德文拼出。「他們在討論買船票。妳父親會幫忙買我們的票。」

是一個島。我們無處可去。希望那兒離食人魔遠遠的。

「雨停了，走吧。」李奧跑下樓梯，不留時間讓我喘口氣。天知道他現在又想去哪了。

我們跑到中央廣場，現在滿地泥水坑。我們去等電車，李奧彎下身，在泥濘中畫圖：

一個圓形的小島，位在那條他說是非洲的輪廓下方。他在泥水灘中畫了張地圖。接著又在另一個水灘裡畫出城市。

「我們的房子就在這，在海邊。」他抓著我的手，我能感覺到他的手又髒又濕。「漢娜，我們要去古巴了！」

他發現我並不像他一樣熱烈，臉垮了下來。

「我們在這座島上要做什麼？」我只想得到這個問題問他，雖然我知道他不會有答案。就要離開的可能性越來越眞實；我感到緊張。目前爲止，我們還應付得了食人魔和媽的哭叫。知道我們就要離開，我的手不住顫抖。

李奧突然講起結婚、生子、同居，但他連我們是否有婚約都沒說。李奧，我們還這麼年輕！我想著他至少應該問過我，我才能答應；大家都是這樣做的。但李奧不信傳統那套。他自訂規則，在水裡畫著自己的地圖。

我們要去古巴。我們的孩子會是古巴人。我們要學古巴方言。

李奧蹲在靠近赫曼提耶茲的出口地上畫地圖，一位手拿帽盒的女人跳起來，跌進水灘中央，弄糊了我們的地圖。

「骯髒小鬼。」她瞪著李奧，噓聲咒罵。

從地面仰頭看去，她像個巨人，肥胖的手臂長滿濃密毛髮，塗紅的指甲像爪子一般。

我受不了所有人如此粗魯無禮。城市裡每個人都想打破玻璃、有人擋路就一腳踢開，禮儀已無必要、蕩然無存。再也沒人說話，都用喊的。爸抱怨這個語言的美已消逝地無影無蹤。對媽來說，擴音機在城市各處嘔出的德語，不過是一團團糊濘的子音。

我抬頭，雲團正要散開。一大片灰雲，暴風雨緊隨在後。四面八方的人群跑向布蘭登堡門觀賞廣播中正在進行的遊行。今天是假日：全德國最純潔的男人五十歲了。

這城市還能承受多少旗幟？我們試圖往菩提樹下大道前進，但無法穿越人群。孩童與年輕人成群擠在窗戶、牆壁與陽台邊看軍隊經過。他們看似全在尖叫說著：「我們無人能敵！我們將統治全世界！」

李奧搞怪地舉起右手模仿他們，接著又彎起手肘做出「停！」的手勢。

「李奧，你瘋了嗎？這些人不當這是玩笑的。」我說，拉下他的手。我們再次鑽入人群。旅程下一站：回家去。

高空傳來震耳欲聾的聲響。一架飛機掠過頭頂，接著又一架，再一架。數十架飛機佈滿柏林天際。李奧突然嚴肅了起來。我們彼此道別時，一隊荷槍騎兵經過。他們驚訝地盯著我們，彷彿在說：「你們怎麼在這裡，沒去看遊行？」

回到家，我首先找來世界地圖。「Khuba」不在非洲或印度洋那幾頁圖上，澳洲與日本附近也沒找著。「Khuba」不存在，在任何一洲都不見影子。它不是個國家，也不是個島。

我得去找放大鏡來細看最小的那些名字，藏在深藍色團裡的那些地方。

也許是某個島裡的另一個小島，或是不屬於任何人的小小半島。也可能無人居住，我們是第一批拓荒者。

我們會從零開始，把「Khuba」變成理想國家，那裡誰都可以是金髮或黑髮、高矮不拘、胖瘦無妨。那裡你可以買新聞、用電話、想說什麼語言都行，想叫自己什麼名字都可以，不用在意自己什麼膚色、信仰什麼神。

至少，在我們於泥濘中描繪的那些地圖中，「Khuba」早已存在。

◇

我以前總認為，世界上沒人比爸更勇敢、更聰明。他在巔峰時期有著完美的輪廓，媽說：像座希臘雕像。現在她不誇他了。他從備受尊敬的大學一身疲憊回到家裡時，她不再跑向他身邊。現在她穿著格蕾斯夫人設計的飄逸宴會長裙、以女神之姿出席社交場合，被人稱為「飽學博士的女士」或「教授夫人」時，臉上不再散發光彩。

「沒人高攀得了法國裁縫師。」她向擁護者誇耀。

爸就愛看她那樣：快樂、感性、優雅。許多影星努力培養的神祕氣質，在她身上渾然天成。第一次看到她的人，必定非得向脫俗超凡的阿爾瑪·史特勞斯正式問候過後，心裡才能舒坦。她是完美的女主人。她能以專家之姿討論歌劇、文學、歷史、宗教與政治，而且絕不會冒犯到任何人。她是爸的最佳伴侶，完美襯托這位活在自己的想法裡、不時以複雜的科學理論困惑眾人的男人。

他變了。他承受痛苦、日夜苦思尋找願意接受我們的國家，這一切毀了他。這位威武的男人，竟變得比我夾存在日記中、李奧從蒂爾加滕老樹上摘下帶回給我的樹葉還脆弱。爸每天都有新的事能抱怨：

「我視力越來越差。」有天早上他對我們說。

我看著他一點一滴逝去。我發覺這件事，默默做好準備。我會失去父親，成為孤兒，還得照顧心情抑鬱、日夜哭泣緬懷昔日榮光的母親。

在家裡相遇時，三人一致陷入無力，我不知道該如何克服。我們哪兒也去不了。我無法預測我們將走上什麼路，但感覺得到意外在等著我們。而我討厭意外。

該是做決定的時候了。是否決策錯誤、到了錯的地方並不重要。我們得做些什麼。就算是去馬達加斯加、還是李奧的「Khuba」，都無所謂。

我不斷想著，「Khuba」到底在哪裡？

安娜

紐約，二〇一四年

媽說我的姑婆跟雷文先生一樣，是倖存者。她一定滿臉皺紋斑點、白髮稀疏、全身僵硬踽僂。也許她走不動，或撐拐杖，或是坐輪椅。但她的腦袋仍夠清楚，有非常特殊的幽默感，性格和緩卻又參雜了點酸澀，讓媽爲之著迷。她與她通過電話後頗爲驚訝。媽說她講話非常清楚、緩慢與謹慎，聲音聽起來比實際還年輕。她能在英語和西語間自如轉換。媽很肯定我們不會見到一位衰頹的老太太。

「她好安穩平靜，」她若有所思地說著。「安娜，她並不悲傷。她對自己的際遇感到無奈，但她想見你。她說她得見你。」

對我來說，古巴毫無意義。在房間裡聽到媽和雷文先生聊起我們的旅程時，談的總是一個什麼都缺乏的國度。但我想像一個被怒濤包圍、與世隔絕、時有颶風和熱帶暴風雨橫行的孤島。大海中的一個小點，沒有房屋、接到、醫院或學校。什麼都沒有──或該說，盡是空無。我不知道爸怎麼有辦法在那裡學習。也許這就是爲什麼他到曼哈頓這個像樣的島嶼來，與乾燥大陸僅一步之隔。

爸的家人搭船抵達古巴，就在那裡待了下來。但他長大後離開了，一如所有在古巴出生的人一樣。「你得離開島嶼」，他總這樣跟媽說。「舉目皆是無盡的大海時，你就會這麼想。」

爸是個害羞的人。他不會跳舞、不喝酒，也從來不抽菸。媽以前總開玩笑說，他身上唯一像古巴人的地方，就是有本老舊的古巴護照。以及西班牙文。他說起西班牙文來和緩圓潤，每個「S」都發得清清楚楚，不省略任何一個子音。英文是他的第二語言，他說得流利沒有口音，這得感謝在他爸媽死後一手把他帶大的姑姑。多謝他出生在紐約的爸爸，讓他能取得美國公民身分。以上就是婚後短短幾年間，所有媽從他口中能得知的資訊；她在不時斷線的電話中，逐一和姑婆對照確認。

偶爾會有電影令她想起那個她決定共組家庭的男人，一個他從未得知的家庭。多虧他，她開始接觸戰後時期的義大利電影。爸熱愛維斯康堤、安東尼奧尼、狄西嘉的作品，但他也喜歡瑪丹娜。那是他的矛盾。他們剛開始約會時，有次就約在曼哈頓格林威治村的影視論壇電影院，看狄西嘉的《費尼茲花園》原版電影，那是他最喜歡的電影之一。爸總是情緒滿溢地走出電影院。

「我看到他的眼睛噙滿淚水，說我長得像電影裡的女主角，」媽說。「我那時覺得，一個不怎麼說話的人這樣講，實在太浪漫了。我可以跟這個男人一起過日子。妳爸從來不表現出情緒，但看電影時，卻總是流淚。」

爸在工作中、書中、以及黑暗中透過影像訴說故事的電影院裡，找到了寄託。他沒有朋友。我以前總幻想他是超級英雄，來解救一無所有、備受欺壓的人們。我的無稽幻想讓媽大笑。但她從來不批評，因爲她知道，對我來說，他還活著。

媽孑然一身。她是獨生女，父母親在她大學即將畢業之時相繼過世。隨後，爸出現。他們在哥倫比亞大學的一場巴洛克音樂會上相識，她在那間學校教拉丁美洲文學。

她宣布要結婚那天，沒任何朋友問她爸是不是西班牙裔、猶太裔，或只是來此一遊的外國人。他從哪來並不重要：他說著一口流利的英文，這樣就夠了。他在核子研究機構上班，還有一棟繼承自家族的好房子，所以媽要跟這個陌生人生活，沒有什麼問題。

爸在郊區上班，不過每週二會到市中心的辦公室一趟。只有那天他會較晚回家，但她從來不過問原因。爸不是你能發問、甚至爲他吃醋的對象。不是因爲他不帥，而是因爲他討厭複雜、或任何干擾他個人空間的事，而那空間早有著清楚的劃界。

她從來不介紹他認識她的教職員朋友，所以也從來不必解釋什麼。她不想要他們爲她感到難過。關於爸的事，她只知道他的父母親在他還小時，死於一場墜機事故，此後由姑姑帶大。這樣就夠了。他從不談起自己的過去。

「那些事最好忘掉。」他會這麼告訴她。

我走進媽房間。她跪在衣櫃前，檢視一堆紙片與書籍。她拉出一個老鞋盒。我看到一對袖扣、一副男用太陽眼鏡，還有幾只信封。

媽聽見我在門邊，轉過頭，向我投來她最美的笑容。

「一些妳父親的東西。」她說，並蓋上盒子交給我。

我帶著新寶藏，跑回我的小島上，關起門來瞧個仔細。

「看，我有這麼多寶藏。我確定你還記得它們，」我悄聲對著爸說，以免媽聽到。「有文件、銀行的存款證明——但一張照片也沒有。還以爲能再得到一張你的相片。我要把你的袖扣和眼鏡收進床頭櫃裡。」

我在盒子底部找到一只藍色信封，小心翼翼地打開：裡面有一小張同顏色的信紙。上頭是爸的親筆字跡：是給媽的信，沒註明日期。我突然想到，在讀信之前應該先跟媽說一聲，後來又決定作罷。她把十二年來擺在一旁的東西給了我，所以現在是我的東西了。

我頓時感到飢餓；每次都這樣。「我得冷靜，因爲要開始讀你的信了。我不想要看到任何祕密；古巴已經有夠多祕密等著我們了。」

「爸，我會爲你讀信。這樣你就能記得媽，這麼多年來，她從沒忘掉你。」

伊妲，我的愛：

今天是我們一起生活的五周年紀念，我還清楚記得與妳初遇的那刻，在大學裡的聖保羅禮拜堂後排座椅，參加秋季音樂會，一切歷歷在目。

妳和學生用西語交談，我無法自持地不斷看著妳。妳的影子遁入音樂中，我還記得妳動手把頭髮撥到耳後，露出的那張美麗側臉。我真應伸出手指，循著劃出妳的額頭、眉毛、鼻子、嘴唇與臉頰。

妳還記得那場活動、音樂與管弦樂團。而我只記得妳。

我從沒對妳說過我愛妳，說妳是我這輩子最美好的事。說我喜歡妳的靜默、在妳身邊、看妳睡覺、醒來、週末在日出間與妳共進早餐。我有沒有告訴過妳，那些一起度過的早晨、有時我們一個字也沒說的早晨，是我最喜歡的時光，因為有妳在我身旁？

就在我認定世界上沒人能接受我的孤僻時，妳走進了我的生命裡。我們有天一定要環遊世界，一起迷失在人群間。只有妳和我。一言為定？

伊妲，我的愛，我永遠在這裡與妳一起。

路易斯

漢娜　柏林，一九三九年

有些早晨我醒來，感覺幾乎無法呼吸；在那些日子裡，悲劇似乎步步逼近，心臟狂跳不止。接著很快地，一切又似乎全面靜止下來。我還活著嗎？其中一天是星期二。我恨透星期二。根本應該把日曆上的星期二刪掉。一到「Khuba」，我和李奧要下令：「沒有星期二！」

我醒來，全身發燙，但並沒有感冒、也沒有病痛。爸給領帶打了溫莎結，手中拿著灰色氈帽，量了我的體溫。他笑了笑，給我的額頭一吻。

「妳沒事。來，下床吧。」

他留下來多陪我一會兒，再親了親我，接著便離開房間。大門關上的聲音震住我。現在公寓就剩媽和我了。被遺棄的兩人。

我知道自己沒發燒，也沒生病，但身體拒絕下床。已失去所有出門、與李奧見面、拍照的慾望了。我預感有什麼要發生了，但說不出是什麼。

那天，媽畫了淡妝，但沒戴假睫毛。她穿了件深藍色長袖洋裝，看著稍顯正式。我戴上她最近一次到維也納旅行時為我買的棕色貝雷帽，把自己關在房間裡研究世界地圖，一心想找到我們那個尚未現身的小小島嶼。

我們就要動身往哪裡去了。爸無法一直隱藏我們的目的地。我準備好接受任何決定。沒有什麼遇不上的事：我們早就活在即將宣戰的恐懼裡；我想沒幾件事能比這還糟。

李奧說爸甚至已經在「Khuba」買了棟房子。

「如果我們沒要在那久留，為什麼需要房子？」我問他。李奧一如往常地早有答案。

「那是取得入境許可最方便的辦法。有一棟房子，表示你不會成為國家的負擔。」

我不知道爸每天早上去哪兒；他已被大學禁止進入。他一定是去了各間國家名字奇怪的大使館，去幫我們申請簽證和逃難用的文件。或者他跟李奧的爸爸在一起，醞釀著某些可能能讓他們賠上性命的計畫。

我想像爸是來解救我們的英雄，穿著軍人制服、胸前掛滿勳章，就像曾為德國擊退敵人的爺爺一樣。我幻想他與食人魔正面交鋒，面對威風凜凜的他，他們只能氣索委靡地屈服就範。

我開始被這些擾人的想法弄得頭昏，媽拿了張唱片放上留聲機。那是爸的寶貝，他最珍貴的珠寶。他的地盤。

一天，他在閃亮的木頭箱子裡放上一張蟲膠唱片，一邊解釋這套能讓他狂喜數小時的魔法是如何運作的。那眞的是魔術。RCA Victor 留聲機（他都簡稱爲 Victor，彷彿是他的摯友一樣）的音箱上有支可移動的機器手臂，尾端一隻金屬針以完美的節奏隨著黑色唱片的律動轉啊轉，看著讓人頭暈目眩。聲波轉化爲機械震動，從形似喇叭的美麗金色擴音器中傳出，像座巨型鈴鐺一樣。首先聽到的是旋轉迴盪的金屬音響，不斷持續直到音樂開始流瀉而出。我們會閉上眼睛，想像自己正在維也納國立歌劇院裡欣賞演奏會。樂音從喇叭流淌而出，整個房間都在震動，我們放任自己迷失在其中。身體彷彿升上空中，對我而言是難以言喻的體驗。

我聽到她最愛的抒情曲歌詞：「我的心爲你的嗓音敞開，一如花朵在晨光輕吻中綻放！」

所以我沒什麼好擔心的。媽正沉浸在法國作曲家聖桑的音樂中，以前爸總是非常小心地保存那張唱片，用 Victor 播放前和播完後都小心翼翼地擦過一次。那張是比較近期錄製的作品，是他最愛的女中音，葛楚・波森・維特格里恩唱的曲子。他有次和媽專程去巴黎聽她演唱。我能想像此時媽臉上懷舊的神情。對此時此刻的她來說，昨日已是非常遙遠的概念。聽著女人迫切的抒情調，我則想像自己和李奧在草地上奔馳、爬上山丘、涉水過河，就在我們要居住的那個島上。

沒什麼壞事會發生的。爸會回家吃晚餐；我會去見李奧，而我們會在我的的地圖上，尋找那座失落於未知海洋中的島。

我知道行李箱裡要裝什麼。相機和多捲底片是一定要的。只要幾件洋裝；不需要任何其他東西了。我倒很想看看媽的行李。想讓她稱心，他們得讓她帶上她的珠寶、她的香水、一罐罐乳液。我們需要一輛車才能裝完她所有行李。

突然間，公寓大門傳來兩陣響亮敲門聲。這裡好幾個月沒訪客了。伊娃有後門通道的鑰匙。我和媽面面相覷。音樂持續播著。雖然沒人爲我做好準備，但我們都知道，那個時刻來了。我望向她，看她打算如何回應，但她遲愣在那兒，不知道該怎麼辦。

她從法式扶手椅上站起來，拉起 Victrola 留聲機的唱針。唱片停止轉動，客廳只剩沉默，感覺像座城堡般空洞巨大。我覺得自己像是走廊上的昆蟲。隨後又是兩聲敲門巨響。媽打起哆嗦，雙唇顫抖，但身子仍直挺挺地站著，下巴高抬，拉長脖子，緩緩向門邊走去——慢到在走到門前時，又傳來四聲巨響，屋子一陣震動。

媽曲著膝蓋開了門，做了手勢請他們進來，沒問他們找誰或想要做什麼。四個食人魔接連走入客廳，帶進一陣冷風。寒風刺入骨髓，我忍不住直發抖。

爲首的食人魔走到客廳中間，在波斯地毯上停下腳步。媽退到一旁，以免擋住男人的視線，這位將永遠改變我們命運的男人。

「你們過得還眞是不錯啊？」他宣布，絲毫無意掩飾自己的嫉妒。他開始仔細地研究起房間：金銅色的窗簾帳幔、遮擋庭院陽光的絲質遮光簾、大型沙發與黃色的龐貝抱枕、媽巧露香肩、搭配瑕疵珍珠項鍊的油畫像。

食人魔以拍賣家的冷酷姿態，逐一檢視房間裡所有東西。他的眼神清楚指出房間裡他最喜歡哪些東西，打算占爲己有。

客廳瀰漫著火藥、木頭燃燒、破裂窗戶與灰燼的味道。

我站在食人魔與媽之間，把自己當作屛障。她把雙手搭上我的肩膀時，我感覺到她在顫抖。

「妳一定是漢娜，」食人魔首領以上流的柏林口音說。「那位德國女孩。妳眞是近乎完美。」

他充滿惡意地說出「近乎」兩字，我感覺像是被賞了巴掌一樣。

「就我看來，羅森塔先生不在家呢。」

他說出爸的名字時，我的心臟感覺要爆炸了。我深吸幾口氣想鎭定下來，以免他們聽到我的血管大聲跳動。我開始冒汗。媽臉上還維持著僵硬的微笑，雙手冰地麻痺了我的肩膀。

我得想想其他事，逃離這個房間、媽、和食人魔們：我開始盯著錦緞壁紙上的紋路。蕨葉扭轉穿梭在綿延不斷的錦簇花團之間。漢娜，繼續吧，循著妳那根源追去，別去想發生的事。我一次又一次這樣對自己說。一片、兩片、三片樹葉長在每一段枝枒上。

一滴汗緩緩從太陽穴上滑落，打斷我的注意力。我不敢伸手阻擋，任憑它滴落身前。

我感覺媽就要崩潰了。媽，拜託別哭。別讓他們看出我們有多絕望。別垮下妳那冰冷美麗的笑容。儘管顫抖吧，但別哭。他們是衝著爸來的，我們一直知道這一天會到來。正是該聽到敲門聲的時候了。

食人魔首領走到窗邊，檢查客廳窗戶面向街道的哪一側，也許還計算著這棟公寓價值多少。接著他穿越房間，走向留聲機。他拿起爸精緻脆弱的唱片細細檢視，再直直望向媽。

「女中音的經典曲目。」

我感覺媽準備開口問他們想不想喝點茶或飲料，我繃起身體，試圖向她表示別那麼做。保持你現在的樣子，驕傲挺立。我會保護你。倚靠我吧；別垮掉，也別給食人魔任何東西。

男人在房間裡緩緩踱步，冷氣流隨著他向四處擴散開來。我只不住地顫抖，眼看就要忍不住跑向浴室。

食人魔揮手叫兩名手下搜查其他房間。也許他們想竊取我們的珠寶。要找到它們並不難：就在上頭有個芭蕾舞伶孤單獨舞的盒子裡，爸的百達翡麗錶也收在裡頭，他只有在特殊場合才會戴上那隻錶。也許他們想找的是媽收在床頭桌抽屜裡的錢。我們所有的現金都在那兒，唯一不在那裡的是她留給伊娃的緊急預備金。剩下的都存在瑞士和加拿大的銀行帳戶裡。

食人魔走回留聲機旁。

他舉起連接唱針的機械手臂，全神貫注地研究起來。如果他把它弄壞，或害留聲機出了什麼問題，爸很可能會殺了他。那是他永不可赦的事。

「羅森塔先生要回來了。」媽說，我不懂她明知道他們就是來抓他走的，為什麼還要跟他們說這個。

我突然領悟，他們不是為了錢，或是珠寶、畫像、或爸老舊的留聲機來的：他們要的，是我們這棟六戶公寓。他們想先嚇跑我們，再從我們手中奪走地產。食人魔首領肯定會搬進來，睡在主臥室，佔據爸的書房，毀棄所有我們的照片。

沉默。

食人魔在爸的絨布沙發椅上舒服坐定，順摸著椅面，彷彿在檢查布料品質。他悠悠哉哉地撫摸椅手，期間不時盯著我瞧，用這種方式無聲地向我表達，他非常樂意等待爸回來，多久都無所謂。他一派舒服寫意地研究起貼滿房間四處牆面的史特勞斯家族相片。

在那之前，我從沒注意到通往我們這戶的樓梯會吱嘎作響，但現在聽起來卻有如教堂鐘響一樣大聲。這一刻來臨了。

沉默。

食人魔首領也聽到了腳，面無表情地坐著，豎直耳朵。他坐的那個位置，主導整個房間。

又一步，我知道爸就在門外。我的心臟快要爆炸。媽呼吸快了起來；只有我聽得見她從身後傳來的低微呻吟。

我準備大叫：「別進來！爸！食人魔們在這裡！有一個就坐在你最愛的沙發椅上！」但我發現這麼做並無意義。我們沒地方逃。柏林不過是條口袋中的手帕；他們遲早都會抓到他的。媽就要昏過去了。

食人魔和他的爪牙到門後站定。我聽到鑰匙轉動鎖孔的聲音；每次都會稍稍卡住。

沉默，越來越漫長。

延遲的動作讓食人魔首領起了疑，和手下交換眼神。對我來說，每一秒感覺都像一鐘頭：我甚至發現自己希望他們乾脆把他永遠帶走——讓他隨他們一起消失。再像這樣多幾分鐘，昏倒的就是我了。我想去浴室，忍不住了。我不想親眼目睹食人魔費盡心思爲我們準備的好戲，要我們泣不成聲地乞求憐憫。媽動也不動。

門開。

全世界最強壯、最優雅的男人走進來。在我害怕時親吻我、哄我入睡的男人。擁抱我、與我依偎、發誓什麼都不會發生、保證我們會遠走高飛，前往連食人魔的望遠鏡也看不到的島嶼上的男人。

爸臉上的表情透露出他對我們有多麼抱歉。彷彿是在自問究竟怎麼能讓我們陷入這個境地。那個十一月的夜晚，我們早已有過一次類似的經歷，也就是他被逮捕的那天。但這是決定性的一刻。無法回頭了，他知道。該是時候道別心愛的女人與寵愛的女兒了。

「羅森塔先生，你得和我們去警局一趟。」

爸不看食人魔的臉，點點頭。他走了幾步到我這，努力不去看媽，因爲他知道她很可能因此軟弱。我才是能堅持住的人，到頭來將失去爸爸，再無法爲我逼退鬼魂、巫女與怪獸。但逼退不了食人魔。沒人能爲我們擊退他們。

他雙手環繞我，握住我冰冷的雙手。我能感覺他的手是多麼溫暖。爸，借我一些你的溫暖。驅散我鑽進骨裡的恐懼。我用僅剩的一點點力氣抱住他。我啜泣。這就是食人魔要的：看我們受苦。

「我的漢娜，我們對妳做了什麼……」他悄聲說，語氣哽咽。

我緊閉雙眼。他們要拆散我和直至今日保護我的男人；我們一心寄望解救我們的男人。他們要把他帶走。媽抓住我，把我拉近她身旁。我知道從這刻起，家裡最軟弱的人就是我唯一的依靠了。儘管滿眶淚水，我仍然緊閉著眼睛。

「別擔心，漢娜，」我聽到爸說。他還在那兒。再一秒。一分鐘，拜託了。「一切都會沒事的，我的女孩。」

他們不是要帶他走嗎？他們沒改變心意嗎？

「看看窗外，」爸說。「鬱金香就要開了。」

那就是我最後聽到的幾個字。再次睜開眼睛時，他已經和食人魔們一起消失了。整棟樓都能聽到我的哭泣。我對著窗外大喊：

「爸！」

沒人聽見我。沒人看到我。沒人在乎。

我感覺背後有人低喃。是媽。

「你們要帶他去哪？」她以低啞的嗓音問。

「這是制式流程，」我聽到門邊一個食人魔說。「我們要到歌羅曼街上的警察局。不用擔心，你丈夫不會有事的。」

是的，當然。他們會安然無事地放他回來。他會回來告訴我們，他們待他有如紳士。他們給他的不是水，而是在燈光明亮的溫暖牢房裡，爲他上杯葡萄酒。但我知道實際上會如何：他得在擁擠的牢房裡挨餓入睡。如果幸運，我們偶爾能聽聞他仍苟延殘喘的消息。

從他們帶走附近肉舖的薛穆爾先生那天起，我們就再也沒聽過他的消息。我父親和他並無不同。對他們來說，我們都是一樣的，我很確定：沒人從那座地獄返回過。

我眞該緊抓住他更久一些的，記錄下那個我再也記不得的瞬間，因爲我總傾向抹除腦海中的悲傷記憶。

媽衝向房間，關上門。驚恐間，我跟著跑進去，看到她翻箱倒櫃地抽出一疊疊文件，匆促地掃視內容。

「我得走了，」她喃喃自語說著「晚點見」。

我不敢相信。*妳要去哪，媽？我們什麼都做不了。我們已經失去爸了！*但沒有用：直到那刻前，壓抑在媽身上的史特勞斯家族力量突地釋放，相隔數個月的自我禁閉後，她衝到街上。砰地甩上大門，消失在門後，絲毫不在意她的妝容是否完好、鞋子與手袋能否搭配成套、身上洋裝有無熨得平整，或是有沒有擦上合宜春季的香水。

我再次閉上眼睛告訴自己：你不能忘記這個。我開始列出所有得埋藏在記憶裡的一切：錦緞壁紙、走廊燈光、絲絨座椅、媽的香味。即便如此，最重要的依然離我而去了：爸的臉龐。

我孤獨一人，瞬間明白了失去父母親的感覺如何。我還知道，這不會是最後一次。

安娜

紐約，二〇一四年

安娜姑婆失去她的姪子、她唯一的後代、她最後的希望。我失去父親。

直到五歲，我還一直希望爸有天會無預警地，就這樣進門回來。每次大門鈴響，我都會跑向門邊看是誰來了。

「妳像隻小狗。」媽都這樣罵我。

我把他留下的那張大型世界地圖釘在床頭上。我想像爸乘著噴射機、核子潛艇與空中飛船，到陌生遙遠的國度旅行。我能看見他攀爬聖母峰、沉浸在死海裡、從吉利馬扎羅山上的皚皚白雪中探出頭、泳渡蘇伊士運河、划著獨木舟衝過尼加拉大瀑布。我父親是個夢想旅行家，有天會來找我，帶著我與他一同探索新大地。一場華麗的冒險。

直到某個陰暗多雲的九月天：爸消失的命運之日五週年。學校舉行紀念活動，孩子們擠滿了體育場，有些人唸出失蹤名單。爸的名字是上面最後一個。我坐在那兒，不動如雕像；不知道如何反應。班上的小朋友開始接連過來抱我。

「安娜失去了她的父親，」回到教室後，老師肅穆地宣布。

「經歷過那天的人，永遠忘不了那天早上我們在做什麼，」老師開始說著。她不斷停下來看我們，確定我們是否注意聆聽。

「那天早上被叫進喬治的辦公室時，我人正在教室裡。課程突然暫停，孩子們都被送回家。公共交通運輸全面停擺，曼哈頓橋關閉。朋友來學校接我，那天晚上我待在她位於里佛岱爾的家。那些日子讓人焦慮不已。」

老師淚眼盈盈。她伸進口袋拿出手帕，接著繼續說。

「學校好多人失去家人、朋友或其他認識的人。花了好長一段時間才恢復。」

我試著冷靜回應，但內心卻深受打擊。

回家時，我獨自坐在校車最後排，無聲地哭了起來。前面的小孩不斷喧鬧，拿鉛筆橡皮擦互丟。我逐漸明白，從今以後，對其他人來說，我是個在九月的某日，失去父親的可憐女孩。

媽在大樓入口等我。我沒向司機說再見就下了車，看也不看她地直接往電梯走。到家時，我質問她：

「爸五年前死了。老師在班上說的。」

媽聽到「死了」兩字時跳起來，但馬上恢復，想裝作這個消息對她打擊並沒有這麼大。

我回到房間；完全不知道媽做了什麼。她沒精神，也許根本不打算對我做任何解釋。

她已結束哀悼，而我才正要開始。

之後，我走進她的陰暗房間，看到她在那兒，還穿著同樣的衣服，鞋子也沒脫，就那樣像個嬰兒蜷曲著。我讓她休息一會兒。我知道從那時起，我們要用過去式談論爸了。我已成為孤兒。她成為寡婦。

我開始以不同的方式夢見他。對我來說，他彷彿仍然在一座遙遠孤島上。但對媽來說，頭一次，他是真的死了。

◇

每年九月，我總會自動想起爸在陽光普照的早晨離開公寓、再也不回來的事。媽還在等他。我也是。

從我才四歲半、得知爸消失了的那天起，我再也不是小女孩了，帶著他的相片縮回房間。在那之前，世上有公園、樹木，百老匯大街轉角有人販售水果與花束。以前，我們春夏會出門買冰淇淋，甚至冬天也照做。媽答應要去中央公園教我騎腳踏車。她從來沒遵守承諾。

她埋首枕堆、聲音虛弱地喃喃訴說那可怕的一日到底發生了什麼事，聲音單調地嚇著了我。每年九月，她的聲音總像陣毫無起伏的單調頌禱，在我耳邊迴盪。

清晨六點半鬧鐘響起前，爸早已睜開眼睛。他轉身確定媽還在熟睡，雖然，她其實在裝睡。她前一晚很不舒服，頭痛不止、頻頻跑進廁所。

他安靜地坐在床邊幾秒。悄悄地拿起深藍色西裝，走進浴室更衣。他洗澡、匆忙刮過鬍子，扣上襯衫鈕扣時，發現潔白的領子上沾了滴血。他以食指壓住小傷口，檢查郵件——一如往常，他把整疊信件擱在桌上——然後拿走裡面的兩封，媽很肯定：一封是工作上的、一封是信託基金寄來的。他確定媽還在床上後，便非常小心地關門離去。

她正打算那晚要告訴他那個好消息。她已經等了三個月，以免只是虛驚一場。我母親不喜歡提前慶祝。她大可在懷孕前三個月裡，好幾個被噁心反胃感打斷的清晨告訴他的。醫生已經證實她懷孕十二週。各種徵兆都已具備。

她買了他最愛的紅酒，準備在晚餐時告訴他：明年一切都會不一樣。我們要做爸媽了。她想等到理想時刻，給他一個驚喜。

爸完全不知道她的計畫。那個九月天一如尋常。微涼但晴朗、尖峰時刻車潮穩定。媽望出窗戶，看到他打開前門，下階梯前深吸了一口氣。空氣中還殘存著夏天的氣息。走到一一六號街與晨邊道的交叉口時，他望向東邊，看著清晨太陽照射綠意未褪的公園。那時七點半。警長總在這個時間出門遛狗。爸與他打過招呼，轉向一一六號街，在百老匯大街搭上一號線。媽完全掌握他的行程：與每個週二一模一樣。

抵達錢伯斯街車站後，他到三一廣場上的約翰艾倫理髮院剪頭髮，他固定一個月去一次。他開始固定每週往曼哈頓商業區去後，加入了一家紳士俱樂部。在那裡，他覺得自在，享受在那裡的隱私感。他的黑咖啡（不加糖）在那裡等著他，他會翻閱《華爾街日報》、《紐約時報》和西班牙文的《每日新聞報》。

爸頭髮沒剪成。他沒到辦公室去。只有這些是確定的。現在我開始疑惑，那天早上八點四十六分，他聽到第一聲爆炸聲響時，人在哪裡。他大可以像其他人一樣待在原地；那些得以倖免的人。幾分鐘後，媽的頌禱陳述將會完全不同。只差幾分鐘。

也許他跑去看發生了什麼事、或想試著救出誰。第二聲爆炸在九點三分。所有人一定都摸不著頭緒。電話完全不通。接著一具具屍體開始掉到街上。九點五十八分，其中一座摩天大樓倒塌。十點二十八分，又一座跟著陷落。

島尖一端蒙上厚厚一層灰燼。在那裡無法呼吸、連眼睛都睜不開。消防車與警車鈴聲震耳欲聾。我想像白天頓時變成了黑夜。男人女人爭先恐後逃離火場、掙脫恐懼與焦慮，想往光亮處逃。往北，他們得往北跑。

我閉上眼睛，想看到爸帶著傷者逃往安全的地方。接著他回到地面層，加入消防隊與警察的搶救行動。他可能成為下一個受害者。我喜歡想著爸是安全的……想著他只是迷路了，不知道要往哪去。也許他忘記自己的地址、忘記怎麼回家了。每年九月過去，我在沒他的陪伴下獨自成長，他回來的可能也跟著越來越渺茫。他一定是困在廢墟堆裡了。所有大樓轉眼間不過是堆廢鋼鐵、碎玻璃與水泥塊。

整座城市陷入癱瘓。媽也是。

◇

爸消失後，她等了兩天才回報失蹤人口。我不知道那晚她如何能入睡、隔天起床工作、再回到床上，彷彿什麼也沒發生。永遠抱著希望爸會回來。她就是那樣。

她無法把他與那場可怕的恐怖攻擊做連結；拒絕接受他被埋在碎石瓦礫堆裡的可能。那是她避免自己潰不成形的保護方式。也避免我在她心中逐漸消逝。

她成了頹萎城市裡的又一縷鬼魂。餐廳關閉、市場空蕩、地鐵線路封起、家庭破碎。被磨滅的一號區碼。街角貼滿了那日和爸一樣，出門上班、再也沒回來的男男女女的照片。大樓入口、體育館內、辦公室、書店裡，成千張消失的臉孔。他們每天早上不斷增長；新的描述被添上。除了爸以外。

媽沒到醫院、殯儀館或警察局尋人。她不是受害者、更不是受害者的妻子。她不接受悼慰。也不接電話，大家不斷打來提供她拒絕聽聞的消息或爲她感到遺憾。爸沒受傷或死亡。她確信是這樣。

她要任時間流過，讓一切自然成理。她無法解決沒有解方的事。她一點眼淚也不掉。沒必要。

我的母親以沉默包裹自己。那是她的最佳救贖。她聽不見嘈雜的交通、或身邊任何聲音。所有的背景音都消失了。每天早上，她穿梭在餘煙裊裊、滿佈鎔化金屬、灰塵與廢墟的社區街上。每座街燈貼滿照片。有時她會停下來看著他們：那些臉孔看來異常地熟悉。

她試著維持日常慣習。上市場、買咖啡、到藥局拿藥。她全身是煙味與燒焦金屬味地上床入睡。

媽離開工作崗位，從此再也沒回去。起初她請了假，後來逐漸變成未聲明的辭職決定。她不需要工作。爸的房子打從戰前就是家族財產，我們靠著他祖父多年前申請的信託基金過生活。

有時我想，抽離世界是她承受苦痛唯一的辦法。不只是失去爸，更是失去告訴他我要出生的機會。告訴他要當父親了。

漢娜　　柏林，一九三九年

我打開餐廳窗戶，拉起窗簾，讓晨光照入室內。接著深吸一口氣。沒有煙霧、金屬、或灰塵的味道。閉上眼睛，能聞到茉莉花香。我打開窗，鋪著細緻蕾絲餐巾的桌上放了熱茶，桌子就在離窗戶最近的那一角，如此就能捕捉到一點陽光。有我的朋友格蕾特送的、我非常喜愛的香草餅乾。我需要帽子。啊，還有一條圍巾。對，圍上粉色絲質圍巾好招待格蕾特和她的狗兒，唐恩。結束後，我會和她們一起跑下階梯。

格蕾特開門，走過客廳，但唐恩比她更先抵達；牠瘋狂地在桌旁跳來跳去。我試著拍拍牠、抓住牠的尾巴要牠靜下來，但什麼也阻止不了牠。牠自由自在。

格蕾特話匣子一開便停不下來：唐恩說了「哈囉」；牠在學唱歌；牠每天早上叫她起床。唐恩是隻全身白亮的梗犬，連一個黑點或瑕疵、一滴髒汙都沒有，而且體格健美，和所有梗犬一樣。他受盡尊寵：甚至去過堇花渡假村，他們在那裡訓練血統純淨的狗兒。和他一起受訓的是那兒最出名的狗兒：一隻叫「小金」的德國牧羊犬。

格蕾特喜歡用香檳杯喝冰水，輕佻地閉上眼睛，假裝氣泡喝得她頭暈。我們一起共度多少歡樂時光。她一週來兩次，來喝茶和無氣泡的香檳。

「你坐在黑暗裡做什麼？」媽回到家，終結我的白日夢：和格蕾特共享下午茶的回憶。

我跟著她進她房間，被一萬零六百朵茉莉花與三百三十六朵保加利亞玫瑰的香氣團團包圍。她曾一邊說明這些花通通用來調製那瓶香水，一邊輕輕地滴一滴到頸背上、另外一滴到手腕上。

小時候，我曾經在那間房裡度過數小時，全公寓裡最寬敞、味道最甜的房間。氣勢磅礴的水晶燈像隻巨型蜘蛛般伸往四面八方。我會害怕地把自己關在大衣櫥裡，我曾在裡頭偷偷戴上珍珠項鍊、沉重的大帽子，穿上高跟鞋來回遊走。那時媽還會開懷笑著看我嬉戲，為我塗上亮紅色唇膏，叫我「我的小丑兒」。

如今再也不同。雖然再無人清理的地毯、無人熨燙的床單與沾滿灰塵的絲質窗簾仍散發著茉莉花香，當中卻摻雜著樟腦丸的噁心氣味。媽堅持想守住那段我們只能眼睜睜看著日漸蒸散消逝的昔日。

我躺在白色的蕾絲床單上，看著上方不再嚇得了我的水晶燈，感覺到她走進我房間。母親一言不發地直接走向浴室。她累壞了。

她的臉上與動作清楚顯示，這位曾愛學她的女神擺弄慵懶姿態的脆弱女人，不知怎地從某個遙遠意外之處，重拾起史特勞斯家族的力量。她回應爸的消失事件是如此積極有力，連她自己都感到驚訝。現在我才是那個難以離開這座囚牢的人。如果今天我沒到傅肯赫斯特夫人去和李奧見面，他很有可能冒著撞見可怕的豪夫麥斯特夫人與傻蛋格蕾特的風險，無預警地直接來這。

媽素顏無妝、頭髮溼透、雙頰被熱水沖地通紅，看起來比實際還年輕。她走向臥室另一端，拿白色毛巾包住頭髮，並拉上窗簾，不讓任何一絲陽光透入室內。

她仍然隻字未提。我完全不知道她有沒有聽到任何爸的消息、又打算採取什麼策略。什麼都沒有。

母親坐在梳妝檯前，開始進行例常梳妝。她能從鏡中看見我坐上她將近有兩百年歷史的女王扶手椅，也沒等她問我有沒有洗過手。她再也不在意那張由名叫阿維斯的師傅設計的寶貝古董椅被弄髒。她一邊檢查第一道看似皺紋的痕跡，一邊深吸一口氣，遺憾地宣布：

「漢娜，我們要離開了。」

她故意不看我，聲音如此輕軟，讓我難以理解她的話，但能感覺她心意已決。那是道命令。我無從置喙，爸和李奧也沒得商量。我們要離開了，就這樣。

「我們拿到許可和簽證了。只剩船票還沒買。」

爸呢？她知道他不會回來，但我們可不能拋下他。

「我們什麼時候離開？」是我唯一敢問的問題。她的回答沒多大幫助。

「就快了。」

至少不是今天或明天。我還有時間跟李奧做點計畫；他一定已經在等我了。

「我們明天開始打包行李。得決定要帶什麼。」她話說得極慢，我不禁擔心了起來。

我得出門和李奧碰面，但她還在說著。

「我們永遠不會回來了。但我們會活下來的，漢娜。我很肯定。」她堅定地說，控制著怒意一邊梳頭。

媽關掉大燈，只留下梳妝台上的燈光。我們坐在半黑暗中。她沒話要對我說了。

我悄悄離開房間跑下樓，完全沒想到那些急著看我們離開的鄰居。他們才該知道我們有多麼急切想脫離這荒謬的囚禁。

我上氣不接下氣地來到哈克雪市場，往咖啡廳跑去。李奧正在享用最後幾口熱巧克力。

「是C—u—b—a」，他說，強調每一個字母。「我們要去美洲了！」

他起身，我雖然還沒喘過氣來，仍緊跟著他。跑這麼多路實在跑得我上氣不接下氣。

但他說：「我們要去」，而那就是我唯一在意的事。不是目的地，而是複數的「我們」。我又問了一次，確定自己沒會錯意。

「我們要去美洲。妳母親花了一大筆錢買到許可證。」

那個時候，我們的現金一定早花光了。我們很確定爸幫忙付了李奧和他父親的許可證費用。柏林許多人都看到了這一線希望，捉住機會的人就能安全無事。兩家人，他們家和我們家，就是其中的幸運兒。

最棒的是爸還活著：

「他們準備放他出來。」李奧語帶權威的說著，我一陣沉默。

爸很幸運，不像薛穆爾先生一去不返。我們不是他們要的，但羅森塔一家也夠幸運了。條件是我們得交出那棟樓和所有其他財產，並在六個月內出境。只要媽能確保財產順利轉交，他們就放爸自由，這樣我們就能拿到他的簽證，和我們三人的船票。這就是爲什麼我們還沒買到票。這下我懂了。

我們得去食人魔臭氣熏天的通道那兒偷聽廣播；我們得了解所有最新規定。他們不斷發明新招，讓我們的日子一天比一天更難過。他們不僅不想要我們在這裡，還想盡辦法讓所有人拒我們於門外。如果我們在每一洲都碰壁，他們又何苦一肩扛起所有負擔？眞是上上策：優越種族的勝利。

眞不幸，有人已接受我們。美洲中間有座小島願意接納我們，讓我們過著與一般家庭無異的生活。我們會工作、成爲古巴人，我們的子女、孫輩、曾孫輩將在那兒出生。

「我們五月十三日出發，」李奧說，邁步向前。我什麼也沒問，只是跟著他。「我們要從漢堡離開，往哈瓦納前進。」

五月十三日是禮拜六。感謝老天我們不是在禮拜二離開，一週裡我們最怕的禮拜二。

◇

一顆沾滿泥濘的石頭。一只被煙火燻得焦黑的玻璃片。一片乾枯落葉。這些就是五月十三日，所有我藏進行李箱的柏林紀念品。每天早上，我會抓著石頭，漫無目的地在公寓附近遊蕩。有時我會等待媽等上好幾小時。她出門前總答應會在中午前回來，但從來沒遵守承諾。如果她發生了什麼事，我就得跟李奧走了。又或者依娃可以收留我，說我是遠房親戚。沒人會發現我不純潔。我會拿到新的身份證件，留下來和打從我出生就陪著我的女人一起，最後跟著她一起到其他人家做家事。

財產轉移文件全部備齊了。大樓、我出生所在的公寓、家具、收藏品、我的書和玩偶。

多虧某位在某個遙遠國度大使館工作的朋友幫忙，媽得以把她最珍貴的珠寶帶出柏林。她唯一拒絕交出的，是家族墓地的權狀，但食人魔也不感興趣，因爲墓園在魏森湖那邊。我的祖父母親與曾祖父母親都長眠在那兒，我們本來也應該歸去同個地方，但我確定他們會毀了那裡，一如他們毀掉的許許多多事物一樣。

那個時候，市面充斥許多落腳巴勒斯坦或英國的假文件；總有些人想在我們絕望之際趁火打劫。有時是食人魔，有時則是經手人無良反成告密者。我們沒有人能信任。

所以媽才要費心確認我們進入古巴的許可證是眞的。

「一張許可證要價一百五十美元，還要另外多付押金五百元，保證我們到了島上後不會找工作，也不會成爲國家的負擔，」她背對著我如此解釋。

我們要到一個自稱是加勒比海裡最大的小島去，夾在北美洲與南美洲之間的一小塊土地。但只有那那一小塊土地爲我們敞開大門。

「世界地圖上說它算是西方世界的一部份，」她還算滿意地說。

我們要從漢堡出發，搭著德籍輪船跨越大西洋。但無論我們多麼想走，在一艘由食人魔船員駕駛的船上，我們是不可能完全感到自在的。

「頭等艙的船票大概要花上我們八百國家馬克，」媽接著說，「而且船公司要求我們買回程票，雖然他們很清楚我們永遠不會再回來。」

所有人都佔我們便宜。

那天爸要回家，所以她提早回來。她穿著黑色洋裝，提早作哀悼，手忍不住一直調整搭配的白色腰帶。她一臉乾淨清爽，幾乎沒上什麼妝。現在已不再戴假睫毛或畫眉，也不擦眼影了。她已然是另外一位女人。

她坐在椅子邊緣，雙手交疊放在腿上，看起來像位因爲不乖而被學校處罰的學生，那所她再也不帶我去的學校，因爲他們不要我。

「冷靜點。」看到我在寬大、布滿灰塵的房間內踱步來去，她這麼對我說。

爸爸正爬上階梯。我們聽到他的聲音。他來了！我們要離開了！我們辦到了！我們要到一片小土地上生活了，爸爸，那裡沒有四季，終年是夏日。雨季和乾季。地圖上這麼說。

進門時，爸爸看起來比以前還高。他的鏡框歪斜，頭髮全剃了。襯衫領子髒地看不出原來是什麼顏色。但瘦削的他和起來更高貴了：雖然挨著餓，一身苦痛與騷臭，他仍站地直挺挺地。我跑過去擁抱他，他放聲哭泣。別哭，爸爸。你是我的力量。現在你與我們在這裡很安全。

我站在原地緊緊抱著他，聞著他身上的汗味與汙水味。我能聽見他紊亂的呼吸、感覺他的胸膛起伏。他抬頭看向媽媽。

他像對待嬰兒般親了我的額頭，媽則開始向他報告近況。我很想知道這位以前足不出戶、整天哭泣的女人，到底是從哪突然找到這股力量。我不習慣新的阿爾瑪。聽到她的話，更讓我震驚不已。

「我們只拿到兩張古巴國務院核准的簽證，他們最近頒布新政令，限制上島的德國難民人數。」媽媽一口氣說完。「但那不重要：漢堡—美洲航號要販售期效限定的觀光簽證，上面有移民署長簽名，一個叫曼紐爾・貝尼蒂茲的人。」

她試著用完美的西班牙文發出他的名字。

「我們只需要一張。如果能拿到一張貝尼蒂茲」——她已經幫救命簽證冠上他的名字了——「還有古巴大使館蓋章，你就能跟我們一起走。但我們不能透過中間人買。最好買三張，這樣我們能用一樣的文件出發。」

「如果拿不到貝尼蒂茲，我們還有什麼選擇？」我插嘴。「離開，把爸留在柏林？」

她沒回答我，只是繼續倉促解釋：

「至少我們保留住兩間頭等艙房間了。這是確定的。問題是我們每個人只准隨身帶十國家馬克。」

也就是我父母親總共帶二十國家馬克，我帶十國家馬克。我們所有的財富。能多藏一點現金，但太冒險了：他們可能拿走我們的登陸許可。或者我們可以偷偷帶上爸的手錶，或一些其他珠寶。那能幫上不少忙。

「直到抵達哈瓦那前，我們都無法動用加拿大帳戶。航程兩週，不會超過太多，」媽媽繼續冷靜地說著。「起初幾天可以待在國際大飯店，等過境的住處準備好。我們會在那裡待一個月，或者一年，誰知道。」

把所有新聞告訴爸後，她把自己關進房間。她沒抱他：只有冷冷地跟他碰了兩頰。我們沒家庭了；大家都是孤單的。前幾個月裡，我們失去了所有朋友。每個人各自盡力用各種方法活下來。

李奧呢？他們一定有幫忙弄到李奧和他父親的票。因爲爸回來，我沒辦法去見我的朋友。換他來找我，我下樓爲他開門時，看到豪夫麥斯特夫人在騷擾他。

「滾！骯髒的雜種！這裡不是垃圾場！」

我們跑到蒂爾加滕公園。我們時間剩不多了，李奧知道。他和父親沒拿到簽證。

「發完了，」他說。「我們也沒拿到妳爸爸的。」

不只如此，我們還有另一個問題：如果我們沒成功離開柏林，我們的父母打算甩掉我們。李奧很確定是這樣。

他聽到他們討論一種致命毒藥。他對那東西非常清楚。

「氰化物現在跟黃金一樣寶貴，」他解釋，口氣彷彿自己就是藥頭。

他在騙我，我想著，不相信他的話。沒人想死。我們都想逃跑：那是全世界我們最想要的。

「妳父親說他寧可消失，也不要回去坐牢，」李奧沉重地說。他停止奔跑。「他請我爸爸到黑市爲你們家買三顆膠囊。妳不相信我嗎？」

「當然不相信，李奧」，我說，喘著換口氣。「更不相信爸爸那段」。

「氰化物膠囊從世界大戰起變得大受歡迎……」李奧裝起巡迴馬戲團主持人的口氣，像是準備爲觀眾介紹某種大自然奇觀一樣。他父親眞該知道這男孩老是偷聽他的對話。李奧很危險。

「死比被關進牢裡好。他們會拿走你的武器，但必要的話，小膠囊可以藏在你的舌頭下、或牙縫裡。」李奧雙手在空中揮舞，戲劇化地說著每個詞語。他停下動作看我是否被惹怒或嚇壞。

「膠囊不會隨便溶解。外面有層薄薄的玻璃殼，以免不小心破掉。等時候到了，你就咬碎玻璃殼，吞下氰化鉀。」講到這裡，他像個誇張的啞劇戲子般倒向地上，全身顫抖喘不過氣，睜大雙眼不斷咳嗽。接著又活過來，從頭再演一次。

「不會痛嗎？」我順著他的把戲問他。

「漢娜，這是最完美的死法」，他悄聲說。接著又再次伸手向空中狂掃。「它會毀掉你的腦袋，讓你毫無知覺，接著心臟就停止跳動。」

至少這算點寬慰：不痛也不流血地死去。我若看到血一定會昏倒，也受不了疼痛。

如果父母親拋下我們，膠囊就再適合我們不過了。我們會陷入沉睡，然後就那樣了。

我倚靠貼滿海報的牆面。「數百萬名男人沒工作。數百萬兒童沒有未來。解救德國人民！」我也是德國人。誰來解救我？

「妳要去找出來」，李奧命令我。「搜遍妳家公寓。沒找出來不能離開。我們得把毒藥丟掉。」

「丟掉價值跟等重黃金相當的東西嗎，李奧？留著賣掉難道不會比較好？」

又多個問題了：現在我得小心檢查所有他們給我吃的東西了，雖然我不眞的認為他們會把膠囊的內容物混進我的食物裡，因為我一定會馬上察覺。我想知道氰化物聞起來是什麼味道。它一定質地特殊，嚐起來特別突出，但李奧沒提到這件事。我得再更仔細地研究研究。一秒都不能浪費。

他們可能等我睡著時走近床邊，打開我的嘴，灑進碎開膠囊裡的粉末。我不會喊叫或哭泣，只會盯著他們，讓他們眼睜睜看我消逝離開；看我心臟停止跳動。

我父母親遇上危機，被逼急了，不經思考就行動。什麼事都有可能。我不期望他們做任何好事。但他們不能為我做決定：我要十二歲了。

我不需要他們。我可以和李奧一起逃走；我們能一起長大。時光飛逝。李奧，幫助我離開這裡。

我回家睡覺，試著忘掉氰化物的事，即使只有幾小時也好。隔天，等爸爸和媽媽一走，我就開始搜尋。

隔天我起得比平常晚；李奧累壞我了。趁著家裡只有我一人，我開始搜索爸的書房中、藏在祖父畫像後面的保險箱。密碼還是我的生日，但打開小門，找到的只有文件：成堆的信封。

接著，我翻了珠寶盒。沒東西。再來是爸碰不得的公事包。檢查了公寓裡每個抽屜，有些還是我從來沒開過的。翻遍書本、擺飾後方。走向留聲機，小心翼翼地摸摸喇叭裡有無東西。沒有。我找啊找，哪兒都找不到膠囊。

唯一的可能是，他們大概隨身帶著。也許被爸爸收在他鼓鼓的皮夾裡，或者，誰知道，就藏在他嘴裡，一心相信玻璃殼會保護他。李奧交代我找出那邪惡的粉末的任務，讓我累壞了。

體力不堪負荷。每個角落都已找過，現在該出門了。我在中午抵達荷森特勒街，但傅肯赫斯特夫人咖啡館裡不見李奧身影。每次幾乎都是他等我，現在換他報仇了。

我在咖啡館進進出出；許多桌坐滿抽菸客人。李奧沒來，我猜他不會出現了。我到亞歷山大廣場車站，在車站裡遊蕩。手滑過冰冷的銅綠磁磚。最後手指沾滿黑色煤灰，完全不知道該如何弄掉。

我坐上快鐵，大膽地一路坐到食人魔窗戶外臭氣熏天的通道。李奧可能在那裡，急著聽收音機播放最新消息。真不曉得我自己一個人在這兒幹嘛。我靠近窗戶，全柏林最惡臭的男人與他震天價響的收音機在那兒。我幾乎想問他：「你有沒有剛好看到李奧呢？」我聽見收音機提到，食人魔們在阿德隆飯店開會討論要如何處置不純潔之人。他們大可以去凱瑟霍夫飯店卻不去：他們就要挑阿德隆，讓我們的苦痛更難受。

阿德隆飯店曾是偉大柏林的象徵，所有人都想待在那。現在卻紛紛逃離。食人魔的旗幟掛滿飯店所有陽台與周圍街道上的街燈，我們曾在那如此快樂地悠遊。

但我們要離開了。這才是最重要的。幸好，我不依戀任何事物。無論是我們的公寓、公園，或李奧在不純潔之人社區的冒險旅程，我毫無留戀。

我不是德國人。我不純潔。我誰都不是。

我得找到李奧，於是決定冒險：我要再次搭上快鐵到他家去，格羅斯漢堡大街四十號。我重複念了一次以免忘記。就在媽當初拒絕搬進的社區裡，全柏林的不純潔之人現在都住在那。李奧大可到我們公寓外面等我的。他誰也不怕，豪夫麥斯特夫人算什麼。

◇

我在奧拉寧堡街站下車。走到與漢堡大街的交叉口時，我視線朝地面，路上撞到一位拿著一大袋白色蘆筍的女人。我道歉，聽到女人在身後咕噥：「純潔的德國女孩一個人來這種社區做什麼？」

抵達李奧住的街上，我認了認方位。右邊是俗稱「自由派」，給不純潔之人的墓園。他家在左邊，往柯本廣場公園的方向。終於知道自己在哪了。

所有建築物索然無味地貼在一塊，大多三四層樓高，外觀一模一樣，沒有陽台，全都一個樣子。芥末色牆壁好幾年沒重新粉刷過，紛紛開始斑駁褪色。

這裡的人走在街上像是時間太多一樣，迷失不知方向。兩個一身黑的老男人站在其中一棟房子入口。聞得出來那是染著層層汗水、毫無整理保養、一手換過一手的無主夾克。

地上仍有碎玻璃片，但至少這裡沒煙味。沒人在意：大家直接踏過玻璃堆，踩得更碎，脆裂聲鑽入我的脊椎。

一間店釘上大片木板，取代十一月時被砸碎的玻璃窗戶。有人用黑墨水在木板上畫了六芒星，以及我拒絕念出的字詞。

我要找四十號；其他任何事我都不感興趣。我不想知道爲什麼老男人不離開入口，或爲什麼不到四歲的男孩野蠻地啃著生番茄再吐掉。

四十號是一棟三層樓建築，芥末黃色外牆因爲潮濕而生黑。窗門像掉了鉸鏈般垂在外頭，不對稱的大門上，門鎖已撞爛。我爬上狹窄陰暗的階梯，裡頭的空氣甚至更加冰冷，感覺就像走進一台散發著腐爛食物臭味的骯髒大冰箱。樓梯間只有一盞裸露的燈泡虛弱地照著，幾個小孩衝下階梯，把我推向一旁，我抓緊扶手以免摔下去，手掌感覺沾上什麼黏物。

我沿著走廊前進，想著這地方不知要怎麼清理。幾間房子的房門敞開，我想像過去某個時候，這整棟樓全屬於某個家庭所有，現在卻擠滿失去家園的不純潔之人。

到處不見李奧和他父親。我走向最後一扇敞開的門，一位身穿髒污汗衫的男人赤腳走出來，我小心翼翼地繼續往前走。那男人有著同樣的鼻子，像朵毒菇，胸膛上的六芒星我曾經在《毒蘑菇》上看過，學校逼我們念那本書。他看到我時頓了一下，搔搔頭，他沒說什麼，於是我繼續走，我不怕他，或任何人。

我探頭往一間房內看，那戶人家一定正在用番茄醬燉煮馬鈴薯、洋蔥與肉。一位老女人坐在搖椅子前後搖動，還有個衣衫不整的女人正在泡熱茶。一位小男孩邊挖鼻孔，邊盯著我看。

現在我了解李奧爲什麼不想讓我看到他在什麼地方過夜了。跟那可惡的烏鴉房東杜比埃奇夫人沒有關係，是因爲這股哀傷：李奧想保護我不受恐懼侵襲。

你可以開口請求協助的，你可以來和我們一起住。我知道那樣危險，但我們應該為你開門，卻沒做到。原諒我，李奧。

我爬到二樓，這時有人抓住我的手臂。

「妳不能來這裡。」挺著大肚腩的矮女人以為我跟他們不一樣，她以為我是純潔的。

「我在尋找馬丁一家住的房間」，我虛弱的悄聲回應，企圖隱藏自己其實非常害怕的事實。

「誰？」她尖銳地問。

「我得和李奧說話。有急事。家裡有件很重大的事。我是他表妹。」

「妳才不是他表妹」，矮妖女啐了一口，轉身背對我。這下換我抓住她的手不讓她走。

「放開我！」她尖叫。「妳找不到他們的。他們昨晚像鼠輩一樣帶著行李跑了。什麼也沒跟我說。」

我不知道該哭還是該感謝她，只是愣愣地站在那兒幾秒鐘，看著她的眼睛，忍不住為她感到抱歉。我跑下階梯出去找快鐵，完全不知道自己往哪去。

路旁人行道的燈光照得我眼瞎，街上噪音感覺麻痺了我的知覺。腦中響起附近麵包店的門鈴聲，像金屬棒受撞擊後不斷地嗡嗡迴響。路人的對話在腦中混成一片，女人對著孩子大叫，老男人毛茸茸的鼻孔傳出的呼吸聲，好像被擴音器放大般傳出，他們的氣息中參雜著烈酒味，還有人用我無法理解的語言對話。

我迷失方向，我不想往一座座墓碑上堆滿小卵石的古老墓園方向走。究竟有誰想住得離死人這麼近？沒有李奧爲我帶路。我得找到車站。

終於看到車站，我知道自己安全了。我得離開這裡，我不屬於任何一個地方。你有好多得解釋給我聽的了，李奥，那些問題我不敢問父母親。

回程的快鐵上，集電桿每撞擊一次電纜，都嚇得我驚跳起，其他乘客全異常地冷靜；他們盯著地板，所有人看起來都穿著如制服般的灰色服裝，連一抹色彩也沒有。我兩頰發燙，雙眼充滿淚水，強忍著逼自己不能流淚。沒人想坐我旁邊；所有人都避開我。我知道自己看起來是純潔的，但我跟他們所有人一樣灰黯。我住在豪華公寓裡，但同他們一樣被趕出。

我獨自回家。再也沒人與我作伴了。

我還是無法相信李奥沒有任何機會跑到我家來，冒著風險敲門告訴我他父親要帶他去英國或什麼地方去，說他會寫信給我，說就算我們被拆散身在不同大洲或海洋，也永遠不遠離彼此。

我能想到的，全是該如何準備踏上前途無望的旅程，到那座李奥曾在泥濘中靠想像畫出的小島。

那天是禮拜二，我眞該待在房間裡盯著天花板看的。一切都是夢，或是場可怕的夢魘。明天早上醒來，李奧會一如往常地在那裡，配上他超長的睫毛與一頭亂髮，中午在傅肯赫斯特夫人等著我。

◇

推開家門，我看到爸站在窗邊盯著鬱金香，現在他成了那個幾乎足不出門的人。他躲回深色木板裝潢的書房裡，背對鬍鬚茂密、以將軍之姿散發炯炯眼神的祖父照片。他不斷清空書桌抽屜，把數百張他的研究、文章通通丟進垃圾桶。

我走向他，他親了我的額頭，繼續朝外頭花園看。他應該知道李奧被帶到哪去，以及他和他父親有沒有拿到去哈瓦納的許可證。

「李奧和他父親怎麼辦？」我鼓起勇氣問。

沉默。爸沒回應。別再盯著花看了，爸。這對我來說很重要！

「一切都沒事，漢娜」，他回答，眼睛不看我。

這表示沒好消息。

我走進媽的房間。我需要人告訴我到底發生什麼事。我們究竟要不要離開，旅程是否依然照計畫進行。現在她才是每天早上出門安排事情的人。

「事情都弄好了，」她確認。「沒什麼好擔心的。」

我們買到船票，也拿到爸的登陸許可——貝尼蒂茲證了。

「我們還需要什麼？」

「我們得在禮拜六清晨離開。到時坐我們的車走；一位妳爸以前的學生會來載我們，車子就留給他當作報酬。」

「我們可以相信他。」爸補充，走來門口安慰我。

但我仍然一直想著李奧。

媽的房間一片混亂：衣服、內衣和鞋子散落一地。我聽到她在哼歌，還緊張地跑來跑去。我不懂她，她似乎又變回以前的她了，或昔日幻象。我好像每天都有不同的母親，本來這樣應該挺有趣的，但時機不對，李奧沒道別就消失了。

媽塞滿了四大箱衣服。她瘋了，錯不了。

「妳覺得如何，漢娜？」她穿上晚禮服，開始繞著房間跳舞。華爾滋，她在哼華爾滋。

「如果要去美洲，我得帶件曼柏克禮服，」她繼續說著，好像我們是要去某個異國小島度假。

古巴沒人會對她穿的洋裝品牌名有一丁點興趣。她愛用設計師的名字稱呼衣服：格蕾斯夫人、摩里諾克斯、巴圖、皮圭特。

「我全部都要帶。」她緊張地笑著說。

衣服多到她在海上完全不用重複穿任何一件。她知道每當她在這樣的狂喜狀態裡尋找慰藉時，我會與她保持距離。我知道她在受苦：我們不是要度假。她很清楚我們面對什麼樣的悲劇，但努力試著與之和平共處，保持自己的最佳狀態。

噢，媽！但願你能看見我今天看見的。而你，爸，你根本不應該拋下李奧和他父親面對那樣的夢魘。

我們所有的財產都列成一張清單，Vermögenserklärung，也就是財產申報書，所有家庭離開前都得先填完才能走。媽能帶走衣服和身上穿戴的珠寶首飾，但其他我們生活的一切，都得留在德國，清單上的東西一樣也不能失蹤或損毀。只要有任何一丁點愚蠢的小差錯，動身日就可能無限延期，還可能被送進牢裡。

安娜

紐約，二〇一四年

雷文先生為我們聯絡到一位聖路易斯號上的倖存者，也就是安娜姑婆前往古巴時搭乘的那艘遠洋郵輪。我們今天要去拜訪她，也許她認識爸的家族，我的家族。我們帶上明信片和照片影本，畢竟，誰知道呢，也許她會看到幾位她的親戚，甚至是她還年輕的樣子，這是我們的希望。

雷文先生說，現在沒剩幾位還活著的倖存者了。當然，畢竟已經是這麼多年前的事了。貝倫森太太住在布朗克斯區，他兒子會先出來接我們，他提醒媽說，我們會看到一位友善、話不多，但對往事記地一清二楚的老太太，她對當今的記憶每天不斷流失。他兒子說，老太太在悔憾中度過七十多年的歲月，她無法忘懷。即使她想，也做不到。

她兒子常要她說說當年是怎麼活下來的、受到什麼迫害、船上的旅程、父母親的遭遇。他想要她以白紙黑字記下一切，但她不肯，她願意見我們只是為了那些照片。

貝倫森太太的經文盒釘在門柱上。兒子開門時，迎面撲來一陣暖空氣。他年紀也大了，走廊上無特定順序地隨意貼滿老照片：最近的婚禮、生日、新生兒誕生，都是貝倫森家族戰後時代的故事。就是沒有在德國的生活。

客廳裡，貝倫森太太坐在靠窗的扶手椅上休息，動也不動。家具是深色穩重的桃花心木材質。屋裡的所有東西想必都不便宜，展示櫃、桌子、沙發、扶手椅和各式裝飾品充斥之餘，已沒剩什麼空間。我擔心打個噴嚏會弄壞什麼東西，所有家具都隔了一層蕾絲布。眞執著要把所有表面蓋起來啊！就連牆面都鋪著一層哀傷的芥末色壁紙。

我很確定陽光不曾照進這裡。

「她其實有點緊張。」兒子解釋，也許是想讓母親聽到這番話後做出點反應，但她仍然一動也不動。

媽握住她的手，她回以微笑。

「到我這個年紀，最多只能微笑了。」她打破僵局說道。我聽不太清楚她說話，她在紐約活了大半輩子，卻仍然有濃厚的德國腔。

媽介紹我，我站在房間一角點點頭。貝倫森太太微微顫顫地舉起帶著金戒指的右手，緩緩地跟我打招呼。

「我女兒的姑婆寄來負片，她也在妳當年那艘船上。漢娜・羅森塔。」

我想貝倫森太太對我們家族一點興趣也沒有。她微笑時瞇起眼睛，臉上露出頑童般的神情，反倒不像是位在戰爭中活下、滿腹牢騷、需要人協助才能走動的老太太。

「這名字在那個時代很常見。妳有帶照片嗎？」

她沒興趣聊天。咱們直接進入正題：你們此趟目的是什麼，快做完，然後就能走了。她不想被打擾，肯微笑都已嫌多。

房間一角高桌上，擺著一座房屋模型。外觀工整對稱、門窗整齊排列，中央有個雄偉的大入口，看起來像座博物館。

「別靠太近，孩子。」

我不敢相信她竟然吼我，趕緊移到房間另一角。也許是想表達歉意，貝倫森太太解釋：

「那是孫子送我的禮物，仿造我們在柏林曾擁有的一棟房子，在戰爭後期被蘇聯軍炸毀，現在不在了。來看照片吧。」

媽在老太太身邊的桌布上擺出照片，她伸手一張一張拿起。

她安穩地坐在椅子上，全神貫注看著相片，忘了我們的存在。她咯咯輕笑，指著在甲板上嬉戲的孩子，咕噥了幾個德文字。她似乎很開心看到那些影像：游泳池、舞廳、體育館、優雅的女人們。有些正在做日光浴，其他像電影明星般搔首弄姿。

她再次看一遍所有照片，做出像是初次看到的反應。兒子非常驚訝：母親顯得快樂。

「那時我從來沒看過海」，是她的第一句回應。

她拿起第二個裝滿照片的信封，又補充：「那時我從來沒參加過蒙面舞會。」

她越來越焦躁，等不及要看第三個信封。「那時的餐點精緻極了，他們對待我們好像皇室一樣。」

看到某一張照片時，她停下動作。那是在港口拍的——也許是哈瓦那的港口？乘客全擠在船側的欄杆旁，揮手道別。有些人帶著孩子。其他人表情絕望。

老太太抓緊照片靠向自己，閉上眼，開始啜泣。原本的輕聲呻吟在短短幾秒鐘內轉爲絕望。我不確定她是在哭泣，還是單純大叫。兒子走過去安慰她，他抱住她，但她仍顫抖不止。

「我們還是走吧」，媽抓著我的手說。

我們把照片留在桌面中央，連說再見都無法。貝倫森太太仍閉著眼睛，把照片緊緊抓在胸前。她冷靜了一會兒；隨後又開始哭叫。

兒子請我們原諒她。我完全不懂，我想知道貝倫森太太遇過什麼事情。也許她認出了船上的家人，他們有沒有在哈瓦那上岸？也許他們遇到船難了，但最後，她被救起，那麼她不是應該感到快樂嗎？

我們等電梯時，仍然聽得到她痛徹心扉的哭喊。

我們一言不發地下樓。樓上，哭喊聲持續著。

◇

我不能像辜負媽那樣辜負爸，我不希望對他抱著同樣的罪惡感。我才要滿十二歲而已！在我這個年紀，依然很希望自己的父母親都在身邊。吼你、在你想玩的時候不讓你玩、不乖的時候對你下命令或教訓你。

雖然我希望媽永遠不要醒來——希望她永遠沉浸在她黑暗臥房的床單裡——最後還是及時應對，跑出去向人求救，然後救了她一命。現在我希望爸也能醒來，從陰影中浮現，過來接我，帶我跟他一起走，能走多遠就多遠，搭著對抗強風的帆船出走。我現正準備與他的昔日相遇。

我問他哈瓦那有多熱，他在那兒出生成長。醒來，爸，告訴我些什麼吧。我把他的照片拿近光源，燈光下他的臉龐散發著紅色光圈，這下感覺他真的在聽我說話。我這麼多的問題把你問糊塗了對吧，爸？

聽說哈瓦那酷熱難耐，媽很擔心。炙熱的艷陽會攻擊你、讓你整天覺得虛弱。有人警告過我們，一定要擦上厚厚的防曬油。

「但我們不是要去撒哈拉沙漠，媽。那是個有微風吹拂的島嶼，而且四面環海。」我解釋，但她看著我的神情彷彿是想著：這個女孩懂什麼？她從來沒去過加勒比海！她拒絕相信我們已經準備萬全了。

她比較想住在有海景的旅館裡，但姑婆堅持我爸爸出生的房子也是我們的房子，它屬於我們。我們不能冒犯她，所以我說服媽別再去想任何以西班牙城市、義大利小島、或法國海邊渡假村命名的哈瓦那旅館了。

我很好奇一位聲音如此柔軟悅耳、寫起西班牙文時構句又如此謹慎的德國女士，要如何在這樣一個島上過日子，根據雷文先生的說法，那兒所有人說話無時無刻都用吼的，走起路總扭腰擺臀。

也許姑婆準備給我們天大的驚喜。我們將在黃昏時抵達哈瓦那機場，那時太陽與溫度都已降下。我們會下機，等機場航廈與城市間相隔的玻璃門開啓時，你就在那裡等著我們，爸，戴著你的無框眼鏡、要笑不笑地迎接我們。或甚至更好，我們離開機場，抵達你出生的那棟房子時，漢娜姑婆會打開巨大的木門，邀請我們進入，而你就坐在那個明亮寬敞的客廳裡。沒有比這更好的驚喜了，不是嗎？

噢，別聽我的，爸，不過是年輕女孩的幻想罷了。我真想做的是到你房間探索，那個你初次跨出第一步、兒時玩樂的地方。我確定你姑姑還留著一些你的玩具。

我早就把行李打包好了。最好提前把所有東西準備好，以免忘記什麼。

我沒告訴爸拜訪貝倫森太太的事。我到現在還會夢到她的哭吼聲。我不想讓他擔心。

我知道他一定很開心我們要去古巴。我想他一定很希望能與我們同行。

我不相信姑婆會和貝倫森太太一樣。也許她也從不出門、也想忘掉過去。但她感覺並不怨恨或苦澀。

睡覺前，我開始翻閱媽整裡的相本，看看船上的照片。我尋找那位長得像我的女孩，盯著她看了好久好久。閉上眼睛時，她仍然在那兒對我微笑。我起身，在一艘龐大、空蕩的郵輪上沿著甲板奔跑。找到那位大眼金髮的女孩。我就是那個女孩。她抱我，我看見了我自己。

我在房裡驚醒，爸在我身邊。我親他，向他宣布最新消息：我們再幾天就要走了。先在邁阿密短暫停留，接著再飛四十五分鐘就到了。

我們距離那個島多麼近哪。日暮低垂時，我們就抵達漢娜姑婆家了。

漢娜

柏林，一九三九年

那天是週六。啓程日。

我穿著無趣的海軍藍洋裝，媽看了會說這個季節穿有些太沉重。爸和我在客廳耐心等她。我沒興趣在漢堡讓人留下印象，不過腦海中仍響著她最愛說的一句話：「第一印象最重要。」

對於要拋下這輩子唯一生長過的地方、一筆勾銷人生目前爲止十二年的歲月，我也不是特別難過。我傷心的是李奧——我唯一的朋友——拋下我了，而我不知道他逃到哪裡去、要去什麼樣的異鄉國度獨自探險。我只能相信，他知道他永遠能在這個小島上找到我，那個我們曾一起幻想共組家庭的小島。而他也一定知道，直到老死那天，我永遠等著他。

李奧消失的唯一好處，是讓我忘了氰化物膠囊的事。事到如今，我根本不在乎父母親決定如何。我們終於要逃走了，用不著它們。不過如果我是爸，我倒永遠不會把那東西放在媽拿得到的地方：她前一天還癱在床上，隔天又開始歡慶。

我又問了爸一次馬丁家族的事。他一定知道些什麼。

「他們很安全，」他只這麼說，但這不夠，因爲我不想和李奧分開。「一切都沒事。」

他現在最愛說：「沒事的」、「別擔心」、「一切都沒事」。

即便遇上最艱難的處境，爸也從不失態。他坐在沙發上盯著前方。我猜他現在已對一切漠不關心。腳邊放著那只寶貝皮箱。他心不在焉，連我問他要不要我出門前泡杯茶，都無法回應。他寧願想著我們是幸運的一群，拒絕成爲受害者。

七只沉甸甸的皮箱在門廊一字排開。爸的前學生現在已是食人魔黨員，他抵達門口，把箱子逐一扛上今天過後將屬於他的那台車上。出門前，他眼神掃過客廳一遍：一定是想著羅森塔與史特勞斯家族世世代代擁有的珍寶，現在歸他所有了。誰知道呢，他在港口放我們下車回到柏林後，搞不好會闖進我們的公寓，帶走法國國家瓷器製造局出產的花瓶、銀器，還有麥森瓷器。

「鄰居都在樓下，」他告訴爸。「在大樓外排了兩排。我們不能從後門走嗎？」

「我們要從前門離開，頭抬高高的，」媽走出房間宣布，她容光煥發。「我們不是逃亡。是把這棟樓留給他們；隨他們處置。」

她走過，身後留下一股茉莉花與保加利亞玫瑰香味。全世界只有她會想到要穿著有拖擺的全長晚禮服坐車到漢堡搭船。短面紗半罩住她無懈可擊的妝容：飛揚眉梢至太陽穴，雪白兩頰、緋紅雙唇。完美襯托她身上的呂西安・勒龍黑白色晚禮服，腰間搭配白金鑲鑽腰帶。

禮服完美展現她的修長曲線，逼她只能踩著小碎步移動，讓所有人好好欣賞這幅美景。這正是所謂的第一印象！

「我們走吧？」她頭也不回地說。沒有道別一切曾屬於她的東西。也不看家族畫像最後一眼。甚至不管我和爸穿了什麼。沒必要費心核准我們的穿著：她身上的耀眼光芒已經蓋過身邊所有人。

她帶頭離開。爸的前學生關上門——他有上鎖嗎？——扛起最後兩箱行李。

媽身上的香水味搶先抵達外頭。那群在外面等著叫罵侮辱我的的妖魔鬼怪，全被女神的芬芳迷得一愣一愣。

也許他們還低頭行了禮，就在我們坐上那輛就快要不屬於我們的車裡時。我偏好認爲他們是對於自己的惡行感到羞愧，展現出一絲起碼的人性。我不知道格蕾特是否也在行列中。也不重要吧？豪夫麥斯特夫人一定很開心。從今以後，她終於能隨心所欲地使用電梯，不須擔心撞見骯髒的小女孩，毀了她的一天。

我們火速離開社區，快得像從前我和爸在夏日晚間於萬湖的湖邊度假屋看的流星一樣。米特區高雅的街道線條在身後逐漸模糊。我們穿越柏林從前最美麗的大街，我向跨越斯普雷河、李奧和我曾不時奔跑於上的橋梁道別。

媽坐在我和爸中間，直盯前方，看著曾是歐洲最繁榮之城市的車水馬龍。我們刻意不看彼此、不交談，沒人掉眼淚。還不到時候。

柏林逐漸成爲後方的一小點，我們大約往西北方走了一百八十英里，越來越接近漢堡時，我開始顫抖，止不住自己的焦慮，但不希望被車上任何人發現。我還得靠繼續扮演一個被寵壞、向來甚麼都不想要的十一歲兒童來宣洩。抵達即將載著我們前往地獄的船邊之前，情緒再次湧上。我知道自己快哭了，努力想忍住。

眼淚隨即落下。

「沒事的，我的女孩」，媽安慰我，洋裝布料貼著我的臉頰，我不想讓愚蠢的眼淚弄髒她的衣服。「沒必要爲我們拋下的事情流淚。哈瓦那很漂亮的，妳等著瞧。」

我想告訴她，我不是爲了被奪走的事物而哭，而是因爲我失去最好的朋友了。那才是我顫抖的原因，才不是什麼愚蠢的老房子，或於我早已失去意義的城市。

「慢慢來。」有人對司機說。

媽從包包裡拿出鏡子，檢查自己妝容是否完好。

「其實，我們最好是在預計出發時間抵達，」她說。「我想要最後一個上船。」

我們停在後街，等待完美時間到來，讓她華麗登場。爸以前的學生扭開收音機，我們聽著當時典型的冗長演講：「我們已經准許那些毒害我們的垃圾、竊賊、蠕蟲與混混離開德國。」在說我們呢。「沒有國家願意接收他們。我們又何必承擔？我們已淨化市容街道，清理工作會持續進行，直到帝國最偏遠的角落也不受這些敗類汙染爲止。」

「我覺得該去港口了。」離開柏林後，爸首度開口。「夠了。」他指示食人魔帶我們動身，並要他關掉那該死的收音機。

轉過街角，即將成爲我們救贖的那座漂浮島嶼映入眼簾。龐大的鐵船，黑白相間配色像媽的洋裝，矗立海面之上直達天際。一座完整的海上城市。希望我們在這兒安全。這就是接下來兩週間我們的牢籠。之後，就是自由了。

船尾一端，食人魔的旗幟飄揚。下方白色字體寫著將永遠與我們同在的名字：聖路易斯號。

◇

車子與七十六號海關亭之間的距離，將此地與彼端劃分而開，彷彿永遠也走不完。你想過去卻無法，即使跑起也無能抵達，短短的幾步路完全榨乾了我僅剩的一點力氣。爸媽盡全力站直身體，眼看他們摘下面具、終於崩潰的時刻就要到來。

在車上的路程是我這輩子最劇烈、最耗費精力的一段。我確定為期兩週的越洋旅程會一轉眼就過了；比從德國的偉大首都柏林到主港口漢堡還來得快。

我們走向海關亭，原本歇息的樂隊再次疲憊地奏起「Frei weg!」。樂音乍響，嚇得我驚跳起。我一向不喜歡進行曲：緊湊昂揚的曲調老是讓我豎直了髮根。這種時候聽到一首名為「我們走囉！」的進行曲，實在很難不覺得自己是被狠狠地踢了一腳。我完全不懂船運公司到底想做什麼：激勵我們？還是要我們從登上聖路易斯號的這一刻起，忘掉自己再也不會回到柏林的事實。

船身比我們在柏林的樓還高，一層、兩層、三層……總共有六層甲板，緊閉的小小舷窗是一間間船艙，每一層都載滿了人。大家一定都上船了，我們是最後一組。當然了，媽一如往常地如願以償。

舷梯底端，兩個食人魔坐在臨時桌旁，一臉嫌惡地掃視我們。爸打開公事包，先拿出有古巴移民署官員簽字的文件，那份文件准許我們到哈瓦那去、無限期留在那裡。文件語言是西文，兩男人根本看不懂，但仍然仔細地檢查過一次，接著又要爸示出我們的護照，還有聖路易斯號的回程票。

媽望著搖搖擺擺的斜梯，登上後，她就要和自己的誕生之地分離了。她知道幾分鐘後，她便再也不是德國人。再也不姓史特勞斯和羅森塔。至少她還是叫阿爾瑪，不會失去自己的名字。她拒絕回答食人魔們的問題，低階軍官竟然膽敢質疑她，她可是一次世界大戰中被封了鐵十字勳章軍官的女兒。

逐頁檢查過我們的文件後，食人魔拿起離境印章，在紅印台上沾了沾。他用力地在我們的相片上蓋章，每敲一次，媽就顫抖一次，但從不低下目光。汙濁的紅字「J」蓋在我們唯一的身分證明文件上，將伴著我們前往古巴探險。一道無法抹滅的傷疤，我們將永遠成爲流放之人、沒人要的一群，自古便不斷被逼迫離開家園的一群。

媽努力忍住不哭，但兩滴淚珠爭相著要掉下，毀掉她想頂著完美妝容進場，度過兩週歡愉時光的計畫。也許是爲了避免流露更多情感，她從背後抱住我，我感覺到她的嘴唇緊貼我的耳朵。

「我有驚喜要給妳。」

我希望她別做出任何瘋狂事：媽，別忘了：這可是危急存亡的時候！

「到我們的艙房再告訴妳。」

我想她不過是想安撫我們而已。她要我保證不會跟爸說。等到安全登船、德國的海岸消失在遠方後，她就會告訴我們。

我看到她笑了。一定是好事。

一個食人魔視線一直停留在媽身上：她無疑是整艘船上最優雅的乘客，搞不好他正在算媽的腰帶上總共有幾顆鑽石。我們眞該穿得樸素點，別顯示自己與眾不同，或透露出我們覺得自己比其他人還好。但她就是這樣，她說她完全沒道理要爲了史特勞斯家族世世代代傳承給她的一切感到羞愧，現在竟有個可鄙的食人魔妄自以爲有權染指那些將永遠印著她獨特印記的財產。但決定她能帶走珠寶、並准許我們離開的，也是這位食人魔。他們能在彈指之間否認我們的文件，就地逮捕爸。那樣的話，我們就眞的再無未來了。

上百名乘客聚集在甲板上，在高處擠成一個個渺小人影。有些人在看我們；有些人則搜尋著岸邊親戚的身影。突然間閃起相機閃光，閃得我們什麼也看不見。一個男人開始拍我們，我躲在爸身後。一定是《德國女孩》派來的人。「我才不純潔！」我想對他大喊。

媽向後挺起身體，同時肩膀微微前傾，把脖子拉得再更長一點。她挺出下巴：我眞不敢相信，在他們隨時可能搜查我們、拿走我們僅剩的所有物、取消我們的航程並逮捕我們的時候，她還有時間注意自己的拍照角度。

食人魔再次檢查過我們所有證件，並在其中一張停下動作：爸的。我考慮逃跑、逃離港口，在漢堡的陰暗街角躲起來。

「蠕蟲，」食人魔輕蔑嘲諷，低頭看著爸的文件，根本沒膽抬頭正臉看他。

媽憤怒地顫抖。別轉身，媽。別理睬他。別讓他傷害你。對他們來說，我們是蠕蟲、害蟲、豬隻，無恥狡猾又奸詐。一長串惡名。我想著，隨他們叫。那時候，已經沒有什麼事能冒犯到我了。

四位水手下樓梯，朝我們走來，仔細地觀察我們行動。爸瞥了食人魔一眼，再看看四位水手，接著轉頭確認我們的車子是否還在。

水手圍住我們，其中一人提起一只行李箱；其他人跟著照做。把我們的行李分攤好後，他們轉頭再次爬上依然擺盪中的階梯。至少我們的行李登船了。

一道浪打向聖路易斯號船首。

食人魔們盯著爸爸。他們略過我們。如果他們逮捕他，我們會待在陸地上。我們不能丟下他！但時至此刻，媽已經拋下一切恐懼，只想著她待會要如何進場。在心裡彩排著。

「羅森塔先生，希望我們永遠不再相見。」食人魔說。

也許他等著聽到回應，但爸只是默默地拿回文件，小心檢查過後，便收回公事包內。

接著他彎身向我低語：

「這是我們最重要的一件行李。我們可以失去衣服、東西、甚至是錢，但這幾張紙是我們的救命行李。」

他親了親我，看著聖路易斯號的最高點，大聲地說：「古巴是唯一接受我們的國家。別忘記這件事，漢娜。」

樂隊停止演奏。我們的第一批行李一定已經抵達艙房了，只剩下兩件行李要搬上去，以及我們三個人。我們還在德國土地上。

階梯空了，媽盯著船頭。

「我們的艙房在最頂層，」她說，順了順頭髮後牽住我。「比家裡的房間小，但妳會喜歡的，漢娜。待會妳就知道了。」

一位水手返回帶走剩下的兩件行李。爸正準備跟他走，這時媽捉住他的手臂。我登時明白，媽絕不可能帶著行李登上聖路易斯號，就算是她自己的行李也一樣。她看著水手的身影消失在郵輪的主入口後方，並確認舷梯上已無其他人後，便親了親爸的臉頰，示意可以動身了。

他率先走上階梯。我跟在後面，緊緊抓著扶手，以免掉落水中。這梯子好晃啊！船鳴起響笛，嚇得我驚跳起。我轉頭看媽，她正以她特有的姿勢緩緩邁步，鼻子朝空傾斜，忽視身邊的一切。在她身後，我看到食人魔們仍在原地。既然我們是最後上船的，爲什麼他們還不走呢？更遠處，我們的車子也還在。

舷梯頂端，一位蓄著滑稽小鬍子的矮小男人等著我們，看起來像是軍官。他一臉嚴肅，站得直挺，彷彿想讓人知道港口裡最巨大的輪船是由他指揮。

「別怕，漢娜。那位是船長，古斯塔夫・斯羅德。」爸向我說。

我緊抓著扶手。那天挺冷，但我知道那不是讓我顫抖的主因。我害怕，爸，我想告訴他，我看著他，讓他知道我有多麼需要他；沒有他的保護，我寸步難行。但那個時候，我們已差不多抵達梯頂了，我豎起耳朵，想聽聽有沒有人出聲制止我們。什麼也沒聽見。

我們安全了，我試著反覆告訴自己，好讓自己眞心相信。

我們確實是最後上船的。耳邊盡是一句句絕望的「我愛你」、「我永遠不會忘記你」等從甲板上傳來的訣別、啜泣，混雜在進出港口船隻的鳴笛聲之間。

我們再也不在乾燥陸地上了。下方港口的人影顯得渺小，像是無防備之力的蟻群，萬頭攢動著爭相目送遠漂之人。

我每踏出一步，便感覺越安全、身子越高挺。港口與食人魔們已被我們拋諸身後，越變越微小。而我，則感覺雄偉如船身，化身爲無敵鐵巨人，看著碼頭逐漸消失在視野中。

我感覺所向披靡。我們已成功攻頂：我和爸爬上高峰了！一踏上這艘巨無霸，進入我們的堡壘後，恐懼感有如魔術一般澈底煙消雲散。歷險之旅已然展開。

四周人聲鼎沸。此時碼頭上的人群已聽不見我們的聲音，但許多乘客仍持續吼著，想向那些不幸未能取得救命簽證——拿到通往自由之船票——的人傳達訊息。

船長走向我們。他實在矮小，得仰頭才能看著爸。他持著我們早已不習慣接受的禮儀，向爸媽伸出手，他們則回以漠然微笑。

「羅森塔先生，羅森塔太太。」他有著歌劇演唱家的深厚嗓音。

他優雅地握住我的右手舉至唇邊，從容地避免直接碰觸。要不是腦中一片混亂，我差點就要屈膝回禮。

我們終於到了。甲板上毫無走動空間：所有乘客都擠到向港那側的扶欄邊，彷彿想貼近那些他們再也不會相見的一切；所有難逃遺忘的景象。

媽停下動作，一臉驚恐。她不想再往前，成為這群絕望之徒的一員。突然間，她意識到我們三人——爸爸、我、甚至是她——都與船上其他的流放之人一樣悲慘。無論如何，我們終究淪落同等境地。

好好看看他們，媽。我們就是被踢出家園、淪落逃亡的悲慘之人。短短幾秒內，我們已成了移民，那是她從來不想接受的事實，她該面對現實了。

一隻瘦弱的手臂突然出現，試圖推開人群、靠向仍伴隨在我們身邊的船長。那人推開一位仍在喊著再見的男人，我聽見他對我說：「跟上我！快點！」

手臂一端，一頭黑髮乍現眼前、比從前還要亂，襯衫扣到最上面一顆，短褲，還有他的大眼睛，以及老是搶先一步抵達的長睫毛。

「李奧！是你！我真不敢相信！」

「怎麼？妳傻了嗎？快跑起來！」

船笛大響。我們一起，跑向再也沒人能打量我們的頭或鼻子，或比較我們的頭髮質地，或給我們的眼睛顏色分類的地方去。在那個我們再也不返回的城市中，你曾在泥水灘裡畫下一座島嶼，如今我們就要往那裡去。

去哈瓦那，李奧。經過無止盡的兩週後，我們就要抵達，抵達哈瓦那。

我們會種鬱金香嗎？真不知道古巴長不長鬱金香。

第二部

漢娜

聖路易斯號，一九三九年

五月十三日，週六

聽說人死的時候，一生會像書頁一樣在眼前快速翻過一遍，直到大腦再也動不了爲止，但並不會感到任何疼痛或緬懷過去。離開德國時，我似乎只剩下三段童年時的記憶。

首先就是在伊娃懷裡的時刻，我依偎在她寬大、溫暖的胸前，與她一起躺在廚房旁她的小房間內床上。爸說我那時年紀太小，不可能留下如此鮮明的回憶，但我能清楚記得她身上散發的檸檬、香橙與雪松香水味，混雜著汗水與香料的味道。這位女人幫忙將我帶入這個世界，媽產期間在醫院待了好幾週，恢復修養之時，是伊娃幫忙照顧我。我還能聽見媽稍後溫柔地要我回房間去，以及我因爲不想離開伊娃的房間而難過哭泣。只有在那裡，我才覺得安全。

第二段記憶是五歲時，和爸一起到大學。我躲在偌大講堂內的桌子底下，他在那裡給一百多名學生授課，所有人著魔似地聽著全世界最聰明的男人揭開人體祕密。爸的聲音聽起來像在進行某種宗教儀式，或是根據記憶覆誦《妥拉》[2]內容一般。他重複說了好幾次「femur[3]」這個字，邊指著掛在牆上的圖表裡巨大的四肢，當時我就下定決心，如果爸媽准我養狗，我就要叫他「菲莫」。

第三段記憶，是五歲生日，爸媽答應有天我們要坐上豪華遊艇環遊世界。自從那之後的許多夜裡，我看著床邊的世界地圖，計畫要如何一路航向那些遙遠的國家，一面感覺自己是全世界最幸運的女孩。

能回憶起的似乎就是這三件事了。難過的是，當中有一個與伊娃有關，而我再也看不到她了。記憶的消除早已開始，新的回憶之書，一片空白。

我和李奧站在右舷側欄杆旁，看著乘客揮別下方親友。陸上人群抬頭看著我們的眼神，似乎並不當我們是獲救的一方，而是即將航向未知絕境之人。

我們離開人群，目光定向易北河，河水將帶著我們進入北海，從此遠離食人魔的國度。該揮別那燃油與魚腥味充斥的港口了；我不想讓眼睛再捕捉到除此之外的的任何景象。我緊閉雙眼，緊抓著李奧，盡力不去感受巨鐵怪獸的晃動，感覺自己要暈船了。

船長在艦橋上看著我們，手背在後來回踱步。若撇開可笑的鬍鬚與矮小身材不論，他是個威武的角色。他作勢邀請我們進入指揮駕駛室與他一起。李奧比我還興奮，捉住我的手跑起來。我們的探險已然啓程。

從指揮室看出去，港口顯得渺小。鐵鏽味與搖晃船身再次讓我頭暈。船長察覺後，轉頭對我說話，雄厚的嗓音與小個子身材實在搭不起來：

「再幾分鐘，船就穩了，到時連玻璃杯的水面也會靜止下來。漢娜，你不為我介紹一下你的朋友嗎？」

李奧驕傲極了。之前，他夢想當飛行員，但現在，我想他或許比較想當船長。他匆匆跑向控制室，但船長警告他：「歡迎，但你可不能碰任何可能危害我們船上兩百三十一位船員與八百九十九位乘客的東西。他們每一個人的性命都是我的責任。」

李奧想知道我們確切何日抵達，以及這艘超過一萬六千噸重、五百七十五英呎長的巨無霸能跑多快。

「如果有人掉下船怎麼辦？」李奧上氣不接下氣地連珠炮發問。「我們首先會抵達哪個港口？」、「我們還會經過哪些國家？」、「如果有人生病怎麼辦？」

「我們首次靠港是在瑟堡港，迎接另外三十八名乘客上船。」

一次問太多問題了——船長臉上沒有笑容——但我和李奧有著同樣感覺：這位男人極有權威，而且懂得很多事。除此還有一點：他想做我們的朋友。

2 Torah，《妥拉》字根意思為「教導」、「指引」，可用來指稱摩西五經、舊約聖經或其他文獻，內容涵蓋上帝旨意與猶太人的歷史與生活規範，為猶太教的核心。

3 Femur，股骨，又稱大腿骨，位於髖骨與小腿骨之間，是人體內最長的骨頭。

「好了，下樓去餐廳，」他命令我們。「船上已經開始供應今天的最後一餐了。」

我率先邁步，李奧跟著我一起往三樓餐廳去。他在門邊猶豫了一下，這次換我拉起他的手臂。

「他們會把我趕出這種地方的，漢娜！」

我推開鑲著對稱鏡面與花葉飾樣的大門，室內透出眩目光線：拋光木頭與淚珠狀水晶吊燈如鑽石般閃耀。李奧簡直無法相信自己的眼睛。我們身處在大海中央的漂浮皇宮。

身穿如海軍白裝的服務生友善地指出我們的位子，我看到媽像對仰慕者致意般，從主桌朝我們揮手。

爸慎重其事地起身，以完美的紳士姿態向李奧伸出手，他怯怯地抓住，並微微向媽行了禮。

「你得好好吃點東西。這段越洋旅程可長了。」女神回來了，說話滑如絲綢。

我不知道她哪來的時間換衣服補妝。她穿著簡單的無袖粉色棉洋裝，看起來像個學生。珍珠耳環已拿下，換上一對鑽石，隨著她頭部轉動閃閃發光。爸仍然穿著那套灰色法蘭絨西裝配領結。

房間一端，大桌子上擺滿好幾種麵包、鮭魚、黑色魚子醬、薄切肉片，以及五顏六色的蔬菜。船身冒著蒸氣駛離漢堡港口，這就是聖路易斯號供應的「輕食自助餐」。

侍者為媽端上她最愛的香檳，李奧和我喝熱牛奶，好助我們入眠。爸再次挺起胸膛了，表情看起來似乎是又回到了他熟悉舒適的環境。四位與家人同桌的男人紛紛離座，前來向他致意，稱呼他羅森塔教授。他站起身，禮貌地伸出手。他抱了抱最後那個男人，拍拍他的背，對他悄聲說了些什麼，旁人完全聽不見。幾位男人也向媽問好，但沒有走近。她坐在她的維也納靠背椅上，微笑回禮，右手玻璃杯裡氣泡不斷湧升。

室內挺熱，媽拿出手帕按了按臉龐，以免汗珠毀了妝容。兩名船員拉起紅絲絨窗簾，打開幾扇窗。微風自甲板上吹進，緩解了室內悶熱，吹散燻得我開始頭暈想吐的燒烤魚肉煙味。

服務生前來詢問李奧還需不需要什麼東西，並以「先生」稱呼他。我不確定何者更讓我的朋友緊張：被人稱做「先生」，還是有人如此禮貌地接近他。李奧沒答腔，於是服務生沿桌詢問其他人。李奧顯然不習慣被人好好對待，尤其對方還是「純潔種族」。

「你敢相信嗎？」他低聲說，和我的耳朵近地讓我以為他要親我。「食人魔來服侍我們！」

他咯咯笑了起來，舉起手裡的熱牛奶敬了敬。

「敬妳，漢娜女爵！這會是段完美的長途旅行！」

我失聲大笑，樣子讓媽看了微笑。

「是啊，李奧，喝光你的熱牛奶吧，對你很好的。」我做出壞脾氣老女爵的聲音回應。

隔壁桌四位青年也高舉起手上的杯子。爸對他們笑了笑，微微點了頭，遠遠地加入他們的敬酒行列。李奧和我看著他們，努力忍住不笑場。

「明天一定會很好玩！」他雀躍地低聲說著，一口氣喝光牛奶。

一九三九年，五月十三日

另有兩艘船前進哈瓦那：英籍奧爾都尼亞號與法籍福蘭德列，乘載同類旅客。務必全速前進。無論如何，本船旅客定能落地，已確認。無須警戒。

漢堡——美洲航號電報

五月十五日，週一

我感到迷失。醒來時，聽到小提琴樂音，是爸以前傍晚常在家聆賞的一部歌劇的間奏曲。我是在夢中。又回到柏林了。食人魔不過是我的混亂腦袋所製造的夢魘。

我看到自己躺在父親腳邊，留聲機就在一旁。他摸我的頭，把玩我的頭髮，一邊說著歌劇女主角泰伊絲的故事，她是埃及強盛的亞歷山卓城裡，一名交際花兼女祭司，他們想奪走她所有的財產，並逼她放棄向來信仰的神，要她橫跨沙漠爲自己贖罪。

睜開眼，原來我在船艙裡。通往爸房間的門開著，看得見留聲機的影子。他正在床上看書，一邊聽著《泰伊絲》裡的「冥想曲」，就像從前的日子一樣。交響樂聲阻絕了外在的世界。

他們會因爲我們帶走留聲機而把我們送回柏林！我很確定當初被迫列出家中財產清單時，留聲機也是其中一項。到底是誰做了這愚蠢決定，帶上留聲機的？媽肯定永遠不會原諒爸。她會開始哭，連我一起責怪，堅持要我們通通消失。也許她會嘗試用當初爸逼她向李奧的父親買來的可怕膠囊毒害我。

但媽走進我的艙房，看起來空前地有活力。既然她對留聲機不在意、不認爲爸不負責任地愛樂成癡會害我們被遣返，那麼看來我們是安全的。

她容光煥發，優雅氣質更勝以往。爲了掌握我們的許可證下落，並穿越柏林塵土滾滾的街道，更別提路上處處是踩著病態般整齊腳步的行軍隊，她得揮別那渾沌頹廢的四個月，而那似乎在她身上起了神奇的效用。她穿著象牙白色的軋別丁寬鬆長褲，搭配藍色棉罩衫與相稱的特本頭巾，脖子上綁了條絲巾，帶著深色龜殼眼鏡抵擋甲板上的陽光。左前臂上的金色寬手鍊閃閃發光，右手再次戴上光彩眩目的結婚戒指。

女神光彩全力綻放。

「妳想去哪都可以，只有引擎室不行，」媽對我說。「那裡很危險。出去玩個開心吧，漢娜。妳爸會留在這裡看書。天氣好得很。」

她離開艙房，彷彿整艘船都是她的，急著想呼吸幾個月來久違的新鮮空氣。

我們還在歐洲。突然傳來另一個港口的嘈雜聲。我想趕快到公海上去，海鷗在身邊飛撲，魚味、凝乾的血液摻雜著引擎的油汙與鏽味，進出港灣的船隻閃著亮光，一切都讓人煩心。

我走上甲板，看到媽在扶欄旁。服務生爲她上茶，她向下盯著法國瑟堡港，小心地觀察著三十八位登船的旅客。她移向右舷側方的其他座位，顯然是一個人也不認識。

我想她並不打算與頭等艙內任何其他女人做朋友。她看著她們經過，以夠禮貌的態度與她們問好，但接著便調整臉上的深色太陽眼睛，忽略所有也許希望在她旁邊坐下的優雅女士們。她享受獨來獨往。在家囚禁數個月，百葉窗緊閉、從來不與朋友見面的那些日子，使她變得再也不好社交。

我早知道海上的空氣會適合媽。她看著十分自由，還能穿上所有最美的服裝，炫耀她的珠寶首飾，隨時有人任她使喚。但她似乎不大願意回到舞廳去。昨晚她打開廳門時，看到後方牆上掛了紅─白─黑三色旗。她露出只有我認得的厭惡表情，一言不發地離開，直接去找船長談談。沒人知道她說了什麼，但隔天早上，旗子已經消失。她連早餐都還沒吃，便先去舞廳檢查船長是否信守承諾。

「只要我們還在海上，他就會照顧我們，」後來她說。「他是眞正的紳士。」

船身開始晃動，又一聲鳴笛傳來。這下我們眞的要啟航了。

深色眼鏡下，媽露出我從沒看過的平靜微笑。

李奧走到身後，遮住我的眼睛。他的手濕濕的。我順勢陪他玩笑，猜問是不是爸。

他放聲大笑，用力拉我的手臂。頭等艙的孩子們都聽他發號施令。他來到我們的甲板上，一副自己才是主人的樣子。他再也不怕某人可能把他送回他父親所在的普通艙去。船長和所有服務生都知道，他屬於這裡，跟我一起。

我好愛看到李奧穿著從容得體。褐色夾克上縫著大大的鈕扣與胸前口袋，讓他看起來更成熟些，但短褲與長襪仍洩漏了真實年齡。

他後退一步讓我發表評論，並張開手臂，彷彿想知道我覺得他的越洋服裝如何，緊張地等待我宣布判決。我一語不發地上下掃視他，故意讓他難過。他越來越焦急。

「你不打算說說我看起來怎麼樣嗎？」

「像位堂堂正正的爵士。」我嘲笑他，他爆笑。

「而妳是船上唯一的女爵，漢娜。」他回應，接著衝向另一側甲板，開始逛起頭等艙。如果有人正靠著欄杆，他會先致歉，然後等那人欠身讓他通過；他已規劃好路線，要好好地仔細研究這艘我們接下來要住上兩週的船，不容許任何妥協。

我跟著他，像他的忠心隨伴。那是我首次看見他開心。

一九三九年，五月十五日

縮短瑟堡靠港時間。務必盡早全速離開。哈瓦那情勢緊張。

漢堡──美洲航號電報

五月十七日，週三

「我來好幾個小時了，」李奧說，向後靠著陽台上的鐵柵欄。

「看，我帶了餅乾給你，本來應該要留著睡前吃的。」

「去引擎室！」

「什麼？李奧，那是唯一一個他們不准我去的地方！」

幾對男女沿著甲板步道漫步，認識各處設施。有間美容沙龍，還有販賣船上紀念品、明信片與絲巾的小店，我想應該沒人想把身上獲准帶出德國的那十個國家馬克浪費在那些東西上。

我們跑下六層甲板，沿著長長的走廊，來到一扇沉重的鐵門前。李奧開門，裡頭傳出震耳欲聾的噪音，燃油焦味燻得我頭暈。如果往牆壁靠，可能會毀了我的藍白條紋洋裝，我可不想惹媽不高興。

李奧好奇地窺探眼前的複雜機器，是它們推動著乘載我們的巨輪前進。如果他能做主，肯定會盯著節奏規律、精準地來回移動的活塞，瞅上好幾個小時。但他斷然放棄他的觀察位置。

「我們和其他人一起回樓上吧！」他朝著我喊，聲音被引擎噪音淹沒，語畢邁步跑走。

他已經在聖路易斯號上交了幾個朋友，彷彿已在此待了好幾個月似的。我們爬上四樓，一群男孩不耐煩地等著我們——或該說，等著李奧。

李奧一走進，一個相貌愚笨的高個男孩站起身。他斜戴著鴨舌帽，臉頰被冷風吹得紅紅的。

「艾德蒙，你會著涼的。」他母親全身緊緊包著厚重的棕色毛毯，在遮篷下對他大吼。

艾德蒙完全不理睬她，只是用力踩著地板，像個準備耍脾氣的孩子一樣。

還有另外兩個男孩。是對兄弟，弟弟向我自我介紹，他叫華特，哥哥克特則不理我。兩兄弟的帽子與夾克都過大，腳上鞋子也是，襪沿也鬆鬆地垂在腳踝邊。我猜他們父母是刻意爲他們此趟旅程買了大上好幾號的衣服，以便到了古巴還能穿上好幾個月，之後不管去哪大概也還能用。

「所以你就是有名的漢娜，那位『德國女孩』」，華特不懷好意地說。我發現他和我同年，或可能稍大我一些。

我假裝沒聽到。李奧想打破僵局，開始描述起船身結構：煙囪、艦橋、位於船上最頂端的船帆，以及左舷與右舷的差別。他談起船長的口氣，彷彿他是位親近的老朋友，每晚徵詢他對於自己的決策有什麼看法，且隔天起床馬上採納執行。

我早知道總有人遲早會提起「德國女孩」的事。《德國女孩》那本下流雜誌的封面一輩子都不會放過我了。對，我就是德國女孩：那又怎樣？我想告訴他，「我也許看起來很德國，但還是跟你一樣沒人要。」

「你知道船上有個游泳池嗎？」克特說，不停撥開擋住視線的帽子。「等我們到大西洋中間，天氣會暖一點點，到時就會開放。你們有沒有帶泳衣？」

長相愚笨的男孩提議到散步甲板上玩，但李奧不聽他的。我們在那兒只是為了追隨聖路易斯號上最受歡迎的乘客。他才是掌控全局的那位；指令由他來下。他只差沒戴上船長那頂有著黑色帽沿的白色水手帽。所以我們全忽略了艾德蒙的提議。

事實上，我們也不過就是從這兒衝向那兒，四處跑來跑去而已，但那便足以讓李奧摸透全船構造了。他已經熟記通往艙房、舞池、運動間，以及船長控制室的各條迷宮通道了，船員總聚集在控制室裡抽菸打牌。李奧在各個最意想不到的地方間穿梭自如。沒人阻止他。

孩子們自己依照年齡分成一團團。最小的還得受大人看管。女孩們絕對不敢想與男孩打混，我想她們肯定對我投以異樣眼光，因為我跟著李奧這群。華特——兩兄弟裡比較笨的那個，在我們見過面後就弄丟了他的帽子，且老是被甩在後頭，我們差點就要丟下他了——撞上那群愛裝大人的傲慢女孩裡其中一人。

「如果不想惹禍上身，最好看個路，」個子最高的女孩開口說，身上戴著怪裡怪氣的水手帽，荒謬的深色眼鏡老是沿著鼻樑滑下。「還有妳，跟這群混混在一起幹嘛？何不來跟我們一起？羅森塔太太要是知道妳跟著這群男生亂跑，可不會開心。」

我停下腳步一會兒，不是因爲我有丁點興趣跟這群女孩往來，她們這輩子只被教導一件事情：結婚，而是因爲我厭倦了一直跑來跑去。李奧會回頭找我的。

戴著深色眼鏡的女孩是賽門斯家的。他們家曾在柏林擁有多家商店。爲了不要失去財產，他們把商店經營權交給一位跟他們有某些連結的「純潔」德國人。但是，最後下場還是跟我們一模一樣，在最後一刻逃往古巴。

媽認識那家的女主人尤罕娜・賽門斯。她們曾經一起去巴黎購物，從那之後，每次在阿德隆飯店茶室裡，我都得和她女兒伊內絲做朋友，聽著我們的母親討論當季流行的窗簾樣式、設計與顏色，度過看似無窮無盡的幾個小時。之後伊內絲長高了不少，我都認不得她了。

「我們去茶廳吧。那裡有餅乾和蛋糕」，她說完便往前走，確信我們一定會跟上。

茶廳看起來彷彿從沒用過似的。這麼龐大的一艘船，每趟都載著上千名旅客，一年航行好幾個月，怎麼有辦法維護地如此完好？地毯潔淨無瑕。椅子上的金色鑲邊如同全新一般，蕾絲桌巾上一點污痕也沒有，銀湯匙閃閃發光，上頭還雕著漢堡—美洲航號的標誌。廳裡照明在那個時刻看來挺是昏暗，朝我們投下淡粉色的光芒。媽會說在那樣的燈光下，每個人看起來都很美。

「我們德國人就是這樣。」伊內絲一邊檢視房間，一邊驕傲地說。

噢，伊內絲。德國人？我想對她大吼：「別再自以爲是他們的一份子了！你最好記得自己淪落何方！」我們就要在加勒比海上的某個遙遠之境重新開始了，剩下的世界不過是我們不配擁有的希望。

「在哈瓦那，」她說，「我們會跟羅森塔一家一同過境。母親說我們會先到國際大飯店住個幾天，然後到紐約去生活。」伊內絲做著賽門斯太太的白日夢。她老是活在幻想中，媽總這麼說。

房間一端，坐著一名孤單的年輕女子，悲傷的畫面。她手上舉著一杯茶，從沒貼近嘴邊或放下過。身上洋裝讓她顯得應該比實際還年長，但因爲她頭髮半遮住眼睛，我很難看出端倪。應該約莫二十歲左右。

「現在她想再找個丈夫可難了，」伊內絲擺出專家的姿態斷言，彷彿她家門外列著長長一排追求者似的。「她叫愛爾瑟。媽承認她的腿很美，但一個只有腿值得稱讚的女孩可真不是太漂亮，不是嗎？」

其他兩個女孩聽了她的笑話後笑出聲，一邊啜著手上的茶。我想走了；這比玩娃娃還糟。幸好李奧就在此時現身門邊。他正在找我，作勢要我跟上他。我的救星！沒時間可浪費了：在這個我們能隨心所欲的地方，只剩不到兩週時間了。

有人把《先鋒報》留在甲板上椅子旁沒帶走，看來有些船員不喜歡我們，或是想嚇唬我們。我可沒興趣看那些頭條報導，但李奧掃視過一遍後，突然嚴肅了起來。

「他們在柏林攻擊我們，」他用著一如往常的陰謀論語氣，一邊踱步。「他們在報紙上討論我們。這下場會很難看。他們指控聖路易斯號上的乘客偷錢和搶劫藝術品。」

隨他們怎麼說吧，李奧。我們已經成功離開了；他們不能逼我們返回。我們已經在國際公海上，且就要抵達發證准許我們永久留下的島嶼了，雖然很多人只會在熱帶待上短短幾週。我們會等著等待名單上的神奇數字出現，讓我們取得移民簽證進入紐約，那個眞正的島嶼。

一會兒後，我和李奧看見船長低聲給船員下了指令。他們趕緊收起所有報紙。李奧立正站好，向船長致敬。船長對他微笑，舉手至額頭。

慢走不送！

德國《先鋒報》頭條

一九三九年五月

五月十八日，週四

船上能讓媽自在做伴的，只有阿德勒夫婦，不過他們的年紀實在已不太適合深夜活動了。他們的艙房與我們相隔兩間，每次我們出門到甲板上去，都要跟他們打招呼。阿德勒先生打從上了船後便拒絕下床。每一餐都直接送到他面前，但他很少吃。阿德勒太太非常擔心，她從來沒看過他這個樣子。

「他不得不先把兒子與媳婦送到美國去，因此非常痛苦，還沒從那場離別的傷痛中走出，」阿德勒太太告訴我們。「他以為事情應該幾個月內就會平息了，沒想到情況卻越來越糟。我們失去了一切，我們的一輩子啊！」

阿德勒太太邊與我們說話，邊把冷水袋放在這位留著白鬍子的老先生頭上，我們在場的時候，他一次也沒睜眼過。我們看著他太太溫柔地照顧他。接著她又為他擦起薄荷精油，薰得我流淚。

「他會同意上船，完全只是因爲我堅持要他來。自從我們離家開始，他便不斷重複表示這趟旅程毫無意義，他沒有勇氣再重新開始了。」

阿德勒太太看起來活像是從古書中走出來的人物，頭髮在頭頂高高盤起，長裙底下還像上個世紀的女人一樣，穿了馬甲與襯裙。我們每次去探訪，她都會送我禮物，媽准許我收下。有時是條蕾絲手帕，有時是個小胸針，有時則是我最喜歡的糖霜餅乾。這東西很久以前就消失在市場上了，眞不知道她是從哪拿到的。

我們仔細地聽著阿德勒太太訴說她們的故事。某方面來說，那也是我們的故事。

「我們都失去了些什麼，」阿德勒太太說完停頓了一下，哀傷地笑了笑。「幾乎是失去所有。」

阿德勒夫婦已經活了八十七個年頭，所以在我看來，他們實在沒道理抱怨。八十七年。小孩如我們，人生才要開始，我們才是正要開始受苦的人。

兩夫婦的體力隨著時辰不斷明顯下降。老先生在床上動彈不得；阿德勒太太只得孤伶伶地看著自己的摯愛——她的支柱——在輪船航向我們的救命島嶼途中，一點一滴地逝去。到了這一心盼著能平靜道別的年紀，他們能找到的答案也只剩這個了。

「我們活在幻想中，清醒得太遲了，」媽說著，不期待阿德勒太太有任何回應，她現在只聽得見自己。「早該看清楚前方等著我們的是什麼，早早離開的。」

我不想要媽難過。在聖路易斯號上，她又是昔日的那個她了，爸則在音樂中尋求慰藉——那才是唯一一條能讓他保持理智的逃生道。老太太應該把悲傷留給自己才對。

「離開去哪裡？阿爾瑪？」阿德勒太太語氣強硬。「我們不能老是在重新開始。一個世代過去，他們毀了我們。我們重新開始，他們又再度毀了我們。這是我們的命運嗎？」

兩人看向我，突然驚覺我也在房裡仔細聽著對話。不過她們實在不必擔心：她們的悲觀嚇不著我。他們活過這輩子了。我則才要開始，而我有李奧。夢魘已拋在身後。

阿德勒先生開始顫動，一陣狂咳震得他沉重卻虛弱的身體抖動不止。他要死了。看似無法呼吸。我們得叫醫生來。所有人看著非常緊張。

「他就會這樣，」阿德勒太太說，顯然已經很習慣。「你們去看海吧。」

她和媽抱了抱，沒有親臉。悲傷在兩人之間傳遞，對彼此流露出明顯的同情。

我往走廊跑去，但聽到媽叫我名字，彷彿我又是個小女孩似的。她很清楚我再過幾天就要十二歲了。

「妳不說聲再見嗎？」

我遠遠地對著阿德勒太太笑了笑，這樣就夠了，可憐的她，旅程裡一天也無法享受。

陽光一天比一天還炙熱，用力地射上甲板、穿越房間艙窗。我們肯定是越來越接近熱帶地區了。眞可惜阿德勒夫婦仍活在黑暗中。他們把那間特等艙房弄得像喪禮會場一樣：窗簾拉下，抑鬱籠罩，空氣裡滿是薄荷精油與退燒用的酒精味道，耳裡只有老先生虛弱吃力的呼氣聲，他上船只是爲了讓自己死去。

一群孩子追著腳穿滑輪鞋的男人跑。男人穿梭來去，彷彿自己真在冰場上，而不是在滑溜溜的散步甲板上，看起來隨時都要跌倒了似的。他呼嘯而過，快地讓人擔心會不會撞上欄杆，但最後一刻，卻又總能以腳尖及時煞車，擺出一副等著旁人鼓掌的模樣。接著他會舉起雙臂，誇張地敬禮。

孩子們衝刺著想把他推倒。李奧大笑。男人跳起馬戲團小丑般的舞步。男女孩們追著他團團轉，他顯然非常得意自已能在這從沒發生過什麼的地方大秀特技。

「我們得學溜冰！」李奧宣布，聲音裡有著我熟悉的急迫：到哈瓦那展開新生活時，我得記得這項計畫。

「羅森塔先生和我父親在跟船長講話。你覺得船是不是出了問題？會不會跟鐵達尼號一樣沉沒？」他問我，口氣像是說著連自己都不信的驚恐故事。

「李奧，現在是五月。我們在大西洋中央，離冰山遠得很。」

他帶我到甲板上一個角落，距離在座椅上休息的乘客遠遠地。船上所有東西都沾了海鹽，摸著感覺黏膩。我們坐在幾艘救生艇後方，船上有著 HAPAG 的字樣，也就是擁有聖路易斯號的輪船公司縮寫。我很確定萬一有船難，救生艇的數量肯定不夠船上成千名旅客逃難。

「我要去弄個東西給妳，」李奧話鋒一轉。

他老是這樣突然換話題。他與我說話時，我的視線總離不開他身上。我專注地盯著他的眼睛，想知道他到底在想什麼。很高興看到他對我全神貫注，就像從前在柏林那樣。但我猜不透他這下又在打算著什麼，或又想要什麼了。他肯定有個計畫。

「爸答應要把媽的結婚戒指給我。那東西的價值夠我們在古巴生活，但漢娜，我想要妳拿著戒指。我得說服他交給我，越快越好。如果我們遇上什麼事，妳該帶在身上。我們可以拿去改成妳的尺寸。」

他說這些時完全不看我。害羞地低著頭，開始玩起自己的手，拉著指關節，彷彿想把手指拆下來似的。

這意思是我們訂婚了嗎？我不敢問他，但同時也難掩喜悅。他一定有看見我的眼睛閃閃發亮。

「Danke」，我道謝，他把手放在我肩上。

「從現在起，你得忘掉danke，要講gracias，知道嗎？」有時李奧會堅持以父親給小女兒建議的姿態對我說話。

「Gracias. ¿Comenzarás a hablar español?[4]」我用西班牙文問他，我知道只要用

4　西班牙文，「謝謝，你要開始講西班牙文了嗎？」

練習了好幾個小時的完美口音說西班牙文，他肯定一個字也聽不懂。

他重複了一次「gracias」，很滑稽地刻意強調「g」與「s」。我大笑：李奧是船上唯一一個能讓我忘記過去的人，因爲他完全活在當下。

喇叭開始廣播起柔和的弦律。一開始，我只聽出了幾個小節，認不出是什麼曲子。

我倆快樂短暫的插曲旋即結束，李奧開始擔心起另一件事。我們的父親還在艦橋裡與船長對話，而且不讓他靠近。他們甚至避免在他面前對談。肯定是發現他總是偷聽所有細節；李奧隨時保持警覺，然後跑來跟我分享他那些理論與半眞半假的消息。

李奧暫停動作時，我能看他看個仔細而不惹他不開心。他現在更高了，下巴線條也越加突出，眼睛甚至更大了些。樂聲漸強：是格倫・米勒和他的大樂隊演奏的《月光小夜曲》，那時風靡柏林。

「是美國音樂，李奧！」我大聲說，邊搖他肩膀，因爲看得出來他挺難過的。也許他很懷念我們在柏林拋下的一切。也可能正思念著母親。

「他們正歡迎我們呢，李奧！美國張開雙手接受我們！」

長號聲響，接著弦樂器也加入。我站起身，跟著哼起曲調。

「我們來寫點詞配這音樂吧」，我提議，但他依然毫無反應。

讚頌月色如練的小夜曲，在甲板上，由我們兩人獨享。我們來寫詞。我閉著眼睛開轉起圈子，任憑自己沉浸在音符中，隨著大海漂流。

李奧牽起我的手。我睜眼，看見他微笑著，緩緩地跟著我一起旋轉。我們隨著船身搖擺來去。我再次隨性迷失，微風拂亂頭髮。又如何？我們在跳舞呢。我隨著節奏，分不清楚是誰帶著誰。音符漸長，曲子即將結束。是的，結束了。

耳裡只剩船上的通知聲，宣布晚餐時間到了。

全面限制外國籍人士入境古巴。
欲進入國境者，需繳交五百披索保證金，並取得由古巴使館發放、且經內政勞動部核准之簽證，單憑移民局文件不得進入。此前所有發放之文件皆已作廢。
古巴共和國總統頒布之政令九三七字號，
費德里科・拉雷多・布魯
古巴公報
一九三九年五月

五月十九日，週五

昨晚很難熬，我們差點要失去媽。我早知道得爲此做好準備，我隨時可能失去母親，甚至還來不及滿十二歲，就轉眼間變成孤兒。不可能的。媽不能對我做這種事，更不可以在我生日快到時這樣對我，否則以後每次慶祝生日，我都會想起她而因此悲傷不已。

爸與船長一起關在他的艙房裡直到深夜，是那些密談讓她焦慮。他總是垂頭喪氣、彎腰駝背地回來；昔日柏林最優雅的男人，如今沉重地像個虛弱的駝子。

媽整晚不舒服。我得留她獨自在浴室歇著；實在不忍見她那樣崩解凋零。

「沒事，去睡吧。我明天早上再解釋。」

她顯然知道什麼不敢告訴我的事。我們的錢全沒了嗎？食人魔準備入侵美洲，不久就要航越大西洋？我們無路可逃，食人魔會在哈瓦那港口等著我們？

即使門緊閉著，我還是能聽見她嘔吐。她彎腰抱著馬桶抽搐發抖，虛弱的樣子嚇壞我了。

浴室滲出難忍的惡臭，穿過她的艙房，傳到我的房間。我把枕頭壓在臉上，阻隔嘔吐物臭味。最後漸漸睡著。

隔天早上，彷彿什麼都沒發生。她一臉蒼白，臉上的妝似乎比平常還精緻。頭髮剛洗過，身上噴著我沒聞過的淡淡香水。混雜海水鹹味的新香水氣味、以及她神奇的復原都讓我十分困惑。媽知道。她要我和爸在她身邊坐下。無論是香水、肥皂味、還是她用的任何護髮品，都不足以抹除記憶中昨晚的惡臭味。

「我有消息要告訴妳，」她低著聲音說。

是好消息。一定是。我頓時想起登船前，她曾經答應要給我驚喜。與李奧再次相遇讓我全忘了她答應過的事了。

她看了看爸，然後視線停在我身上。快告訴我們是什麼事！媽！

「我一直等到今天才說，因爲想要非常確定。」

她又頓了頓。眼裡閃過一絲淘氣，彷彿想要我們猜猜。

「漢娜，」她略過爸爸看著我說，「你不再是獨生女囉！」

我過了幾秒才聽懂她想表達什麼。

媽懷孕了！所以才這麼不舒服！不是因為煩惱爸跟船長的密談——那是男人家的事。

我要有弟弟——或妹妹了！

「寶寶會在哪裡出生？」我只想得到這樣的問題。

我多麼愚蠢。應該要說些我這年紀的女孩適合說的話才對。我應該要激動、雀躍地抱緊她。向著四面八方大叫：「我不用再當獨生女了！太棒了！」

史特勞斯家族的獨子魔咒終於破了。羅森塔家有新成員要加入不純潔一族的行列了。爸彎腰給媽輕輕一吻，但沒有表現出任何情緒。

「我們不知道會在哈瓦那待多久。寶寶秋末出生。」

她很高興自己的孩子不會在德國出生。她要擺脫家族世世代代傳承下來的沉重命運，那些如今都已如魔法般地消失了。

「今天晚上我們會近距離經過大西洋上的一些島嶼。到時候能看到海岸線」，我開口說，想打破這突如其來的意外消息造成的沉默。他們看著我，一臉不明白。或者他們在想，這孩子真的能成爲我們的孩子嗎？

爸走到媽身後，拉著她半擁入懷。他們略過我的回應，早清楚該對我有何寄望：一個笨孩子。不過他們不用太難過；羅森塔家即將有新成員加入，那孩子能滿足他們的期待。有時，我覺得自己是個錯誤。

他們不需要我。媽帶來的新問題，他們兩人自己會解決，我最好留他們單獨與寶寶相處。我拿起相機，出門上甲板去。

「阿德勒先生還在生病。」媽提醒我，雖然她並不期待我會自己過去與他們打招呼。

我嘗試拍二等艙旅客，但看得出來他們覺得受擾。有些人顯得害怕，有些人發現被我對焦時會擺弄姿勢，害我無法達到想拍出的效果。頭等艙則更糟：那兒的家庭總愛調整衣服，有些女人甚至會叫我等等，讓她們補個妝。唯一不擺姿勢的，是李奧。他若看到我想拍某個畫面，就會停下動作，以免畫面糊掉。

我拍了一張他和父親一起的照片。馬丁先生疲倦地坐在扶手椅上，腳上蓋了條灰毯子。他看起來比上次見面時更老了。李奧在他身旁微笑，一手插腰。

「戒指會是你的，爸答應我，到哈瓦那就會給我。」李奧倉促地說。他說話常常句子跳來跳去，我似乎是唯一聽得懂的人。

「我要有弟弟了。母親已經懷孕滿三個月了。」我以此爲藉口，避免爲了戒指謝謝他，想逃離這尷尬的一刻。

「又一張嘴要養」，他只回應。

這次換我等著接受恭喜，聽句「太棒了，你要有弟弟或妹妹了」，但李奧一無往常地務實犀利。

廣播宣布船正接近亞述群島，我們搶先第一個到散步甲板上。

李奧和我與爸媽一起靠在左舷側欄杆，凝視遠方出現的島嶼。沒人像我在歷險故事裡看到地那樣大喊「是陸地！」甲板上擠滿乘客，所有人靜靜地盯著海平面，陷入詭異的沉默。

空氣冷冽：要入夜了。雖然李奧發誓游泳池就要開放了，我卻無法想像有誰會想在這種寒風中冒然下水。距離熱帶還太遠，沒人想出來做日光浴的。

我開始暈船，也許是因爲盯著海平面看太久，或是因爲得知寶寶要誕生了。無論原因爲何者，我都得抓緊船邊扶手才能保持平衡。離島嶼越近，聖路易斯號似乎晃動越劇烈。

媽倚著爸。有全世界最強壯的男人保護，再次讓她覺得安全。爸摟住她，但眼神透出像是恐懼的什麼。我試著猜測他的感受，猜他可能在想些什麼、擔心什麼——猜他是厭煩、疲倦還是悔恨自己無時無刻陷入掙扎，準備放棄。我不懂既然我們都在一起，他還有什麼好害怕的。我們很安全，爸。我們成功逃出了。德國已在我們身後，越來越遙遠。

船全速通過亞述群島。我們望著島嶼影子在左舷側船首逐漸消失，彷彿錯失的機會，彷彿任憑自己錯過通往自由的安全通道。住在這裡，離食人魔遠遠地，日子會是如何呢？我們眞該買下往亞述群島的簽證才對。

我們能做這裡的新住民。當然，我們會改掉這裡的名字。我不會稱此爲亞述群島，而是「不純潔之島」。我們的孩子會講不純潔語，一種我們發明的、與母語截然不同的語言。世上首個不純潔之國。

我的弟弟或妹妹會在這裡出生，免於承受做德國人的不幸命運，不講德語。不純潔多快樂呀！沒有必要對誰隱瞞什麼，反正這裡一個純潔之人也沒有。想想看，李奧，好個天堂哪！

李奧抓住我的手，爸媽沒注意到，已然完全沉浸在自己的思緒中，靠著彼此，凝視海平面，望著島嶼漸漸消失在悲傷的大西洋中。

我手掌冰冷，但李奧的手暖了我。

「我弄到一雙溜冰鞋，明天用。」李奧總能甩開所有的負面思緒。我已能開始想像明天早晨起床後的時光。

「你一個小時學得會嗎？」我問他。他對我擺了個眼色，彷彿想表達：「當然可以，而且會比你想得還更快學會。」他的笑聲感染力十足。笑是我們能做的最好的事了。

那時我突然發現，爸頗焦慮地觀察著我——我竟然在那兒幻想著李奧和他的溜冰鞋！你不該再沉默了，爸，該是時候讓我們感受到你確實與我們同在、算上我們一份了。萬一發生什麼事，你都會告訴我們，因為你知道我很堅強。有你在，我們就覺得安全。

他只是抑鬱地簡短說了：「我們到半途了。」

一九三九年，五月十九日

哈瓦那情勢惡化。抗議接收歐洲移民聲浪四起。繼續航行。

漢堡—美洲航號電報

五月二十三日，週二

那天應是週二。自從上船後，再也沒人去想今天是星期幾。大家在意的是距離上岸還剩幾天。我等不及迎接週六，也就是預計抵達的那天了。除此之外，那天是我生日，竟然落在週二，一週裡最糟的一天。唉，算了，管他的呢？我們正在大西洋中央航行，還要將近一個禮拜才會抵達。我甚至也不再相信自己運氣差了。

我早早醒來，因爲船長差遣一位船員來找爸。我決定不跟李奧提起這件事。他肯定又會開始無止境地臆測與提出陰謀理論。

媽緊張兮兮了好幾天。我以爲說出祕密能讓她鬆一口氣，但卻沒有。她被自己的不祥預感打敗，在腦中不斷預演那些大多是些空穴來風的想法，陷在絨毛枕堆間，在穿越艙窗灑進室內的陽光下蜷縮著。

大家知道我不想辦派對，反正沒什麼值得慶祝的，但就連船長也知道那天是我生日。李奧說我會收到很特別的禮物，但要耐心等待。我以爲他還在想他母親那枚了不得的戒指，但他父親怎麼可能放手交出他們手上僅剩唯一的值錢東西。

媽終於起床，直接走到我的床邊，與我一起躺下。她全身冰冷，凍得我發抖。

「我的漢娜，」她邊梳著我的頭髮邊說。

接著她沉默，但我能感覺到她想說些什麼。我轉頭看她，鼓勵她開口。

「該把淚珠項鍊交給妳了，漢娜。」

她冰冷的手指緩緩伸向我的脖子，把那條瑕疵珍珠墜子的項鍊釦好。當年阿德隆飯店開張時，她父親特地爲她母親訂做了這條項鍊，讓她戴著出席。後來珍貴的項鍊交到她手上，當時年紀與我現在相同。精緻的白金鍊子完美陪襯珍珠墜子，珍珠鑲在白金三角框內，尖端還綴了一顆小小的鑽石。

房間包裹著我們，天花板上的銅燈架與三排雪白燈泡像個上下顛倒的結婚蛋糕，與陽光爭相閃耀。我不要時間走過。我們懸置在明亮的空間之中。脖子上的珍珠項鍊突然讓我感到畏懼，現在我得好好保存這條在家族中世代留傳的項鍊。我跑到鏡子前仔細端詳，決定換上粉紅色的毛衣好好襯托。

看到我如此感動，媽努力站起身，走到我身邊。我爲了她擺出幾個慣用姿勢，讓她以爲我也覺得自己是女神。她笑了。我們逗著彼此開心，玩鬧了一會兒。

她換上藍白相間的洋裝，我們一起出門慶祝我的生日。

到阿德勒夫婦的特別艙附近時，出現船員的身影。我們敲門，但沒人回應。我們不肯放棄，後來發現門沒上鎖。媽進門，我跟在她身後。只見大廳裡，爸、船長、兩位船員，以及船上的醫生都在，全員一臉悲淒。爸走過來摟住我們，身上散發阿德勒夫婦房內的刺鼻薄荷味。

「阿德勒先生昨晚開始呼吸困難。他走了。」

他走了，離開了，去了，留下我們。直接說「他死了」分明簡單得多，他們卻不肯，所有人都怕那個字。阿德勒太太走近，臉上掛著悲傷的微笑，但沒有哭過的痕跡。她握住媽的手。

「我想在哈瓦那埋葬他，但船長收到電報說那是不可能的。我們得在晚上舉行喪禮儀式，然後把他丟進大海裡。你能想像這樣的結局嗎，阿爾瑪？」

船長正在跟兩名船員說話，他們把最新收到的電報交給他。他中途抬頭對我說話，語氣十分輕柔——我得細看他的唇形才能知道他在說什麼——「Alles Gute zum Geburtstag Hannah[5]。」

所以大家都知道那天我生日。我提醒過媽，我不想要船上前幾晚爲其他孩子舉行的那

5 德文，「生日快樂，漢娜」。

種慶生活動。我很確定繼阿德勒先生死後，再也沒人有心情辦派對了。

我悄悄走出房間去找李奧。當然，他早就知道所有事了，並告訴我昨晚還有另一人過世。

「旅客嗎？」

「不是，是船員。他顯然是跳海自殺的。他們救不了他。悲劇一件接著一件來。」

好個適合迎接我生日的消息啊！是禮拜二，錯不了的。

「阿德勒先生的遭遇是預期中的事，」我告訴他。「他上船之後，從來沒下過床。他讓自己死去。他累壞了。」

我並不爲他感到難過，因爲到頭來他已經放棄，但我確實同情阿德勒太太；她得埋葬他，然後繼續這場前途未卜的奮鬥。李奧感受到我的憂鬱。他握住我的肩膀說：「漢娜，答應我一件事。我們會在一起直到八十七歲。不這樣的話，日子沒什麼值得過的。誰想像阿德勒先生那樣在床上度日？」

我答應你，李奧，我當然答應。我對自己說，因爲他不等我回應，已經走開了。

兩人死亡的消息已在乘客間傳開。李奧的朋友華特提出另一套理論。他說阿德勒先生是自殺。船員是被人殺害。還說之後會有更多人嘗試自殺。

「我們的簽證分文不值。他們說古巴政府現在要求我們每個人繳交保證金，金額連最有錢的人都付不起。」他咕噥，緊張兮兮地左顧右盼，怕其他人聽到他的祕密消息。

「我不相信」，我堅定地說。「我母親是在柏林的古巴大使館拿到簽證，還跟漢堡的船公司 HAPAG 買了爸的簽證。」

我受夠了他們的臆測和各種愚蠢理論。一切都會沒事的：我很確定。

「對，就跟我們一樣。宣布作廢的文件就是那些。」華特的語氣肯定地讓我害怕。

「如果他們不讓我進古巴，我們還有什麼選擇？」我問，突然有了危機意識。

「他們還在商議，看加勒比海有沒有其他島嶼願意收留我們。」李奧再次領導對話，不想顯得後知後覺。他才是應該宣布消息的人，而不是自以爲聰明的華特。

至少沒人說我們要回德國去。那是不可能的。我們早已交出家園，沒地方可以去了。沒人能活下來。現在我懂爲什麼有這麼多自殺的傳言了。

「你覺得我該直接質問爸媽，要他們說實話嗎？」我小聲問李奧，其他人都沒聽見。

「不要，你該做的是盡快找出那些膠囊。如果你被古巴拒絕入境，羅森塔一家一定早有規劃。」他堅決地說。「我們不能讓那發生，漢娜。無論發生什麼事，我們都得在一起。」

我接受指揮，儘管他不過比我大幾個月而已。

我們被困在活生生的噩夢中。我分不清這究竟是眞實還是夢境。

回到爸媽的艙房。他們直挺挺坐著，一言不發地沉浸在自己的思緒中。我回房關上門，發現床邊桌上躺著一只信封，上頭有聖路易斯號的標誌，寫著：「致漢娜」。

裡面是張明信片，展示航海史上最龐大、最豪華的郵輪。「Alles Gute Geburtstag Hannah」，署名「Der Kapitän[6]」。媽說的沒錯：他真的是位紳士。我應該去指揮控制室向他道謝。

門外傳來媽的哭聲。我把明信片緊緊抓在胸前，閉上眼睛，渴望繼續幻想我們在這座鋼鐵島嶼上仍然安全無虞。媽哽咽啜泣，聲音尖銳地我很難聽懂她在說什麼：

「沒什麼好吵的。如果我們三個人不能一起登陸，就通通別登陸了。不管是漢娜、我肚子裡的孩子，還是我，都不會回德國去。馬克思，這點我跟你保證。」

一九三九年，五月二十三日

貴船乘客多數違反古巴最新九三七號政令，可能無法獲准登陸。情勢尚未明朗，但若無法在你抵達哈瓦那前解決，則事態嚴峻。

漢堡—美洲航號電報

五月二十五日，週四

我不怕死。不怕最終時刻來臨，一切關閉，被留在黑暗裡。不怕看見自己身在雲端，往下看著其他人依舊自由地在城裡行走。死亡就像燈被關起，並帶走你所有的幻想。

但我不想要由我父母來決定此事何時發生。還不到我歸入塵土的時候。他們不敢的，因爲我會捍衛自己。我不在乎我們的簽證是否一文不值，或讓不讓我們登陸那座乏善可陳的島嶼。

晚上睡覺時，能聽到聲音要我放棄，離開房間到甲板上，跳入海裡。海浪會把我帶向我能存活並被接受的唯一所在：另一座不存在於任何地圖上的小島。我看到自己孑然一身，父母與李奧都不在身邊。從高處往下看，我成了微小的一點，迷失在岸邊。死亡肯定就是這樣。

打從出生起，我們這群不純潔之人就已準備好迎接死亡提前來到。多年來，即便在日

6 德文，「船長」。

子還快樂時，我們也得提心吊膽著避免撞上這道命運，走一步是一步。有時我會想，當其他人如飛蠅般紛紛殞落時，我們又有什麼資格認爲自己能倖免。

關於死亡，我討厭的是無法道別、一聲不響地離去。光想到這點就讓我顫抖不已。

我不允許由他人決定我的命運。我十二歲了！我還沒準備好，所以得找到那些該死的膠囊。要是找不到，殺死我的人就會是李奧了。他解釋過，我的目標是頂端以螺旋蓋封起的小小銅製圓管。裡頭有三個裝著致命藥物的迷你玻璃膠囊，昨天媽才說過如果我們不能登陸哈瓦那，就要靠它們脫離痛苦。

我得翻遍每個角落、所有行李，事後還得收拾回歸原樣，以免被任何人發現。

那晚有場華麗的變裝派對，是聖路易斯登陸前的慶祝慣例。但我們還不知道到底能否順利抵達、船能否獲准停錨、我們又能否上岸。最終目的地從缺。

船笛聲響，宣布舞會開始。溜冰鞋、巡遊甲板以及扮演公爵與女爵的遊戲等已經通通被李奧拋諸腦後。遊戲時間結束。他又再次當起陰謀論者。

經過爸媽在艙房內的討論後，我懷疑他們有什麼興致出席如此無意義的蒙面舞會。我沿著頭等艙走廊走著，這裡每過一天，看起來就又窄了些：天花板向下逼近，牆上黃色燈座的陰影壟罩四周。我厭倦了媽的抱怨、爸的沉默與李奧的指令，走向樓梯間，不情願地下樓。抵達夾層，我打開門，聽見香檳酒開瓶的嗶啵聲、乘客等待管弦樂團演奏時的閒聊、以及充滿信心的笑聲，有些人仍以爲我們一到哈瓦那港口，就能馬上登陸。

孩子們禁止進入舞廳，但李奧在夾層看台上找到一個綴著紙花的據點，讓我們得以觀望這群愚昧眾生在周六清晨被古巴政府狠狠賞巴掌前，最後的尋歡作樂。

現場氣氛平和，一切多虧船長與乘客委員會的努力，他們把這九百三十六位漂泊靈魂視爲己任。

華特與克特難掩興奮地指出一件件奇裝異服，李奧則還在陰謀論模式中，分析舞池裡男男女女的肢體動作含意。閃閃發光的水晶燈上纏滿花藝裝飾，營造出歡愉錯覺。燈下賓客徘徊旋轉，看起來有如鬼魂。從我們的瞭望點看出去，曾經雄偉寬敞的舞廳，不過是座殘破的戲台罷了。仿造法國皇宮之類場景的石膏飾條、精緻鍍金畫框裡的拙劣田園風景畫作、高級木板貼牆、希臘神獸樣式的銅製壁燈、霧面雕花玻璃鏡。一場海上幻境。「俗不可耐」，媽一定會說。

伊內絲神情沮喪，等著永遠不會出現的舞伴。她頭戴假鑽皇冠，身上的蕾絲網紗禮服看起來是廉價棉布製成的。她以沒有寶座的公主姿態出場，高傲地向三位子民致意：三個身穿天藍色洋裝的女孩，全戴著鑽石耳環，領口別朵白色玫瑰。伊內絲看到我們的注視目光，朝上對我們點了點頭。

一位厚粉濃妝的男人衝進舞廳，華特與克特看到差點忍不住拍手。他雙頰鮮紅、眉毛畫得粗黑、眼皮塗上亮藍色眼影。他身穿白色燕尾服配上誇張的紅絲絨罩袍，頭戴鑲綴月桂葉的金色皇冠。

一位單獨行動的高個女士身著黑色亮片禮服，薄透寬大的袖子上綴著閃亮星星，頭上珍珠頭冠上插著超大羽毛，大紅色嘴唇與黑色下眼線看著十分凶險。她手持巨型鴕鳥羽毛扇，半遮著面穿越舞池，現在裡頭已經擠得寸步難行。

「是今晚的女王！」克特驚呼。

「不是，她是吸血鬼！」華特糾正他，我們全大笑。

最常見的裝扮是海盜，一對青年打扮成水手，還有好幾位身穿單肩禮服的希臘女神。

舞廳愈漸嘈雜，但我們仍然能聽見盛裝醉人泡沫的玻璃杯，相互敲擊發出鏘噹聲。通往舞池的雙邊對稱梯間，樂團開始演奏懷舊德國曲調，所有人心情沉了下來。我們就是不許遺忘。

接著樂聲暫停，片刻沉默。兩位小喇叭手向前站，吹起屬於我們的曲子，至少對我來說是。李奧看向我：他也認得那首曲子。「月光小夜曲」首個音符一下，我看到爸走進舞廳，身上是他的訂製燕尾服。女神隨後登場，一席側邊開衩黑色蕾絲禮服，後留拖擺。兩人都戴著黑色絲絨面具，媽的面具上還以羽毛與水晶點綴。

伴著努力想模仿格倫·米勒風格的樂團奏樂，他們緩緩走下階梯。所有人停下來欣賞羅森塔夫婦華麗登場：既然他們也來跳舞，肯定不會有問題的。我們會順利在眾所期盼的哈瓦那港順利登陸，這就是船長希望羅森塔夫婦傳達給憂心忡忡的乘客們的訊息。但現下情況看來，就連樂隊的愉悅音樂，五顏六色的亮麗洋裝、或甚至爸媽與眾不同的氣質，都無法緩和舞廳中的低迷氣氛。

隱藏在面具底下，爸看似陳濫俗劇裡的英雄。媽繃著臉，雖努力卻擠不出一絲微笑。她似乎在對他說：「你逼我來，所以我來了，但別期望我樂在其中。」

在「月光小夜曲」曲調中，兩人再次聚攏，爸帶著媽到舞池中央，她緩緩地將頭靠在爸的肩上，他踏著小步伐，彷彿跳著華爾滋但又沒跟上節奏：他不認得這首新曲子。兩人四處繞轉，爸向幾個男人點頭致意。媽則略過他們，避免任何眼神接觸。

十二天，我們的快樂只延續了這麼長。

我得離開。該回艙房展開搜索行動了。

一九三九年五月二十六日
錨地泊船。切勿嘗試靠岸。

漢堡—美洲航號電報

五月二十七日，週六

這天是預計登陸哈瓦那的日子。船上許多人都等著和已經先到古巴來的親友團聚；其他人則準備到新家園，或旅館尋找落腳處。他們盼望在這個島嶼安頓下來、學習西班牙語、建立事業。很多人只打算在此住幾個月，等著前往埃利斯島，由那進入紐約，他們的最終目的地。

在哈瓦那，我們能建立更多家庭，島嶼會逐漸充滿不純潔之人。但即便我們意欲在此生活與工作，仍永遠心存警惕，因爲食人魔們有著長長的觸角，天曉得哪天他們會不會一路伸向加勒比海來。

聖路易斯號上的九百三十六條生命，現在全掌握在一個男人手裡。誰知道他會說好還是不好，一切端看他起床時心情如何。古巴總統也許會禁止我們靠岸，像驅趕惡臭鼠輩一樣把我們趕出他們的領海，那麼我們就得回到食人魔的土地上，被送進監牢，被迫迎接注定提前到來的死亡命運。

清晨四點，船鳴笛宣布接近港口時，我老早醒了。過去兩天不斷尋找膠囊，一晚只能睡幾個小時。我在媽的房間裡翻箱倒櫃，之後還得小心把東西歸回原位，卻什麼也沒找到。李奧判定爸一定是把膠囊藏進鞋底了。

華特與克特確信我們最終一定能獲准登岸，但李奧非常存疑。至於我，我不知道該期待什麼。

所有乘客都把行李拿到走廊上；經過時實在很難不絆到東西。但我們的艙房外卻沒行李，讓我憂心。嗚笛聲之間，廣播提醒大家早餐時間到了。一切如常，似乎意味著問題已經解決，不過在我們的艙房裡，情勢依然懸而未決。爸媽什麼也沒打包，看似非常肯定我們一定不會下船。

早餐匆匆結束。所有人興奮不已，孩子們跑來跑去。大家衣裝筆挺，但我沒有，我自在地穿著罩衫與短褲：這裡的高溫與溼氣太難受了。

「等到夏天來了你就知道，你受不了的。」李奧用一如往常的方式鼓勵我。

他知道我能聽出弦外之音：未來會熱得不像話，意思就是我們會上岸。他在我身旁地板坐下，華特與克特跟著照做。桌邊位子都坐滿了。

「事情都妥當了，」克特說。「我父親說全球各地報紙都在報導我們的遭遇。」

對我來說毫無意義。報紙從沒打過勝仗。

一位古巴醫生上船。他們要檢查我們所有人，所以大家得待在餐廳。天曉得他們想檢查什麼。我離開吃早餐的朋友們，跑回房提醒媽。

我盡快跑回去，一路閃躲行李箱，沒先敲過便打開房門。他們兩個都換好衣服，準備接受醫生檢查了。媽躲在房間一角陰影中，一臉蒼白，嚇壞我了。爸走過來。

「跟你媽待在一起。船長在等我。」

他的聲音不若往常溫柔，這是命令。我不再是他的小女孩了。

我摟了摟媽，但她推開我。接著又道歉，露出微笑，伸手把我的頭髮塞到耳後。她沒看我，我們坐在一起，等候爸下其他指令。

船已在港口內下錨，但仍不斷前後擺盪。

「我要躺一會兒，」媽說，溫柔地把我推向一側，往床鋪走去。

她躺回枕堆中，我回到餐廳。李奧來找我，手裡握著某種滲著黃色黏液的東西。是種水果。

「妳得試試這個。」

有人送古巴鳳梨上船。我咬一小口；很好吃，雖然吃完後嘴巴開始發疼。

「先咬出汁來，然後再吐掉。」華特開口指導門外漢。

來到熱帶，我們開始以味蕾體驗古巴水果帶來的震撼。

「今天有艘前進哈瓦那的船開出漢堡港口，結果得更改路線，因爲接獲通知古巴政府不會讓那些乘客上陸。」李奧說，他總能知道最新消息。

我看不出來這對我們會有任何影響。也許是因爲我們來了，而他們收不了這麼多人，所以才拒絕那艘船。幸好，我們聖路易斯號上的所有人都有古巴簽署授權的上陸許可證，很多人甚至還有加拿大和美國的簽證，我們家就是。我們已經在等候名單上了，而且只會短暫停留，純粹過境。這樣當局就放心了。一切都會沒事的。

那是我的希望：沒理由另做他想。一切當然都會好好的。

我們到甲板上，古巴的氣息隨著微風飄來：鹽與汽油味的甜蜜混合。

「看那椰子樹，漢娜！」李奧頓時變成小男孩般睜大眼睛，著魔似地發現了新大陸。

◇

太陽東昇，大樓建築劃出的哈瓦那天際線映入眼簾。首先看到岸邊有三個男人一起，隨後又有四人加入行列，最後共十個人向碼頭跑來。我們到了！他們現在可不能送我們回去！我和朋友們又跳又叫的。李奧跳起滑稽舞步。

不久後，許多聖路易斯號乘客的家人得知我們抵達了，短短幾小時內，人潮湧現港口。

焦急的親屬們擠滿一艘艘小船，朝向我們划來，不過我們的船還在隔離檢疫中，當局下令他們只能待在安全距離外。海巡警衛像對待罪犯般把我們團團包圍。

廣播提醒大家把文件準備好。他們準備檢查我們的登陸許可證以及其他簽證是否有效。

華特像陣旋風般跑來，喘過氣後馬上說：

「他們要求每個人繳交五百古巴披索的保證金。」他從父母那兒偷聽來的。

「那是多少？」我問。

「大約五百美金。不可能。」李奧對數字總有一套。

我們在德國時已經把僅剩的一點現金花光，拿來購買能到古巴變賣的值錢東西了。船上則規定每個人只能隨身帶十個國家馬克。

「真是要命的鬧劇，」旁邊一位戴著白色遮陽帽的女士說。「要命。」她堅定地重複，彷彿是希望有人能聽到並回應她。

一定有辦法。船長不會允許我們就這樣被送回的。他站在我們這邊；他不是食人魔。

我望著長長的面海大街，不知怎的，完全無法想像自己與李奧和家人一起踏上那條街。

來自歐洲港口的希伯來人問題盼今日能解決

哈瓦那報紙《海軍日報》

一九三九年五月二十八日

五月三十日，週二

有些時候，最好是接受一切都完了，做什麼都沒有用。撒手不管，放棄希望：投降。我那時的感覺就是如此。我不相信奇蹟。遇到這種事，是因爲我們堅持改變早已寫好的命運。我們不擁有任何權力，不能重寫歷史。打從我們來到這世上，就注定要被欺騙。

如果李奧留在這艘船上，我也要。如果爸爸留下，媽也會。

直到那時爲止，他們只准許兩個古巴人與四個西班牙人下船。橫越大西洋的時候從來沒看過這些人。他們低調獨行，不跟任何人說話。

按照這個檢核文件的速度，而且一次只放六個人下船，我們得待在船上超過三個月。到時候，我早已被搖搖晃晃的船身打敗了。

從舷窗望出去，哈瓦那霧濛狹小、難以抵達，像張旅客落下的老舊明信片。但我一直關著窗戶，不想聽見圍繞在聖路易斯號周圍的親友呼叫聲，那些人划著殘舊的木舟，隨便一陣浪來都可能翻船落水。一個個姓氏、名字從這頭定錨的豪華郵輪甲板，往下方脆弱、游移的小船飛去。柯波、嘉林納、依特敘坦、巴爾、李希特、維曼、姆恩茲、萊赦、尤爾丹、瓦赫特、哥爾鮑姆、齊格。每個人都在找尋某個人，但誰也沒找著誰。我不想再聽到任何名字，但它們依然不斷傳來。李奧和我都沒有前來呼喚我們名字的人。沒有人來救我們。

海邊大街上，汽車匆匆開過，彷彿什麼也沒發生：對他們來說，這不過是另一艘載著外國人的船，出於某種原因堅持要在這個工作機會稀少、陽光烤乾一切意志的島嶼上落腳。

有人敲我們的艙門。我一如往常地顫抖：也許他們要來抓走爸。食人魔無所不在，連這個島嶼也不例外，即使我還無法接受此地將是我們未來的一部份。

莫瑟夫婦來找我們。我打招呼，滿身大汗的莫瑟夫人摟了摟我。看得出來他們瀕臨痛哭邊緣，莫瑟先生一臉委靡，看似好幾天沒睡覺。

「他寧可去死，」莫瑟夫人急切地說。「他想跳海。那我們怎麼辦？我的三個孩子怎麼辦？我們沒有家、沒有錢、沒有國家。」

爸媽鎮定地聽著。媽站起身，引導莫瑟先生到椅子上坐下，他向前彎身，羞愧地把頭埋進雙手。媽非常同情這位男人：並不是因為他受的苦難，而是因為男人和妻子竟相信強大的羅森塔一家有辦法為他們幫上忙。

「我不能放他一個人獨處，」莫瑟夫人繼續說。「他想切斷自己的血管、跳海自殺、在艙房裡上吊……」

顯然每次他試圖提早道別，都被她發現了。他的額頭上似乎已寫明了：也許是今天，也許是明天，總之一定會發生。

我想莫瑟先生也許並非眞想自殺，而是想跟命運賭一把。如果有人想自殺，他就是。如果眞心想做，很簡單的。趁其他人熟睡時，縱身跳進空無之中，或往手腕一劃，就成了。

「雖然我們能做的實在不多，」爸開口，試著安撫焦慮的莫瑟夫婦，「但是會找到辦法的。」

那短短幾秒中，他又再次變回教授先生：說話讓人信服、手中握有眞相的男人。莫瑟先生抬頭，擦乾眼淚，盡全力集中精神看著他們眼中路易斯號上最有影響力的人。只有他能反轉九百位乘客的命運，他和船長。

「我們應該寫信給古巴總統、美國總統和加拿大總統，爲船上的婦女與孩童代爲發聲。」爸繼續說。

莫瑟夫婦怯怯地露出微笑，面色緩緩好轉：歷經多日後，他們終於瞧見一線救贖，感到也許還有理由堅持下去。

我覺得他們全失去理智了。那個時候，船上所有人似乎都腦袋不太正常。一封信能有什麼作用？總統才不管我們下場如何。沒人想處理我們的問題，沒人想惹毛德國。有什麼道裡要准許這群不純潔之人進入自己和諧幸福的國境內呢？

我們犯下的第一個大錯，就是從漢堡出航。越洋的那些日子裡，我們不過活在可悲的幻象之中。我不相信幻想或非眞實世界。所以向來痛恨手上可怕的洋娃娃。她們毫無反應，只是盯著我看，質疑我爲什麼不肯跟她們玩，尤其她們是如此的美麗、一頭金髮、無懈可擊、備受稱讚。

莫瑟先生畢生積蓄全用來購買古巴登陸許可證，以及一家人的聖路易斯號船票，然而現在光是爸的一席話，似乎便足以讓他重拾信心，開口說起自己的悲慘遭遇，彷彿船上只有他們被逐出國門。

「我們失去了一切。我哥哥在哈瓦那等著我們，他在那裡買了棟房子。我們如果被遣返，哪兒也去不了。我們三個孩子要怎麼辦？如果我們寫信給古巴總統，他一定會心軟的。」

聽丈夫如此充滿希望，莫瑟夫人肯定以爲危險已過。孩子的爸再也不會想結束曾經如此寶貴的生命。他們會一起回到艙房，她爲大家整理好床鋪。今晚她能安心入睡；她的呼吸甚至已開始漸趨安穩。

但那家人的命運早已寫定了：莫瑟先生低著頭快樂地離開我們艙房，打從那刻起，我知道會發生什麼事。我躺上床，閉上眼睛。頭腦開始無止盡的暈轉，不讓我入睡。

首先，莫瑟夫人會哄孩子們上床，爲他們哼唱搖籃曲，塞好棉被，給他們睡前一吻。她感動地看著孩子，聆聽無辜孩童柔軟的呼吸聲，接著回到丈夫身邊躺下，那位她向來堅信不移，並決定與之共組家庭的男人。她爲了他離開自已的村莊、拋下父母與兄弟姊妹，冠上未知的姓氏。她會在他身邊睡下，一如美好往昔那般。

莫瑟先生會趁家人入睡時，悄悄溜下床。他走進浴室，尋找皮把手上鑲著聖路易斯號標誌的鍍銀刮鬍刀，堅決地切斷自己的動脈。首先，灼熱的疼痛感襲來，隨後他便陷入恐慌，所有知覺全被淹沒。他倒向地板，鮮血緩緩從他扭曲的身體中流出，速度慢得讓他能在冰冷的浴室磁磚上，最後一次看著他此生最愛的人們香甜熟睡。

他抖動著，依然溫暖的鮮血開始大量湧出。雖然意識還在，視野卻逐漸黯沉，心跳愈來越微弱。最後終於躺平。血開始乾涸，由紅轉黑，漸漸凝固。

清晨，莫瑟夫人起來，發現丈夫不在身邊。她觸摸涼冷的床單，上頭不剩一絲心愛之人的餘暖，接著她意識到浴室門半掩。她緩緩走過去，對於可能看見的景象感到恐懼。不祥預感壟罩心頭，呼吸越來越急促。她想哭喊出聲，卻無法。腳步在門口停下，她看見令人困惑的景象，那是過去幾天、幾周、甚至是幾個月來，她不斷避免去想的景象。她閉上眼睛，深吸一口氣，開始無聲地哭泣。

丈夫身體蜷曲，以胎兒姿勢躺在浴室地板上。她屈膝跪下抱住他，雖然知道他再也感覺不到任何東西了；他已經不在了。她絕望流淚、不可自拔地一再啜泣。首先前來的是四歲小女兒，手上還抓著白色泰迪熊。接著是六歲的兒子。大女兒十歲，試著把弟妹帶開，避免他們看見將糾纏腦海一輩子的景象。

不久後，有人來通知爸了。誰也沒表現出任何情緒：大家都已深陷在自己的焦慮裡。我待在床上，無法停止去想莫瑟太太發現丈夫屍體的當下。但願她的孩子永遠不會忘記這天，他們得記得該責怪誰。有人得付出代價。

九百多名乘客，當中包含四百位婦女與兒童，懇求您發揮影響力，協助我們脫離此可怕境遇。基於貴國的人道傳統與您的婦人慈懷，我們深信您不會婉拒此要求。

聖路易斯號乘客委員會致古巴第一夫人

蕾奧納・蒙德斯・拉雷多・布魯

一九三九年五月三十日

五月三十一日，週三

「我們今天要把船給燒了，」一出艙門跑向甲板，李奧便附在我耳朵旁悄悄說。

十分鐘內，我們沿著樓梯跑上跑下，看過引擎室，從頭等艙一路衝向三等艙。我完全不知道我們在找什麼。

「如果他們不讓我們上岸，我們就放火燒船。」

沒必要，李奧。這兒的艷陽早把欄杆與木板烤得滾燙。根本不可能待在外頭。太陽是另一個敵人。

李奧說目前為止，古巴只接受了不到三十名乘客——他們都持有古巴國務院核發的登陸許可證——移民署長曼紐爾・貝尼蒂茲簽發的許可證全部遭到回拒。那個騙子和他的軍人黨羽領導巴蒂斯塔聯手偷走我們所有人的錢。「貝尼蒂茲證」在我們越洋的時候已經完全失效。或在更早之前就沒用了。

島嶼上目前握有實權的軍方首領，正在奢華宅邸裡與家人和隨扈共聚，感冒初癒躺在床上休息，沒膽出來露臉。

他的私人醫生禁止他接電話，不希望他被九百多條人命這等雞毛蒜皮的小事操煩呢！媽購買爸的貝尼蒂茲證時，還爲我倆多買了兩張，以免她先前買的簽證失效。但我們也拿到美國簽證了，已經在等候名單上排隊等著入境。我不懂他們還希望我們怎樣。

「Mañana[7]，也許事情就會解決」。李奧用他濃厚可笑的西班牙文腔調發音。除了「gracias」之外，島上用的語言裡，他只懂這個字：「mañana」，明天就是協商最終日。

「Mañana」，他又說了一次，彷彿那三個音節還蘊含其他意義，能傳達希望。

爸的護照上蓋了個大大的「R」：遣返（return）、拒絕（rejected）或廢止（repudiated）。其他人的護照也是：李奧與馬丁先生；華特、克特一家人；伊內絲也是。沒人能得救。我們不過是一群沒人要的傢伙，準備被丟進海裡，或送回食人魔的地獄。

沒人在乎那些文件花光了我們的畢生積蓄，竟有位無情的總統簽署政令，宣布所有文件全數作廢。

李奧認爲如果我們放火燒船，他們才會注意到我們。爸主持的那個委員會已失去遊說協商能力，又或者從來就無足輕重。船長不知道該如何面對曾信任他的乘客，打從第一天起，船上最有權力的男人就讓我們相信能順利上岸——相信抵達哈瓦那的破舊港口時，一切都不會有問題。

兩週虛度的光陰。我們竟如此愚昧無知，在食人魔准許我們離境時，傻傻交出事業、家園與財產。我們究竟爲什麼會蠢到相信他們？一切都是事先預謀好的，早在媽購買西班牙文的古巴登陸許可證前就定案了。早在我們自漢堡出航時他們就已心知肚明；樂隊的歡送曲也是場鬧劇。爲何他們逼我們買回程票，這下可一清二楚了：要我們承擔回程的費用。

古巴鄙視我們；其他國家則忽略我們。他們全困惑地低下目光，似乎企圖逃避羞愧之意。他們想漂淨雙手，避免感到罪惡。

第一場宴會中向我們舉杯致意的三位青年，現在正和李奧策謀——他只有十二歲呢！——準備在這艘巨無霸越洋郵輪上縱火。拜託，胡鬧夠了沒：白日夢還是留著等我們登上陸地再做吧，如果我們真登得上的話。有些人信心滿滿地計畫要挾持郵輪、改變航道，從船長手中奪過指揮權。公海上的綁架案，或該說，殘破港灣裡的綁架案。

「她在這裡做什麼？」長相酷似當紅影星的青年問李奧。

「你可以相信她，而且她能幫忙。」幫你做什麼？李奧？如果我停下來多思考一會兒他們的計畫，大有可能會跑開，留下他們獨自策劃荒謬的詭計。

7　西班牙文，「明天」。

但那位未來無望的青年有些疑慮。他實在太絕望：返回絕對是最後選項。他太年輕俊俏，無法面對死亡提早來到，所以若有任何人阻撓他，他都能把他們丟進海裡，只要能活下來，他什麼都願意。我很想告訴他們，只有白癡才會以爲能在一萬六千噸重的巨無霸輪船上縱火成功，但我最後決定到甲板上去，任憑他們謀畫。我得拍照。

如果他們能，隨他們放火去。毀掉它吧。讓港裡最大的船沉沒。也讓我們跟著沉沒。那會是我們最好的下場了。

我走往船上另一側甲板，那兒沒人懇求著下船，也沒人坐在小艇上看著絕望的我們。一個我看不到那座城市海岸線的地方，這座城得爲自己的冷漠付出昂貴代價——不是今天或明天，但總有一天。

我靠著欄杆，閉上雙眼，不想看到海，也不想看到莫羅燈塔，這時突然察覺身後有人。沒必要轉身：引擎室的機油味、香草餅乾與熱牛奶的味道傳來。他走到我身旁，牽起我的手，用盡全身力量緊緊捏著，我微笑。

我睜開眼睛，知道會看見我那唯一摯友的修長睫毛。看著我，李奧，李奧，沒剩多少時間了，我想這麼對他說，但保持沉默。若有任何人懂我，肯定是李奧。李奧什麼都知道。總是如此。

船這一側聽不到呼喊聲，寂靜專屬於我倆。一艘載滿乘客的船緩緩靠近，一定是「純潔之人」，我想，因爲船順利進入港口繫泊，鳴笛預警。

我們倆人就在那兒，一言不發地牽著手，看著那艘船駛過後，再次掉頭面對浩瀚的大海與天際。

起來，李奧。我們跳進海裡，隨海浪前進。遠離港口某處，一定會有人來救我們。如果他們問起我們的名字，就隨便編個不會引人唾棄、拒絕或憎惡的名字吧。

若留在柏林，我們能更過得更好。就你和我，沒有爸媽。我們能在滿是碎玻璃的街上奔跑、嘲笑食人魔、在黑暗的走道偷聽收音機。那時我們以自己的方式，過得自由又快樂。

大腦運作地遠比舌頭來得快，話說不出口。

看著我，李奧。別留我孤單在這兒。來玩吧，穿上溜冰鞋到甲板上去。你手捏得太緊了。到水裡去！我發誓，你說什麼我都照做。你決定吧，你比我年長。

來吧，是時候了。

一九三九年六月

敬愛的古巴共和國總統

費德里科・拉雷多・布魯閣下

承蒙您寬允商談，本人有幸代表聖路易斯號難民進入古巴國際協調委員會，報告以下提案：

經您准予，於古巴合法營運之馬里蘭保險公司，將以古巴共和國名義，押存五萬元之保證金。

羅倫斯・貝倫森

德國移民難民援助國際協調委員會榮譽顧問

六月一日，週四

「Mañana」——乘客間盛傳的那個字；李奧不斷用濃厚腔調重複提起的那個字——我們的命運即將決定。

爸媽會等我睡著後，從藏匿處拿出裝著神奇粉末的銅製容器。他抓住我，她打開我的嘴巴。我不會反抗；我會咬開玻璃外殼，釋出能令人瞬間腦死的氰化鉀。不會有疼痛。爸，媽，謝謝你們不讓我受苦，謝謝你們想到我，爲我終結苦痛。我會快快樂樂地道別，臉上掛著微笑。時間到了。

我爬上床，在爸身邊躺下，我們看著媽準備出席船上最後一頓晚餐。她往梳妝台走去，拿起她的珠寶盒，那是個骨董音樂盒。

小時候，每次打開鑲著珍珠母外殼的小黑盒，芭蕾娃娃配合貝多芬的「給愛麗絲」旋轉跳舞，看得我入迷。媽曾任我把玩盒子，扭轉發條玩上好幾小時。記憶中珠寶的香味飄往床這頭：盒子裡有個散發優雅薰衣草味的絲綢小香囊。小格子裡藏著芭蕾娃娃的旋轉機芯，媽拉開裡頭一個小抽屜，拿出她的婚戒，那是她從柏林帶走的珠寶裡最有價值的一樣。

我霎時想通了，差點要跳起來，但克制住自己：花了那麼多時日尋找那個銅容器，結果現在就在眼前！一定是藏在那裡！若那些膠囊價值直逼等重黃金，還有什麼比跟她最珍貴的大鑽石放在一起更適合的地方呢？

船再次鳴笛，我想沒有什麼比那刺耳聲響更困擾我的事了。不對，有的：陌生人敲門。該回餐廳去，他們要開始供應在哈瓦那的最後一次晚餐了。爸媽都一身白；看起來彷彿凍結在當下似的。

「我還沒準備好，快好了。」我說。他們投來詫異的眼神，但決定尊重我日漸荒謬的習慣。

我坐在梳妝台前，拿起音樂盒。大可把它丟入海裡，讓珠寶和一切消失不見，但我選擇轉開鑰匙，看著纖細的芭蕾娃娃轉呀轉。我不敢打開祕密小隔間，因爲如果膠囊不在那兒，便終於得放棄。手指忍不住顫抖地打開祕密小抽屜，銅容器就在眼前。它小得差點讓我笑出來。接著心臟開始劇烈地噗通狂跳，我擔心若有人經過，即便人在艙門外，也可能聽見我的心跳聲。我拿起裝著致命粉末的容器，雙手抖個不停，連轉開蓋子都有困難。

冷靜點，漢娜，什麼事也沒有。

像這樣的時刻，李奧應該在我身邊才對。

打開蓋子時，我屏住呼吸。玻璃膠囊確實就在裡面沒錯，於是我趕緊把蓋子蓋上。我害怕容器一開，氰化物的微粒便逸散、汙染空氣，麻痺所有人。容器內發出清脆的碰撞聲，看來膠囊不止一顆。當然了，應該要有三顆才對！

我不能理解，這麼微小的東西怎能如此強大。如果吸入，或分子碰上皮膚，就去另一個世界了。我想過當下就放一個入嘴，但我不能對李奧做出這種事。那是我們得一起做的決定，否則他永遠不會原諒我的背叛。*就這麼做吧！李奧！*

我跑出門找他。

倉促途中，我撞上準備下樓吃道別宴的頭等艙旅客。進入餐廳後，杯盤餐具的敲擊聲、用餐人的閒聊與烤肉味迎面襲來，令人震懾。我看到李奧在另一側門廊，兩旁是老黨羽，華特與克特。

他看見我，示意我別動：他來找我。他穿過房間，低頭看著我的右手，馬上明白我握著寶藏。他並沒有笑。事實上，我想那是他第一次眞正感到害怕。

他抓住我的手，我打開手，讓裝著三顆氰化物的小小銅管掉落他的手中。李奧確認沒人看他或跟蹤他後，便一句話也沒說地離開餐廳，像個眞正的陰謀者。

我看見爸媽正與其中一位服務生講話，莫瑟太太走進餐廳獨自坐下，孩子不在身邊。媽邀請她一起，她膽怯地答應。

最後的晚餐豐盛至極，開胃菜有焗烤吐司魚子醬與橄欖油燉芹，接著是蘆筍佐荷蘭醬和菠菜佐白酒醬，然後是莎朗牛排與炸芋片、帕瑪森起司通心粉、里昂香煎馬鈴薯，最後以加州水蜜桃和莓果布利起司作結。我幾乎什麼也沒碰，只吃了一點通心粉和桃子，一心希望荒謬的道別宴快點結束。

再來是舞會時間。樂團奏起《蓮花華爾滋》、《歸來吧蘇蓮多》，接著是史萊納曲集與一首匈牙利作曲家弗朗茲・雷哈爾的曲子。主燈已關上，室內光線十分柔和，琥珀色光圈壟罩舞者，所有人好像在一層雲霧之上漂浮。

突然間，樂聲戛然而止。

舞池男男女女並不歸位，等著下一首曲子開始，桌邊人聲逐漸嘈雜。廳內越來越擁擠，服務生像施展魔法般穿梭來去。

一位身材高佻苗條、穿著黃色平口禮服，一耳後方別著大紅花的女人不情願地上台，像是被逼迫擔任下一齣劇碼的女主角。她向樂手說了幾句話，他們闔上樂譜。顯然他們並不需要看譜。女人雙手握麥克風，閉上眼睛，低聲唱起。

女人一唱出首行德文歌詞，所有人陷入靜默：「In einem kühlen Grunde, Da geht ein Mühlenrad, Meine Liebste ist verschwunden, Die dort gewohnet hat.（陰涼山谷處，磨坊水車轆轆，然而我曾居處於此的愛人哪，如今已不見芳蹤。）」

沒人膽敢移動寸步。樂隊伴樂聲中，男女緊緊相擁。最後一句歌詞唱畢，女人隨即下台，什麼也沒多說。此時，廳內一片哀悼氣氛。在滿室黑灰棕色衣裝中，一身白的爸媽有如不協調的音符。

李奧氣喘吁吁地貼近我身後。

「都弄好了」，他悄聲耳語，一邊試著喘過氣來。

我打了哆嗦。他把東西丟進大海了。我們已失去一起解救自己的僅存機會。他沒有想到那可以是條逃路。

他坐在我身旁，著迷地盯著滿桌異國珍饈。他在印有郵輪標誌的瓷盤上盡力堆滿食物，已然把膠囊、跳海、把逃離的事忘得一乾二淨。

他餓了，而服務生口中複雜難解的一道道菜餚，對他而言不過就是沙拉、肉、馬鈴薯、水果與起司。他狼吞虎嚥，彷彿這是他的最後一餐。開口第一句評論，似乎來自船長接獲轉交給爸的電報：

「你安全了。」

我沒必要害怕：我戴著我的珍珠項鍊，且摯友就在身邊。

依據總統政令，聖路易斯號蒸汽輪船當立即啓航。船上移民應一同離去。若不自行離港，將由古巴巡艦向海拖曳數英哩。

哈瓦那《海軍日報》
一九三九年六月二日

六月二日，週五

媽的哭聲吵醒我。黎明剛至，舷窗都開著。港邊晨務聲響傳來，伴隨一陣讓人備感窒息的熱風。媽幾乎整晚沒睡，不斷在寢室內大步來回。她陷入絕望，絲綢枕頭與床單在床上一角高高堆起。

昨晚餐後她直接回房，拒絕看著窗外的哈瓦那。那個城市永遠不會屬於她。房裡彷彿經歷一場暴風雨。行李箱通通開著，抽屜所有東西全倒了出來，衣服散落一地、看起來像昨晚睡覺時遭小偷似的。爸媽醒著好幾小時了，因爲疲倦而動作遲緩。我閉上眼，不想參與這場沒有敵人的戰爭。我想繼續沉睡，讓他們以爲我聽不到他們的聲音，我不爲他們或任何人存在，我是隱形的，沒人能找到我。

「不可能憑空消失，馬克思。一定是有人偷走了。那是我剩下唯一的希望，馬克思，相信我。我不能回去，馬克思。不管是漢娜還是我都不能承受。」她反覆叫著爸的名字，彷彿那是句能解救她的咒語。

他們找不到膠囊，到最後，會發現是我拿的。他們會發現膠囊已經被李奧丟到海中，溶解在海灣的溫水裡了。老天哪，我到底做了什麼？原諒我，媽。

她淚流滿面，而我感覺她流下的每滴淚珠，都帶她離死亡更進一步。爸背對著媽在房裡爆發留下的凌亂，正在仔細研究哈瓦那的海岸線，沉浸在思考中。那座城市是一抹陰影、一團毫無生機的空氣，港口是條船上無人能觸及的遙遠地平線。我依然閉著眼睛；使盡力氣將眼皮黏緊，多麼希望耳朵也能這樣關上，這麼一來就不必聽到她絕望的啜泣聲了。

盡頭已來臨，而且會更糟，都是我的錯。這下他們兩人只得把枕頭壓在我頭上，讓我窒息了。我準備好了，不會反抗的。我就在那兒，而且沒有膠囊。死亡過程會很緩慢，但那是我應得的，是我害大家丟了能免於痛苦的魔法粉末。已無路可退，我會坦承犯罪。我確定他們會吐我口水，打我，把我丟到海裡。

最後，我從眼角看出去，媽坐在床上。她已經冷靜下來。也許是準備好當殺人犯了，我不怪她。

她換上衣服。非常緩慢地拉上絲襪、穿起純白手工鞋。梳了梳短髮，擦上柔粉色唇膏。接著在手臂、脖子與臉上抹好防曬乳，對抗太陽的保護罩。

門邊有三只行李箱。一個是我的，我認得。希望他們有放進我的相機。

爸看似人在他方，眼神空無。無路可逃。該說再見了。

「漢娜！」媽語氣不再溫柔。「Nos vamos（我們走）」，她用西語說。

我假裝醒來，身上還穿著入睡時的衣服，幾乎連穿鞋的時間都沒有，我不想再多給他們造成什麼麻煩。

敲門聲傳來，一如往常地讓我害怕。是食人魔：他們來找我們了。他們要把我們丟進海灣、丟進虛無中。

身穿制服的船員來通知我們該出發了。我們會被帶上補給小艇，前往港口，進入這個甲板上看來彷彿夢境般不真實的城市。

媽率先行動。我跟著她，感覺到爸走在我後頭。接著他加快腳步追上媽，把他昂貴的手錶放進她提袋裡。

到了甲板上，耳裡充斥著喊叫聲，家族吼著自己的名字，希冀在那霧濛、遙遠的海岸上，能有人聽得見，前來解救他們的不幸。

船長正在等我們。在爸身旁，他顯得渺小。李奧呢？李奧到哪去了？我得見他，得向他道別。

我們奮力穿越人群。身穿制服、滿身大汗的古巴官員嘲諷地盯著我們，我們早習慣了。

甲板上忽然一陣騷動。有人推擠著朝我們趕來。

「不是所有人都能在這。乖乖排隊。」一位老男人大吼，他的銀把手枴杖被推擠落地，險些站不穩。

一隻手撿起手杖，還給老人。李奧！我就知道你不會拋下我，李奧！我們一起跳下去，離開這裡，大海是我們的。

李奧抓住我的手，往我手掌塞入某樣東西。我不曉得那是什麼，因為只想好好看著他。一想到我可能忘記他的長相，就讓我害怕極了。我緊緊握住拳頭，以免禮物落下。接著他父親出現，拖著他的手臂，把我倆分開，我甚至來不及跟他說謝謝。李奧奮力掙脫，再次接近我：

「直到我們再次相見前，都別打開盒子，漢娜！我會去找你的，我發誓！今天、明天，甚至下輩子，我一定會找到妳！妳聽到了嗎，漢娜？」

我感覺到身體湧出一陣顫慄，以為自己就要崩潰了。李奧還在我面前，雙唇顫抖，我無法理解他想說什麼。和我待在一起，李奧。別讓他們拆散我倆。

「如果我們沒再相遇，要等到妳八十七歲才能打開。」

我們曾答應過要和彼此待在一起到那個年紀。

「不，李奧。你會來找到我的。我不想單獨活到八十七歲。那樣有什麼意義？」我說。看得出來他正強忍淚水。

他要吻我，但我們無法相擁——人群把我們隔開了。

「別哭，李奧」，我哀求，幾近說不出話來。

但淚水在他眼中打轉，長長的眼睫毛幾乎承受不住。他往臉上抹了一把，不想讓我看見他哭。我無法呼吸；心臟要跳出來了。

李奧和父親一起消失在人潮中。

「李奧！」我大叫，不確定他究竟聽不聽得到我的呼喊。在激動乘客叢簇擾嚷間，李奧消失在我的視野中。

「答應我！漢娜！」我能聽見他的叫聲漸遠，但在也看不見他的身影。

我不想讓任何人看到我哭。但烈陽與高溫害我無法壓抑地啜泣。來不及回應李奧了，我不知道要說什麼。

「我當然答應你。直到你來，我絕不會離開這座島嶼，與你重逢前絕不會打開盒子的。」我悲傷低喃，心裡知道他再也聽不見我的聲音了。

我舉起手看他給了我什麼，是個靛藍色的小盒子，我用力抓著，盒子在手掌上留下一圈印子。

盒子打不開，李奧把它封住了。我知道是那枚戒指，他終於實現承諾，拿到戒指了。有了戒指，我倆直到最後都在一起，直到我們八十七歲。

媽不哭了。臉上也幾無妝彩，只有龜裂的嘴唇上有層薄薄的粉色。古巴官員檢查我們的文件、古巴簽證與美國簽證。下方一艘名為「阿格斯」的補給小艇正等著我們，看起來渺小又破舊，船上已坐滿軍人與部分乘客的親屬。所有人擠在船首，船身隨著海浪顛簸漂搖，焦慮的乘客看起來隨時會落水淹沒。

媽定定地看著爸，女神以我從來沒聽過的聲音發誓：「我兒子絕對不會在這座島上出生！」她使盡全力，以極端憎惡的語氣強調「島」這個字。「他們會為此付出代價，馬克思，這點你可以肯定。從今天起，我不是德國人，不是猶太人，我什麼都不是。」

「阿爾瑪！」有人叫她。

她抬頭，看見莫瑟太太帶著她三個小孩向下看，彷彿是在央求她：「拜託，帶我們一起走！救救我的孩子！」彷彿有那可能似的。

「為什麼是他們，不是我們？」一位抱著嬰兒的女人呻吟，我避免與她眼神接觸。

媽沒答腔。她沒道別。沒有親爸。

我撲進全世界最強壯的男人的雙臂中，用盡力氣抱緊他。他彎腰低下身子，對我悄聲說了些我聽不懂的話。我能感受到他溫熱的臉頰。緊緊抱住我，爸。別讓他們把我帶走，別拋下我。爸又喃喃重複說了一次，但我依然難以理解。

雖然他的胸膛有如一副巨大的盾牌，我仍然能聽見血液在他體內奔騰。他又朝我耳裡滴語了一次，我不希望分秒流逝，希望一切暫止。

一位古巴官員粗魯地將我扯開。我大喊，但有人已經拖著我走下搖搖晃晃的階梯。我用盡力氣緊抓沾附鹽粒的欄杆，閉上眼睛用力吸聞爸的味道，卻只聞到帶我下船的警官的汗水與油膩頭髮。媽在我前方堅定地走著，那時我最害怕有人來搶走我手中的靛藍色小盒子，於是使盡全力緊緊抓著盒子。

「爸！爸！」我開始大叫，但他沒有回應。

我無法自制地哭了起來，再也不費力隱藏淚水，被自己的啜泣嗆得嗚噎。爸拒絕看我，拒絕看我離開。

淚水奪走我的聲音。我為自己竟然要離開感到無地自容，想對著被我們留在船上的父親大喊。*我們被強行拆散了！被拋棄在座奇怪的島嶼，我們在此無法自力存活啊！爸！*乘客看到我哭喊，更加驚慌。我聽見自己的名字，有人叫我。

「漢娜！」聽不出來是誰。

有人對我說再見。也許最好永遠不要知道是誰。船上只有三十個人獲准上岸。我們是被選中的那群，幸運的那群。我只覺得受人判刑，是可怕的懲罰。

不幸的人留在船上，沒有未來的人。沒人知道自己下場會是如何。船長什麼也做不了。他會帶著九百〇六名乘客回到公海上，行駛速度極慢，以免得回到漢堡登陸。我的父親將是其中一人，李奧也是。

媽踏上阿格斯，因爲船底濕滑而滑了一跤，弄髒腳上的白鞋。她抓住欄杆，看也不看爸地轉身背對聖路易斯號，他在人群中奮力嘶吼，試圖讓自己的聲音被聽見。

但我聽到了。是他，我知道。我想叫他們通通安靜，讓我好好聽見他。我集中精神，關閉所有噪音，專注聆聽。最後終於成功了。他叫我做某件事。我不懂，爸……

「忘掉妳的名字！」他大喊。

我再也聽不見人群絕望的吼叫聲。只剩下爸的聲音。

但他沒有叫我「漢娜」。

「忘掉妳的名字！」他再次用盡最高聲量大吼。

阿格斯小艇怒號一聲，給海灣籠罩上一陣黑色煙霧，將他們此生在哈瓦那所見過最大的輪船留在身後。彼岸不會有樂團以振奮的行進曲歡迎我們，我們只會聽見乘客的喊叫聲，那些被留在船上，沒有目的地、四處漂流的乘客。

食人魔從我身邊奪走了爸，那些古巴食人魔。我沒能親吻他，沒能向他、向李奧、或向船長道別。

我想把自己丟入推著阿格斯號搖搖晃晃的黑水中。這是我最後的機會。我不想再多聽見任何事，只想要引擎停下。

突然間，阿格斯號上所有人都陷入靜默：我們已抵達碼頭，有人正丟繩過來。

靜默。全然無聲。一片寂靜中，我聽到爸的聲音最後一次穿過水面飄來，在我們曾一度夢想終能安全無虞的空間裡迴盪。

「漢娜，忘掉妳的名字！」

第三部

漢娜與安娜

哈瓦那，一九三九年—二〇一四年

安娜

二〇一四年

今天，我要找出自己究竟是誰。我在這，爸，在你出生的土地上。

下飛機時，外頭陽光刺眼，接著經過的移民署及海關卻一片漆黑。

他們搜查媽的行李，女海關讚美她的衣服。

「我完全沒有這樣的東西。你們要待幾天？你的衣服夠換穿好幾次了。」她說，母音拉得長長的，臉上肌肉動個不停。光是看著她，我就累了。

今天要去見漢娜姑婆。我告訴自己保持冷靜。

男人協助我們關上行李，一邊問媽有沒有多的阿斯匹靈能留給他。

「這裡很難弄到。」

我們無法確定這究竟是在測試我們，還是這位身著軍裝、鬍子刮得一塌糊塗男人眞的經常頭痛，所以需要阿斯匹靈。她給了他，他引導我們往出口去。

「這是我第一次過海關覺得緊張，」媽悄聲說。「感覺好像我做錯事了。」

我們在出口外等待旅客的人群，搭上漢娜姑婆送來的計程車。

汽油味讓我頭暈：第一次是下飛機時，接著在車上，現在入城時又來一次。我試著扣上安全帶，但扣不起來。媽用眼角餘光看了我一眼。司機模樣畏縮，她試著善待他。

「你們想聽音樂嗎？」他問。

「不用！」我們兩人同時回答，接著笑了出來。

我們搖下車窗，散去老舊座椅散發出的菸草味。

路上坑坑疤疤，加上車子破爛的懸吊系統，感覺我們隨時可能被甩出窗外。媽不斷對著司機微笑，他開始長篇大論說起國家多麼艱困、資源多麼缺乏，以致無法好好維護哈瓦那的街道。

「有些地方比這好。」他說，似乎想以此表達歉意。

離機場越遠，空氣越加凝重。不知道全哈瓦那是否都是這個樣子。

一個打赤膊的男孩騎著破舊的腳踏車，在紅燈前停在我們車旁。

「哈囉！來旅遊嗎？你們從哪來？」他問。

我們的司機只消看他一眼，他便低下頭，不等我們回答便騎走了。

「流浪漢！」他說著，往維達多新城區開去，漢娜姑婆自從離開柏林來到哈瓦那後，便一直住在那區，爸就在那裡出生。

「那是城裡最好的一區，」司機告訴我們。「就在市中心。想去哪都能步行到達。」

我們離開機場大道，經過廣場中心，灰色碑石矗立在島嶼英雄雕像旁。周圍充滿大型政府文宣看板與現代化建築，我們的嚮導說那是政府辦公大樓。

廣場與一條寬廣的林蔭步道相連，兩旁滿是老舊宅邸。幾個街角處，能見到人群在牆面褪色、看似市場的大型建築外排隊。

「我們到維達多了嗎？」我打破沉默發問，司機微笑點頭。

幾位穿校服的年輕人從學校朝著我們揮手。看來我們額頭上清楚寫著「遊客」兩個字。

很快就會習慣了！

不知怎的，我知道就快到了。司機不久後開始減速，停下，把車子停在一台上世紀老車的後方。媽牽起我的手，看著一棟顏色斑駁、庭院植物枯萎的房子。門廊空盪盪；裂痕爬上屋頂。房子與人行道之間隔了一座破舊鐵門，路面因爲一棵枝葉繁茂、盤根錯節的大樹而高低不平，這棵樹似乎是種來爲房子阻絕毒辣的赤道艷陽。

一位坐在樹下的男孩向我打招呼，我微笑回應。媽提著行李箱往屋子走去，男孩走過來。

「所以，妳是那位德國女人的親戚？」他用西班牙文問。「妳是德國人嗎？妳要來住在這裡，還是只是來旅遊？」

他一口氣問了好多問題，我完全來不及思考回答。

「我住在轉角那裡，」他說，「如果妳想，我可以帶妳看看哈瓦那。我是個好導遊，而且妳不用付錢給我。」

我大笑，他也笑了。

我走進花園，試著不觸碰到鐵門，但男孩搶先我一步進入。

「我叫狄亞哥。所以，你在德國人的屋子裡租了房間嗎？這裡大家都說她是個納粹，說她是在戰爭末期逃來古巴的。」

「她是我父親的姑姑，」我回答。「他在我這個年紀的時候變成孤兒，是她把他養大。對，她是德國人，但她在戰爭爆發前就跟父母親離開了。而且她不是納粹，這點很肯定。你還想知道什麼？」我嚴厲問他。

「好嘛，好嘛，放輕鬆點！如果妳想，我還是可以帶你看看哈瓦那。妳只要出來，叫我名字，我就會馬上出現。就算妳是納粹我也不在意的。」

他的膽大讓我再次爆笑。接著我轉身背對他走上門廊，就在這個時候，有人開了前門。我躲在媽身後，捉住她的手。她緊緊捏住我的。

腐朽的老門一開，紫羅蘭水的香味撲鼻而來。

「歡迎來到哈瓦那，」細弱的聲音以英語說。「是船上那位小女孩。

還沒看見她的臉。光聽她的聲音，很難分辨究竟是年輕女孩還是老婦人。漢娜姑婆站在門口後方，似乎不想被看到。她沒出來迎接我們，而是伸手邀請我們進入。

「謝謝你來，伊妲」，她用低低的聲音說，接著低頭看我，微笑著說：「妳眞漂亮呀，安娜！」

我走進門，快速地抱她一下，心裡覺得害羞。對我來說，她依然是個影子。頭髮看起來和她還是女孩時拍的照片一樣，旁分，髮尾內捲，塞在耳後。只不過現在不是金髮，也沒有瀏海了。我好奇地仔細看她。媽一隻手按在我肩膀上，彷彿在表達：「夠囉！」

在昏暗的客廳裡，姑婆看起來和媽一樣年輕。她身型高瘦，下巴線條剛毅，頸子修長。隨著她靠近燈光，皺紋逐漸顯現在沉靜地不可思議的臉上。我有種感覺，自己似乎認識這位婦人很久了。

她身穿珍珠鈕扣米色罩衫，搭配灰色長窄裙、絲襪與低跟黑鞋。

漢娜姑婆說話輕柔，強調每個母音，並仔細地清楚發出字尾子音。

「來吧，安娜。這是妳爸爸的房子，也是妳的。」

她清晰的聲音中，我聽見一絲幾乎難以察覺的動搖。近距離觀察，能看到她臉上深深的線條，手上血管突出，佈滿老人斑。她的眼睛藍地驚人，白晰皮膚彷彿從來不曾暴露在熱帶陽光底下。

「妳父親如果現在看到妳，肯定快樂極了。」她嘆氣說。

她帶領我們穿過磁磚舊裂的走廊，來到房子後方，窗前蓋著厚重的灰色窗簾。餐廳裡瀰漫剛煮好的咖啡香，我們坐在桌邊，桌頂鏡面碎裂，汙漬斑斑。

漢娜姑婆離開走進廚房，回來時帶著一位步履蹣跚的黑人婦女。她們為自己與媽斟了咖啡，給我一杯檸檬水。身材結實的黑人婦女走過來，溫柔地將我的頭靠向她腹上，我聞到肉桂與香草的香氣。

她說自己叫做嘉特琳納。很難看出她們倆是誰幫助誰，因為兩人看起來年紀相仿。漢娜站姿直挺，嘉特琳納則因為身高的緣故而駝著背。她拖著腳步走路，但我不確定是出於習慣還是因為疲倦。

「我的女孩，妳長得跟妳姑婆一模一樣！」她激動地說著並撥亂我的頭髮，態度出乎意料地熟稔親切。

媽和漢娜姑婆聊起我們的旅程，我抬頭望向天花板。霉斑佈滿各處，牆上油漆剝落，房裡擺滿老舊家具，這個家族很久以前肯定日子過得很不錯。

媽忙著分享我們在紐約的生活，漢娜姑婆的視線則一再停留在我身上。她問我是否無聊，何不出去街上讓那個講話飛快的男孩帶著我探索城市。

「如果妳想，可以出去玩一會兒。」她堅持。

我不確定這附近有什麼我能玩的。

「最好留下來休息一下吧。」媽說，從袋子裡拿出裝了照片的信封。

現在看起來時候不對。我們才剛到，要求漢娜姑婆回到那麼久遠的過去也許有點太過份，但媽顯然想不到還能說什麼了。

我想上樓看看，臥室一定在樓上。希望她們能放我自己一個人，讓我去看看爸從前睡覺的地方，堆放他的玩具與書的地方。

媽在碎裂鏡面桌上攤開柏林的照片。漢娜微笑，不過我感覺比起回到過去，她更想繼續關注我。

「那是我這輩子最快樂的時光，」她說。

她回憶起過去，藍眼睛越發明亮。她似乎再次充滿生命力，雖然她顯然對於那段戲劇性的越洋旅程不是特別感興趣。聽到她說那些日子她過得快樂，我挺驚訝的。

「我那時就是妳這個年紀，而且可以在各層甲板間自由穿梭，有時還能玩到非常晚，」她解釋，我不知道該說什麼。

她句子與句子間隔著長長的沉默。

「我母親多美啊！爸則是聖路易斯號上最尊貴和備受尊敬的男人。」

她拿起一張穿著制服的男人照片給我們看。

「噢，還有船長……我們好喜歡他！」

媽指著一個男孩的照片，柏林與船上的照片裡都有他：

「這個男孩是誰？」

「噢！那是李奧！」漢娜姑婆沉默了幾分鐘。「我們那時還很年輕。」又一陣沉默，最後她終於再次看向我們。「他背叛了我，所以我把他從人生中抹除了。但我想該是原諒的時候了。」再次沉默。「我們眞的能做到原諒嗎？」

我們不知道該說什麼。本來希望她告訴我們那位唯一拍照姿勢自然的人的故事——他顯然是所有照片中的主角。我很好奇。想知道更多這個李奧的事：他後來是否抵達古巴；他究竟是怎麼背叛了她。但如果我開口問，媽會殺了我。沉默越來越凝重。接著漢娜姑婆拿起一張明信片，上頭是一艘海中行船。

「那個時候，聖路易斯號是所有到過哈瓦那的越洋郵輪中最豪華的一艘，」她嘆了口氣說。「那是我們唯一的希望、我們的救贖——或我們以爲如此，安娜，親愛的，直到我們發現自己又被擺了一道。途中死了一位男人，他的屍體被丟進海裡。我們只有二十八人獲准上岸。剩下所有人都被送回歐洲，不到三個月後，戰爭就爆發了。沒人要收留我們。我們是沒人要的一群。但那時我跟你一樣大，安娜，而我無法理解爲什麼。」

媽起身去摟住她。我只希望對話結束，別讓我們繼續折磨這位可憐的老太太。我們才剛到呢！而且她顯然認爲，只有遺忘才能治癒她的病痛。她似乎較有興趣了解我們現在的生活，因爲我們是在她的屋子裡長大成人的那位男孩所留下的所有，而他已消失在她不認識的那座城市中，埋葬在兩座頹倒高塔之間。

「我每天都納悶自己爲什麼還活著！」她悄聲說，頓時哭了起來。

漢娜

一九三九年

計程車緊貼海岸行駛，將港口拋在後頭。遠遠地能聽見聖路易斯號的鳴笛聲，但母親毫無反應。我轉頭從後車窗望出去，看著兩方漸行漸遠。船駛離海灣，我們則往市中心前進。我不哭了。父親已不過是無涯無盡中的一個小點，迷失在巨型郵輪中，那兒我們曾最後一次做一家人。

坐在司機旁的小姐選擇在我正擦去眼淚時跟我們搭話。

「敝姓薩姆爾斯，」她說。「我們現在要前往國際大飯店。希望只會待幾個星期，直到維達多的房子裝修好爲止。羅森塔先生把一切都打點好了。」

聽到爸的名字，一陣哆嗦傳遍脊髓。我只想抹除過去，遺忘，別再受苦。我們安全地在陸地上，而父親和李奧卻走了。

「所以這就是古巴的阿德隆飯店？」我們走進國際大飯店，女神諷刺地挑起一邊眉毛問。

幸好，我們的房間不面海，而是面向市區，不必看著船隻出入港口。不過無論如何，視野景致完全不重要，因爲待在旅館的兩週間，媽都關著窗簾。

「我們得保護自己，隔絕陽光和灰塵。」她堅稱。

每次他們來整理房間，如果女僕想拉開窗簾，她總會嚴厲大喊：「不要！」每天都是不同人來打掃，而我們絕對不會在她來之前離開房間，只爲了讓媽表明她一天也不想讓陽光照進這裡。

那幾週裡，她一次也沒提過爸的名字。她每天都在內庭院的露臺與薩姆爾斯太太見面，只有在那裡才能躲過交響樂團，在她看來，那樂團就只懂快節奏的古巴「瓜拉恰」。

「島嶼音樂。」她不屑地說。

有時候，她會要求服務生能否請樂團小聲一點，或乾脆別吹奏了。

「當然，阿爾瑪太太。」服務生的回答讓她更煩躁，因爲他以名字稱呼她，大概是因爲不知道她的德文姓氏該怎麼發音，相較之下，她身爲外國人卻講著一口流利的西班牙文。

同時間，瓜拉洽樂曲照常演奏。

母親決定每次都穿同一套靛藍色正裝與薩姆爾斯太太見面。等回到房間，她就把衣服送洗熨平。這就是我們在哈瓦那這間她發誓絕對不會再來的旅館裡的日常。

早上，她與我們的律師達農先生見面，他幫我們處理在古巴的居留准許證。下午則見加拿大銀行代表，爸把我們大部分的錢都匯到那間銀行裡了，那位代表負責管理我們的信託基金。之後，她一定會去找飯店經理，抱怨這抱怨那，通常是抱怨樂團與噪音，即使房間窗戶都關上了卻依然無法阻絕。

我們的古巴身分證來的那天，看得出來她挺開心。不是因爲我們終於能合法留下，或因爲有權利住進那間她目前依然拒絕探訪的房子，而是因爲從今以後，她終於能夠擺脫家族姓氏——多虧了古巴的官僚體制，或因爲無能又無知的官員拼不好「羅森塔」三個字。現在我們的姓氏聽起來像西班牙文多了，從此她就是「羅森太太」。我的名字則從「漢娜」變成「安娜」，不過我決定要告訴大家前面應該加上「J」的音，聽起來像「Jana」[8]。

媽名字錯了也從不糾正，不過她非常堅持要律師——一個頭髮油膩、抽雪茄的男人——馬上幫她申請短期美國簽證，因爲她得在四個月內趕到紐約去。他談起政令與政府通過的各項決議，聽得我們暈頭轉向，在這裡，民間與軍方間的職權分配非常微妙。回到房間後，媽堅決告訴我——好像我沒早在船上聽過她說似的——我的手足一定要在紐約出生。

起初，我繼續跟她說德語，想知道她會不會堅守對爸的承諾，但她總是用西班牙語回應。不久後，我便決定，待在這個島嶼上時，我們就該用西班牙語溝通。

她從早抱怨到晚，有時是抱怨太熱、太陽會害我們長皺紋、或是古巴人沒禮貌。他們話都不好好說，而是用喊的。總是遲到，料理實在用太多孜然，甜點加太多糖。肉老是太熟，水喝起來有生鏽水管味。我發現她越是厭惡身邊的一切，就越忙碌，因此越能快點忘掉滯留在聖路易斯號上的九百〇六名乘客，也不用談起爸的事。那個時候，我們完全不知道他們會如何：能否找到另一座願意收留他們的島嶼，還是得遭遣返德國。

終於下樓到大廳與司機見面，讓他帶我們到位於維達多的房子那天，達農先生告訴我們聖路易斯號已在比利時安特衛普停靠，且英國、法國、荷蘭和比利時已經達成協議，將收留船上乘客。

「羅森塔先生已經搭火車去巴黎了。」

母親沒反應。她拒絕在一個肯定對她索取過高服務費的陌生人面前表現出任何情緒。一群頭戴劣質棕櫚帽、身穿正面綴有衣摺、搭配珍珠母鈕扣襯衫的男人走進飯店，她瞥了一眼。「古巴制服」，她都這樣稱呼，認爲那是粗鄙的裝扮。

薩姆爾斯太太介紹我們認識駕駛，他身著黑西裝，西裝扣眼是金色，戴著像警察的帽子。大眼圓凸，看不出來他到底幾歲：有時看著很年輕，有時又感覺比爸還老。

「早安，太太。我叫亞羅吉歐。」

8 西班牙文中，H不發音，J發音則近似英文H，所以主角漢娜（Hannah）名字以西班牙文發音，聽起來變成安娜（Annah）。改拼做「Jana」，以西文念起來才會貼近原本的名字。

他左手脫帽，露出剃過髮的深色頭頂。先是向媽，接著向我伸出寬大長繭的右手。我從來沒握過這麼熱的手。他就是前幾天到機場載我們的那位司機，但我們那時沒太注意他。他的口音很難辨認：不知道是否所有古巴人都這樣——省略部分發音，以送氣音發「s」——或他是從其他島嶼、或可能非洲來的外國人。現在我們的司機有名字了，但還不知道他姓什麼，他會陪伴我們在古巴的日子。

我們離開飯店，沿著O大道走，然後轉進二十三街。街道都以字母命名，隨著我們前進而遞減。我打開車窗感受熱風，聽見城市裡的繁忙喧鬧。我閉上眼睛，試著想像爸和李奧與馬丁先生搭乘火車，抵達巴黎北站。他們會搭上計程車到瑪黑區，一同暫居在小公寓裡，等我們拿到美國簽證。

眼前開始出現巴黎的大道，而不是哈瓦那的街道。我想像爸就像他曾經給我看過的書中場景：坐在咖啡廳戶外座位讀著報紙，我則和李奧跑向法國首都最古老的廣場：孚日廣場，爸曾說過，在那兒抬頭看，能看見維克多．雨果寫作時的房間窗戶。

接著車子緊急剎車，將我拉回我不想駐留的島嶼上。我算著一個個標示街道的白色小標殺時間。

我們轉進一條叫巴賽歐的街道，接著再次轉入二十一街。車子經過A大道，在下一個轉角前幾碼處停靠。

媽一眼認出那棟房子。她推開沉重的鐵門，我們進入種滿黃、紅、綠色的變葉木叢。遙遠一端是內縮式的有頂門廊。那是棟堅固的兩層樓房，與隔壁佔地面積兩倍大的豪宅比起來相當樸素。亞羅吉歐先生動手卸下我們的行李，我站在人行上，急著探索接下來幾個月要居住的社區。

媽在門檻前停下腳步，等待她這輩子看過膚色最深的男人為她開門。一名身材壯碩、頭髮灰白的女人站在階梯上，身上穿著白色罩衫、黑裙與藍色圍裙。

「歡迎，」她溫柔但堅定地說。「我是娥坦希亞。」

入口直通往一間格局方正、天花板與牆壁貼滿飾條的房間。一座加勒比海上的小皇宮！家具模仿經典法式風格：金色鑲邊的扶手椅搭配橢圓靠背與優雅貓腳。看著眼前景象，新的羅森太太忍不住笑出來：

「我們這究竟是在哪？漢娜，歡迎來到小特里亞農宮！」

房間外一條長長的走廊通往房間後半部。最遠一端是餐廳，裡頭擺滿厚重家具與一張鏡面桌。樓梯通往二樓四間寬敞臥室，到處都是鍍銀鑲邊鏡與精緻的鑲嵌細工畫。

我的臥室位在門廊上方，正對街道。裡頭家具是亮綠色系，還有張圍滿鏡子的半月型梳妝台，衣櫃上點綴手繪花朵。我打開一扇門，本以為是裡頭是儲櫃，結果是我的浴室。地面磁磚是另一個驚喜，把我瞬間帶回亞歷山大廣場站：古銅綠色的磁磚和我每天中午與李奧見面的咖啡廳是一模一樣的顏色。

母親的臥室在房間後端：深色系木頭家具線條俐落簡潔。娥坦希亞和我看向窗外——從此以後窗戶都要關上了——對面有間客房，下方倉庫佔據了庭院大半面積。

「我就住在那邊，」娥坦希亞說。「隔壁是亞羅吉歐的房間。」

媽對於房裡還有其他人不大情願，但什麼也沒說。最後，她了解家裡有他們在也許比較好。薩姆爾斯太太堅稱：「他們絕對值得信賴。」

一樓有間爸的書房；很高興他們還有想到爸。書房旁邊的小圖書館，把媽從萎靡中搖醒，自從她初次和嬌小豐滿、不知道要與我們共同度過多少日子的女人講過話後，就一直提不起精神。她瀏覽書名與作者，對大多藏書露出她典型的排拒表情：挑起一邊眉毛，咬著嘴唇，搖頭或翻翻白眼。

「古巴文學？我不要任何一位來自這座島嶼的作者。」她輕蔑地說。

我不確定娥坦希亞是否知道這些作家是誰，但總之她點點頭。母親每次經過窗戶都會關窗，但她允許陽光照進廚房與餐廳，盤算著那會是娥坦希亞最常待的地方。而且反正那兒的窗戶不是對著街道，而是後院。

「亞羅吉歐是個勤奮認眞的好青年，」娥坦希亞袒護地說。這回答了我的疑惑：亞羅吉歐不老，甚至比我父母年輕。我想他大概比我大十歲或二十歲，雖然臉上總是掛著老人的滄桑神情。好奇心隱隱作祟，眞想知道他從哪來，父母親是什麼人、是否依然健在。

我上樓，聽見薩姆爾斯太太來了。樓上能聽見屋裡所有對話，以及外頭的聲音。我開始逐漸體會，住在喧囂城市內的開放房子裡，日子會是什麼樣子。

將自己甩上床，我閉上眼睛，想著爸與李奧。我們應該留下來與他們一起的：這樣大家現在就都在巴黎了！我試著入睡並放慢思緒，但聽到有人提起我的名字，便張耳仔細聽：我們要待在這裡三個月，且在小特里亞農宮的日子得保持絕對低調。

「這個國家看待外國人並不友善，」薩姆爾斯太太解釋。「他們認爲我們是來偷走他們的工作、財產和生意。別穿戴珠寶首飾或太顯眼的衣服，身邊別帶任何貴重物品。如果出門上街，躲開人潮。事情會逐漸恢復正常，大家會忘掉聖路易斯號的事。」

對我們來說，這一連串住在此地得遵守的限制一點也不爲難。

「課程兩個月內開始，」薩姆爾斯太太又說。「巴爾多最適合漢娜，那所學校很近，細節我會處理。」

兩個月！簡直接近永恆！念頭突然閃過，我們的「過境哈瓦那」不會只是幾個月而已，至少要一年。

下雨時，古巴的氣味全面炸開。浸潤的草枝、牆上的白色漆料、微風以及強烈的海風味道，全部混雜在一塊。大腦保持警醒，企圖分辨出各種臭味。我無法習慣這裡的豪雨：

彷彿世界末日就要來臨一般。

「等著迎接颶風吧！從妳的窗戶看出去，會看到樹木倒榻、磁磚在空中飛竄。只有在古巴才看得到喔！安娜！」娥坦希亞說。

「我的名字是漢娜，用西班牙語發音要在前面加一個『J』。」我馬上盡可能地嚴正糾正她。

「噢！我的女孩，安娜簡單多了，但就聽妳的囉，『哈娜』。不過我們等著瞧：妳在學校可沒辦法老是在糾正大家。」

就在那一刻，我想起伊娃。這是我們離開柏林後，她首次浮現腦海。伊娃從我出生起就和我在一起，卻總是對我們畢恭畢敬。娥坦希亞才剛認識我們，卻有著我們極不習慣的親暱。

夏天快結束時——若說這個島上眞有不是夏天的時候——我們首次得知爸的消息。他的信上蓋著巴黎的郵戳，花了三個多月才抵達哈瓦那。亞羅吉歐把信件交給媽時，她跑進房把自己關起來，接著便拒絕下樓吃飯，我們叫她也不回應。

「我很好，別擔心。」她只回答。

我們想也許她是因爲去做了檢查才躲起來，因爲她自己去看醫生，從來不肯讓娥坦希亞或我陪她。娥坦希亞猜想也許是寶寶有點問題，或是她血壓過低、或有出血現象之類的。

「我們應該讓她休息」，她建議我。

母親一直等到屋裡熄燈、娥坦希亞與亞羅吉歐都回房後，才到我房間來。她只說：「我們從爸爸那邊收到一封信。」接著便在我身旁躺下，一如從前世界還在我們腳下時那樣。

爸費盡千辛萬苦才與我們聯絡上，計畫是我們要在哈瓦那或紐約會和。他在巴黎一個頗安靜的社區，過著省吃儉用的日子。那裡情勢也頗嚴峻，但遠比不上柏林的慘況。

我想要她多說些，讓我知道一點細節。

「他說我們得照顧好自己，好好吃飯，專心想著即將來臨的寶寶。我們得有耐心，漢娜。」

我會努力試試。我還有什麼選擇？但我需要看到爸，聽到爸的聲音。

「他爲什麼沒寫些東西給我？」我大膽問。

「爸疼愛你。他知道妳很堅強——比我堅強多了，而且他跟妳說過這個！」

我在她懷裡入睡。沒有做噩夢，而是進入深沉的睡眠。明天又是新的一天，雖然古巴最糟糕的就是時間過得緩慢又沉重，中間總是頻頻被打斷。一天彷彿永無止盡：但我們會習慣的。

事實上，我想知道的是李奧的消息。想知道他是否和他父親共住同個房間、是否安全，爸應該在信裡提到這個的。我想問媽，但最後決定不說：最好直接進她房間找到信，自己偷偷讀過——甚至收在身邊。但我遲疑，聖路易斯號上的經歷太讓我害怕：我不希望膠囊事件重蹈覆轍。如果媽在哈瓦那意志潰散，我很可能會失去她：她可能會被帶去診所、關起來，或甚至被遣送出國，那樣我就再也看不到她了。噢，但我好想親眼見到、摸到爸的字跡啊！

母親從來不給我看信。我甚至開始懷疑一切都是她捏造的，好讓我保持希望，而她卻非常清楚我們毫無未來可言，且爸早在越洋回程途中就過世了，或找不到任何一個國家願意收留、最後被送回德國。

我從無法眞正了解她。我試過，問題是我倆不一樣。她也知道。

爸則不同。他並不羞於表達自己的感受，即便是痛苦、挫折、失去或失敗也無所謂。我是他的小女孩、他的解脫、唯一懂他的人。唯一不要求他、或爲任何事責怪他的人。

媽終於帶著短期美國簽證動身前往紐約待產，那天她穿著寬鬆外套掩飾身孕，早餐前把娥坦希亞和我叫進客廳。她堅定地握著娥坦希亞的雙手，直直看著她的眼睛。

「我不希望漢娜出門，盡可能地待在屋子裡。達農先生每周一早上會來看你們需要什麼。娥坦希亞，幫我照顧好漢娜。」說完淺淺一笑。

媽遠在他方的日子裡，我不斷期望爸會再次寫信，並且送到我的手上，而不是被她拿走——但什麼都沒有。那時戰爭已開打。德國九月一日攻擊波蘭後兩天，英法對德宣戰。我想像爸在巴黎無窮無盡的晦暗秋冬裡，寸步無法離開他陰暗的閣樓房間。

母親離開後，日子比較好過。我們打開窗戶，我幫著娥坦希亞做家事。她教我做卡士達醬、米布丁、麵包布丁、南瓜布丁——都是她從外婆那兒學來的，她的外婆來自西班牙加里西亞，總能做出驚爲天人的美味甜點。

有天，我向娥坦希亞表示我想學做上面有糖霜、慶祝生日用的那種蛋糕。她繼續手邊工作，一句話也沒回。

「妳的生日是什麼時候？」我繼續說。

她聳聳肩。

我想也許古巴人不爲新生兒報戶口，或娥坦希亞其實來自另一個國家——從西班牙來，跟她外婆一樣——所以才沒有出生證明。

「我是耶和華的見證人，」她謹慎地說。「我們不慶祝生日和聖誕節。」

說完，她轉身背對我洗碗。我爲自己的冒失使她難堪感到慚愧，我試著想像她的感受。還記得在柏林的最後一個月，面對所有人的輕蔑時的那種苦澀。不純潔的宗教。所以某方面來說，娥坦希亞也是不純潔的。我閉上眼睛，想像她在柏林街頭遭人追趕、毒打、逮捕、趕出家門。

從她的反應看來，我想這些「見證人」在哈瓦那肯定也是沒人要的一群。娥坦希亞從未表現對自己信仰的自豪，但似乎也從來不引以爲恥；只不過，她的語氣似乎暗示著這是一件不該張揚的事。

「別擔心，」我想告訴她。「我們也不慶祝聖誕節」。除非媽決定在這裡的新人生也要過聖誕節，以活得像個「正常人」，隱藏她其實是個沒有國家願意收留的難民身分。

我喜歡和娥坦希亞待在一起，某個哈瓦那不透氣的夜晚，她告訴我自己是名寡婦。那個時候，爲了不讓我獨自孤單留守屋裡，娥坦希亞睡在我隔壁的房間。我堅稱自己並不害怕，留我自己在家無妨——我已經十二歲了——但她答應過媽了，既然答應了就得遵守承諾。

她的丈夫死於一場我寧願別過問的可怕疾病，她還有個妹妹名叫亞斯培蘭查，住在哈瓦那郊區，最近剛結婚。

「那眞是場美好的婚禮。」她眼睛閃閃發光地說，也許是因爲自己的婚禮平凡無奇或結局悽慘的緣故。

娥坦希亞沒有孩子，現在得由她妹妹來爲逐漸凋零的家庭增添新成員了。

「她是耶和華見證人，她丈夫也是。」她低聲說。

我倆又多了一個祕密，決心不和其他人分享的祕密。

那時，我已經開始到巴爾多上學了，每天下午回家，我都更加確定學校沒什麼可學的。他們只想把我調教成淑女而已，無聊極了。我們學了製衣、料理、打字、手工藝與寫字。他們稱我「波蘭鬼」，我也將錯就錯。我沒有試圖結交朋友，因爲我知道到頭來，我們會離開這個島嶼，我們在這裡沒什麼可失去的。學校裡常常講到戰爭，那才是眞正讓我害怕的事。

每次收到信，我都希望是爸寄來的，但到頭來全是媽從紐約寄來的明信片。飛機可能停飛，因爲戰爭時什麼都有可能發生。我這才想到，爲了寶寶好，她也許會決定在我們曼哈頓的房子住下來。到時誰來支付所有花費？我的簽證和文件呢？我什麼都沒有。覺得彷彿遭人遺棄，於是向娥坦希亞尋求慰藉，比起她自己在古巴的日子，她更常講起父母親在西班牙的生活。也許這裡也是她的過渡之島，無子的寡婦，命運詛咒她在此埋葬心愛之人，最後她也可能埋葬在這個國家，因爲西班牙早已是過去的幻象。

◇

「是男孩。體重七磅，他們爲他取名古斯塔夫。妳在學校的時候，阿爾瑪太太來訊了。」

娥坦希亞甚至比我滿意。她一邊慢火攪拌甜點，一邊告訴我詳情。我想我應該比較想要有個妹妹，這樣就能跟她玩，和她去巴黎與爸同住。

「生下男孩是世上最好的事，」娥坦希亞向我保證。「男人能養活自己，同時照顧你們兩個——一對在這個國家相依爲命的母女。」

聽到自己不再是獨生女後，我到家裡的小圖書館去，想在母親回來時給她一個驚喜。我費力移走書架上所有古巴作者的書籍，那是她剛到時就想要的。這就是我送她的禮物。

亞羅吉歐載我們到哈瓦那市中心一家書店，尋找店裡所有法國文學作品。唯一的問題是那些書都以西班牙文寫成；沒有任何原文版本。娥坦希亞指著書店裡的店員，又或許是老闆。

「他是波蘭鬼，跟妳一樣。」

「我不是波蘭人！」我受不了了。「到底爲什麼老愛講波蘭？」

男人一看到我便露出微笑；他似乎馬上認出我是同他一樣的幽靈，知道我的臉上有著相同印記，我們都沒人要，迷失在這座豔陽無情拷打的城市裡。娥坦希亞和我上前詢問店裡有無原文書籍。

起初，他對著我講希伯來文，我驚跳起。接著他換講德文，但我堅持以西班牙語回應。他明白我絕不動搖時，再次以希伯來文提醒我，沒人能聽得懂我們在說什麼，不需害怕。淚水開始湧現，他顯然看出我有多麼害怕。

別哭，漢娜，沒人對妳怎麼樣，冷靜點。我告訴自己，但雙腿一陣虛弱。我不該出門的，眞該聽薩姆爾斯太太的話！好好躲著，別引來任何注意，避開所有古巴人，門窗緊閉，在黑暗中度日。

我恢復鎮定，決心不示弱。

「請問哪裡能找到普魯斯特的法文作品？」我用西班牙文問。

男人有著巨大的鼻子與一頭捲髮，外套肩膀上沾滿頭皮屑，他以帶著濃重德文口音的西班牙文回應，因爲戰爭的關係，他無法保證歐洲來的書能安然抵達。

「以前哪，從法國訂書都不到一個月就到了。」

他友善微笑，接著以法文解釋了一長串，講得比西班牙文流利得多，他問我是不是法國人。

我能做到的只有向他道謝。娥坦希亞驚訝看見我面露膽怯，但什麼也沒問。我們滿載而歸走出書店，都是母親會喜愛的書籍：福樓拜、普魯斯特、雨果、巴爾札克、大仲馬——全是西班牙文版本。她那小特里亞農宮完美的新收藏。不知道古斯塔夫是否會留時間讓她閱讀，那向來是她最快樂的時刻。

亞羅吉歐不懂我們爲何需要更多書，小圖書館裡的書都還沒讀完呢。他以爲他們是擺飾，好讓書架看起來不會空空的。有錢人做的事！

既然「阿爾瑪夫人」不在，我們處處破例。比如娥坦希亞與我一同坐在後座，堅持我應該交些朋友：

「接下來幾年一轉眼就過了，妳如果不結婚，會變成老處女。自視甚高的年輕女人。這可從來不是件好事。」

一路上，她的見解惹我大笑，風從車窗灌入，吹亂我們的頭髮。我在腦中看見李奧的臉龐。我很肯定他會來找我，我們將一輩子在一起。但那是我最珍貴的祕密，沒理由與娥坦希亞分享。

和娥坦希亞一起的日子裡，最棒的是他們某種程度上讓我把眞正的問題拋諸腦後。我學到爲了生存，最好活在當下。在這座島上，過去與未來皆不存在。今日就是你的命運。

我們一路穿越街道，躲過所有無視信號指示的駕駛，快到家前，我鼓起勇氣向亞羅吉歐探聽他的父母親。他說他的家庭非常窮困，父親拋下母親與九個孩子：六個男孩、三個女孩，亞羅吉歐排行中間。多虧身爲司機的舅舅教他開車技巧，讓他得以脫離貧窮命運。他舅舅曾說過，所有兄弟姊妹中，只有亞羅吉歐誠實「有品德」。他盡力抽空探望亞羅吉歐的母親，提供她協助。一家人都成年了，散居在島上各處。他的祖父母曾是非洲奴隸，但家族來自瓜納瓦科阿，一座群山圍繞的美麗小鎮，那裡所有人都彼此認識。

「瓜納瓦科阿在哪裡？」我感興趣地問。

「在城市的東南邊，離這裡不遠。有天我帶妳去。妳一定會喜歡那裡。我在那裡長大，熟門熟路得很。」

他緊急剎車，禮讓前方推著嬰兒車的女人穿過。

「你們這些人的墓園也在那裡。」他補充。

我不懂他的意思。車裡沉默了一陣，頗爲尷尬，娥坦希亞尤其不自在，對於讓我和雇員如此熟稔感到自責。如果母親聽見了，她和亞羅吉歐都可能被趕走。

但我打破沉默繼續問。

「什麼人的墓園？」

娥坦希亞看著他，等著看他會說什麼。車子轉過巴賽歐街，進入二十一街，亞羅吉歐解釋：

「波蘭鬼的墓園。」

安娜

二〇一四年

我們在哈瓦那第一個造訪的點是座墓園，我從來沒看過一座專爲死者打造的城市。漢娜姑婆堅持要去看阿爾瑪——她的母親、爸的奶奶、我的曾祖母——她在一九七〇年長眠於古巴。媽不太喜歡這個行程，但看到我興致高昂便讓步了。

我們爬進破舊老車裡；嘉特琳納坐前座，我們三人坐後座。漢娜姑婆用紫羅蘭水泡過澡，媽則塗上厚厚一層防曬乳，看起來像具死屍。我們沿著十二號大道前進，轉入二十三街進到墓園，各種花香撲鼻而來，那是用來安慰生者而剪下的花葉。

濃厚的玫瑰與茉莉花香裡，摻著幾絲橙花與羅勒的味道。綠意盎然的花圈、以及紅、黃、白玫瑰枝高高堆在拖車上，由削瘦的老女人拉著，她一頭亂髮，皮膚乾皺。

我想拍照，但車子還在前進，接著我們停車讓嘉特琳納買玫瑰花。拖車老女人身上散發菸草與汗水雜揉的氣味，再加上花香與馬路的刺鼻臭味全面撲來，我屏息舉起相機對準她，她害怕後退。肺部急需氧氣，我緊貼著姑婆，靠著她的紫羅蘭香味保護我。太多味道了！

漢娜姑婆把我的行爲解讀成展現好感，摸了摸我被高溫烘得熱燙的臉頰。媽爲我感到驕傲——一向孤僻冷漠的我，竟然向未曾謀面的父親在世上僅存的親戚示好。我閉上眼睛，順她們意。這是我第一次覺得與姑婆親近。

墓園四面環牆，是座貨眞價實的城。入口拱門頂端有座宗教雕像。

「那代表信心、希望與慈善。」嘉特琳納注意到我盯著雕像，便開口解釋。我們在墓園內停車步行。嘉特琳納帶著紅白玫瑰，耳朵後插了幾隻羅勒。

「這樣比較清爽。」她解釋。

她看到我想努力吸收周遭的一切，便當起我的嚮導。

「阿爾瑪太太還沒尋得平靜。她受了很多苦，帶著沉重的負擔離開，人進墳墓應該要越輕便越好。記得我說的，孩子。妳也一樣。」她提高音量說給漢娜姑婆聽。

嘉特琳納對漢娜姑婆的親暱程度讓我們吃驚。她雖然態度有禮，卻不使用西班牙文裡的禮貌型稱謂。她對漢娜姑婆的說話方式，彷彿自己比較有經驗。

「我們得把過去留在身後，」嘉特琳納邊說邊聞了聞玫瑰。接著又說：「這些要獻給阿爾瑪太太。她還需要許多協助！」

我們前進速度緩慢，不是因爲姑婆的緣故，而是因爲嘉特琳納步伐困難。她老是在搧扇子。漢娜姑婆倚靠媽的手臂，望著與墓地平行排列的步道。離開主步道，眼前驚見一大片大理石雕像：放眼望去，十字架遍地林立，桂葉花環，以及墓碑上頭朝下的火炬裝飾。一首獻給死者的頌歌。

有些墓地看起來像損毀的皇宮，漢娜姑婆說其中多座曾遭人蓄意破壞。「逐漸毀朽的偉大社會。」媽低語。

我停下腳步細讀墓碑。一座獻給共和國的英雄，一座獻給消防員，一座獻給殉道者，當然還有向文武英雄致敬的墓碑。其中有座刻著：「致寬懷的途經者：請淨空您的心思，抽離殘酷的世間幾分鐘，爲此二位凡塵喜樂遭命運截斷者，致上關愛和平之思，二者肉身安息於此，以實現神聖之承諾。吾人自永恆之境向您致謝。」這段話讓我轉移注意力，不再困擾五月的難忍高溫。

我們應嘉特琳納的要求，前往中央教堂。她說想爲死者禱告，我想她應該也會爲我們所有人禱告。我們沉默地站著等她。待她出來後，我們轉入弗萊哈欽多大道，尋找羅森塔家族墓園，最後終於抵達一座有著六根圓柱與拱門的墓陵，爲死者與前來拜訪的生者提供遮蔭。靠近頂端位置銘刻家族姓氏。

總共有五座墓碑，所有的羅森家族成員，無論是在這個本爲過渡之境出生、生活還是過世，皆一人一座。第一座寫著「馬克思・羅森，1895 — 1942」；第二座：「阿爾瑪・羅森，1900 — 1970」；第三座：「古斯塔夫・羅森，1939 — 1968」；第四座是我父親的：「路易斯・羅森，1959 — 2001」。第五座依然空白，我猜想應該是保留給姑婆，這個島嶼上最後一位羅森。

嘉特琳納費力在阿爾瑪曾祖母墳前跪下，她說因爲只有那座墳裡眞的埋了遺體，其他都是象徵性的。墓園裡將永遠僅埋葬當年從沒有目的地的郵輪下船上岸的兩位女人。家族裡的男人都在遙遠他方過世，遺體從未找到。

嘉特琳納雙手交握，低頭站著幾分鐘，爲「來此世界上受苦且滿懷懊悔地離去」的女人禱告。她把玫瑰放在曾祖母墳上，緩緩起身。媽從包包裡拿出四個石頭——她從哪拿到的？——分別放在四座墳上。嘉特琳納露出幾近受冒犯的表情——驚訝地睁大雙眼，彷彿在等著她爲此粗魯行爲提出解釋，但誰也沒說什麼。

「世界上沒有哪個死者會喜歡石頭比花更多的。」她悄聲對我說，以免媽和姑婆不高興，姑婆對於這位也愛著她心愛的路易斯的女人做此舉動似乎頗滿意。

「花會枯萎，」我向嘉特琳納解釋。「石頭能長存。它們會永遠在那裡，除非有人敢移動。石頭帶來保護。」

無論我怎麼解釋，嘉特琳納永遠不會理解。對她來說，玫瑰得花錢買，是有人精心栽培呵護的成果。天曉得那些灰撲撲的石頭從哪冒出來的，它們不該被放在死者身邊。

嘉特琳納繼續咕噥，牽起我的手要我跟著她。漢娜姑婆和媽依然沉默站在這座曾祖母得知曾祖父死訊後興建的墓園中。來的路上，姑婆告訴我們，那天阿爾瑪發誓：羅森家所有在這座島嶼上終結時日，以及在此出生的人，都要葬在家族墓園裡。對曾祖母來說，原諒並不存在，她則將家族悲歌怪罪到古巴頭上。

「羅森家的詛咒！」漢娜姑婆無奈地微笑作結，道出她的母親無法成功灌輸給她的恨意。

嘉特琳納帶我去看另一座綴滿鮮花、較多人造訪致意的墳墓。白色大理石雕像女子懷裡抱著嬰兒，倚靠在十字架旁，雕像前站著幾個人，姿態莊嚴崇敬，離開時也不轉身背對雕像。

我舉起相機，嘉特琳納嚴厲地看了我一眼。

「這裡不行。」她說，舉手擋住鏡頭。

她閉起眼睛，沉默了幾分鐘。

等終於再度開口時，她沒多解釋，只說：「這是奇蹟的亞美莉雅之墓。」

我看著朝聖者在墓前無聲地朝拜，等她繼續說下去。

「奇蹟的亞美莉雅在分娩時不幸過世。他們把寶寶放在她腳邊一同埋葬，但多年後開棺，卻發現寶寶躺在她懷裡。」

嘉特琳納推著我湊上前，摸摸嬰兒雕像的頭。「祈求好運。」她低聲向我說。

回到家族墓園，我們看到漢娜姑婆一手放在母親的墓碑上。她起身時，我突然想到，屆時就是由身爲後代的我們，在爲她保留的那塊空白墓碑上銘刻她的名字。有天我們會來到這裡，留下一塊石頭。如果嘉特琳納活得比她久，會帶著她的鮮花來。

「我想該是時候喚回我們眞正的名字了，」漢娜姑婆肅穆地說，盯著銘刻在這座位於加勒比海中央小小希臘宮殿上的名字。「讓我們再次成爲羅森塔家族。」

她邊對著母親說話，一邊在墳墓上再放一顆石頭。

傍晚我們回到家，我和媽沒吃晚餐直接上床。姑婆和嘉特琳納似乎有點擔心，但其實我們只是累壞了。媽躺在床上，滔滔不絕地談論漢娜姑婆，直到我入睡爲止。

她說漢娜姑婆雖然瘦弱，卻有自尊保護著她。我也讚嘆她像個芭蕾舞伶般站得直挺挺的儀態，媽說她舉手投足間流露著女人味，而且有股不尋常的柔情。即便受過這麼多苦難，她卻拒絕在臉上露出任何一絲苦澀。

「我能在妳身上看到她的影子，安娜。妳遺傳到她的美麗和意志。」媽對我悄聲說。我聽得模模糊糊，逐漸被睡意征服。「我們能找到她眞是太幸運了！」

漢娜

一九四〇年—一九四二年

母親想念清冷的早晨，她厭惡島上無窮盡的酷暑與經常性熱帶暴雨。「半島上霧氣瀰漫、毫無文明痕跡。妳不想念四季變化嗎？不知道我們還有沒有機會享受秋、冬，和春天？夏天應該是個過渡用的季節，漢娜」，她老是一再重複這句。

我們居住的島嶼上只有兩個季節：乾季和濕季。植物拚了命地生長，所有人整天抱怨，叨叨絮絮地談論過去。彷彿他們眞的知道過去發生過什麼事！過去並不存在，一切都是幻象。回到過去絕無可能。

十二月三十一日，天氣溫暖潮濕，她帶著古斯塔夫回來。他是我這輩子看過最嬌小的寶寶。頭上一根頭髮也沒有，脾氣壞極了。

「他像個滿腹牢騷的老先生。」娥坦希亞笑說。

寶寶的到來改變了嚴厲的阿爾瑪太太，至少她暫時不太一樣了。她餵著孩子吃米與黑豆時，不再抱怨因爲開窗而透入的陽光，或隔壁傳來的喧囂與碗盤碰撞聲，也不在意我們在廚房收聽充滿背叛、哭泣與不正當懷孕等狗血劇情的荒謬肥皂劇，或是娥坦希亞教我做美味的甜甜圈，或我們把廚房弄得滿是香草精與肉桂的味道。

第一天晚上，只剩下我們和寶寶。亞羅吉歐去瓜納瓦科阿和家人共度新年，娥坦希亞則請了幾天假。兩人都要到一月六日後才會回來。他們一走，母親馬上送我一個天大驚喜：

「你爸沒事！」

我沒問她是如何得知的。她若收到另一封信，也不會告訴我。我試著不在臉上流露出任何情緒，繼續逗弄著寶寶，不管我哼什麼曲子、發出什麼可笑的聲音，他都不理我。沒有李奧的消息，我只有這個感想。難以理解爲什麼我還沒收到任何他還活著的消息。

我這才發現，這是我們第一次得在這個奇怪而抱持惡意的城市裡自立自強。無依無靠，還帶了個新生兒，萬一有任何緊急狀況，也沒有家庭醫師或任何人能求助。娥坦希亞留了一些肉食給我們，之後就靠我了。母親看到我掌廚時，簡直不敢相信自己的眼睛。她似乎在想：我失去她了！如果再晚一個月回來，就要認不出她了。

她拎著柳編嬰兒籃，和寶寶回房，籃子是娥坦希亞在母親從紐約回來前，從家裡帶來的。她在籃子內鋪上繡了藍絲線的漂亮毯子，管它叫「摩斯」。她會說：「把摩斯拿來這」、「別把摩斯放這麼高」、「搖搖摩斯，他馬上就會睡著了」。一開始，我們都不知道她在說什麼。

結果古斯塔夫剛來的前幾個月，摩斯籃眞的幫了大忙，我們能輕鬆地把籃子拎到屋裡各處，甚至在傍晚或清晨時，帶他到天井去，那時的陽光最和煦——姑且算是吧。母親說，寶寶和植物一樣，需要陽光與溫暖才會長大，所以我負責帶弟弟每天做日光浴。

十二月底那天，我們三人在母親房間，九點左右就睡著了。那是個漫長累人的一天。古斯塔夫每三個小時就要吃奶，否則便放聲嚎哭，連在北極都聽得到。她每次餵過後，他就睡著，但一醒來，又馬上開始抗議。就這樣無止盡地循環。

我們沒心情慶祝佳節。事實上，也沒什麼好慶祝的：我們兩個困在加勒比海，爸和其他「不純潔」之人躲在巴黎，食人魔在後頭窮追不捨。現在還多了位小弟弟，我不斷納悶，我們到底爲何要把他帶到這個充滿惡意的世界上。於是我們就這樣睡去，毫無意識一年已結束，且與前一年一樣糟糕的新年即將開始。

午夜傳來爆炸聲，一向安靜的鄰里間突然一陣騷動。媽驚醒，趕緊關上窗戶與窗簾。我們到我房間，透過百葉窗偷看街上動靜，鄰居正拿著水桶向街上潑水。有些人甚至潑了一整桶冰塊。我們無法理解究竟是怎麼回事，這到底是危險事件，還是當地歡慶習俗？

隔壁鄰居以華麗誇張的姿勢打開香檳：軟木塞瓶蓋飛得老遠，差點撞上我們的窗戶。她以瓶就口，直接豪飲起來，接著遞給打著赤膊、胸毛茂密的禿頭丈夫。樂聲奏起：是瓜拉恰舞曲，四面八方不時傳來「新年快樂」的呼聲。

我們又告別了一個十年，邪惡的一九三九年早已是過去式了。母親待在她的小特里亞農宮裡觀察外頭的喧囂，這兒有屋牆保護著她，且將逐漸在她手中變爲堡壘。

鄰居看見我們，舉起手上結霜的酒瓶，祝我們「一九四〇年快樂！」

我們回房睡覺。醒來後，已經是下一個十年了。我們的人生已改變。家裡有了新成員：一位小男孩，將來在陌生人懷裡時間要比在自己母親懷裡長得多。雖然我們難以承認，但娥坦希亞以自己的方式，逐漸成爲另一位羅森塔家成員。

◇

我無法理解這位女人爲何每次幫古斯塔夫換衣服時，都堅持要給他全身灑滑石粉、在頭上沾點古龍水。每次她一灑紫丁香色的酒精，他就開始哭。

「這能讓他涼快點。」她堅持。

在這座島上，人人瘋找「讓自己涼快」的方法，簡直像著魔一樣。「讓自己涼快」的概念解釋了爲什麼有棕櫚樹、椰子樹、大陽傘、電風扇、手持風扇、以及無論早晚，整天都能喝的檸檬水。「來窗戶邊坐，才能吹到微風……」、「我們走到對街去，那裡有陰影……」、「等太陽下山再說……」、「去泡個水……」、「把頭遮住……」、「開窗通個風……」，很少有比讓自己涼快更重要的事。

娥坦希亞把弟弟的房間漆成藍色，並掛上與白色家具相襯的蕾絲窗簾。小小的古斯塔夫在他藍色的床單中央縮成一小團粉紅色，雀斑與紅紅的頭髮才正要長出來。他唯一的玩具，會是隻擺在窗邊的木頭搖搖馬，以及神情哀傷的灰色泰迪熊。

我們跟他說英語，讓他準備好到紐約和爸一起生活。娥坦希亞疑惑地盯著我們，試著理解在她聽來語氣嚴厲的外國語言。

「可憐的孩子，連第一個字都還沒說過，就要讓他的生活更複雜！」她喃喃自語。

她對古斯塔夫說西班牙語，語中帶著我們不熟悉的溫軟母性與節奏。一天早上，她幫他換衣服時，我們聽到她和他說話。

「我親愛的小波蘭鬼有什麼話要說呀？」

我們睜圓了眼，但什麼也沒說，只是笑了笑，任她繼續。那天我發現，母親違背古老傳統，沒有爲古斯塔夫施行割禮。我不批判她，我無權這麼做。我知道她是想盡辦法要抹除所有的罪惡痕跡——是那份罪孽導致我們得逃離我曾一度當作家鄉的國度。她想解救兒子，給他機會從頭開始。他出生在紐約，之後來到古巴，且將永遠不會知道自己的父母親來自何方。這是個完美計畫。

但，無論是否行過割禮，在此地，古斯塔夫不過是個「波蘭鬼」。

娥坦希亞沒先過問，就送了男孩一只小珠寶。母親為此介意，因為她不知道是該謝謝她、還她，還是付錢給她。除此她也認為，在他的睡衣上別別針，雖然是金質的，還是有點危險。掛在安全別針上的小珠子一直別在他的白色亞麻衫上，就位在心臟那側。

「這是黑琥珀，可以驅趕邪靈。」娥坦希亞認真嚴肅地對母親解釋，她並不是要徵求母親的認可，因為她很肯定我們也只想要為男孩好。

他胸前的那顆黑石子將成為他永不離身的護身符。我們接受，因為如果古斯塔夫要在古巴度過至少一部份的童年，那麼他就得學著與此地的傳統與習俗共存，是這個國家接納了他。

◇

幾個月間，我的身體開始出現變化：曲線與形狀出現在我最意想不到的地方。我穿起寬鬆罩衫，主要原因是天氣炎熱，但某天早上，母親看到我把古斯塔夫從搖籃抱出來後，似乎突然意識到發生了什麼事，立刻走進廚房，和娥坦希亞祕密商量了一陣。

我還沒準備好當個女人。在夢中，我看到的李奧依然是個孩子，想到在我逐漸成人的同時，李奧卻還是如同我記憶中的那樣年幼，實在可怕。

幾天後，亞羅吉歐帶著包裹出現，改變了我們在小特里亞農宮的生活。那是台勝家縫紉機，以及超大一包材料，差點擠不過餐廳門口。我非常高興，這下子我們至少有件明確的事可做了，我把一捲捲不同顏色的布料在衣櫃裡分類擺好，還有一盒盒鈕扣、毛線球、絲綢蝴蝶結、多捆蕾絲、鬆緊帶，以及拉鍊。不只這些：還有好幾令長長的衛生紙、捲尺、針與頂針。

小鐵桌上擺著娥坦希亞所稱的「手臂」：一套包含了針、線和滑輪的機械。底部是她們要我重新穿線時——因爲我「眼睛最好」——我最喜歡操作的腳踏板。我們都直接叫機器「勝家」。

設計師和裁縫師從容地爲我丈量尺寸，給我裝飾著蝴蝶結與蕾絲的衣櫃增添新花樣。她們拋下煩惱，心思全放在活摺、荷葉邊與定形褶上。不久後，亞羅吉歐帶回一座人體模型，母親幾乎陷入狂喜。我想，那些日子裡她確實快樂，雖然她的新「古巴制服」看起來完全相反：黑裙搭配長袖白罩衫，扣子一路扣到最頂端。

女神的柏林光彩褪去，以簡樸取而代之。事實是，她沒時間也沒精力緬懷過去。美容保養程序也簡化了，只剩下在家修剪頭髮。娥坦希亞手持剪刀，確認她的髮際總是齊肩。

「剪下去，娥坦希亞，別怕！」她會這樣鼓勵她，新手造型師小心翼翼地再修去一吋。

娥坦希亞爲古斯塔夫織開襟衫，但他拒絕穿上，她還給他的領子上了厚厚一層漿，他一看到就哀嚎。爲了安撫他，她會把他抓到胸前，哼唱有關死亡與埋葬的波麗露，那曲子聽得我寒毛直豎，卻不知爲何能讓古斯塔夫安穩下來。

到兩歲半，古斯塔夫成了叛逆又過動的好奇寶寶。他身上一點羅森塔家的影子也沒有：隨時準備好公開展露情緒。比起姐姐，我更像是他的阿姨，他和娥坦希亞非常親，我和母親很是感動，一點也不感到困擾。

對他來說，西班牙語是關愛、遊戲、味蕾與嗅覺的語言；英語則代表著紀律與規矩。母親和我顯然屬於後者。

在不知不覺下，古斯塔夫——當初船長的名字——逐漸地變成古斯塔佛[9]，我們也就接受了。西班牙語版本比較適合這位毫無耐性、老是汗水淋漓半裸地晃來晃去的男孩。

他胃口驚人。娥坦希亞餵他吃古巴食物：米飯與黑豆、白醬燉雞、煮食蕉與地瓜、充滿蔬菜與香腸的濃湯，以及我學會的拿手甜點。到下午，我會幫忙娥坦希亞做她拿來寵溺他的甜點。事實上，她很樂意獨佔他，一律用親暱的稱謂跟他說話。

古斯塔佛毫無半點來自母親或我的傳承。我們完全沒能將自己任何一丁點習慣或家族

9　原「Gustav」變成「Gustavo」。

傳統交給他。不知道他究竟會不會有一天，發現自己的母語是德文，家族姓氏不是羅森，而是羅森塔。

古斯塔佛是娥坦希亞的。母親依然活在爸缺席的陰影下，於是越來越少花心思帶他。她缺乏安全感，資訊又眞假難辨，讓人無法思考未來，難以專注在一個不是她主動求來的孩子身上。古斯塔佛有時甚至睡在娥坦希亞房裡，或周末和她一起到妹妹亞斯培蘭查家，那兒也不慶祝生日、聖誕節或新年。

對古斯塔佛來說，之所以能擁有小特里亞農宮之外的生活，全多虧一位我們付錢託請她照顧生活的簡樸女人。晚上是娥坦希亞哄他上床，說巫婆與睡美人的故事給他聽，並爲他唱搖籃曲：「Duérmete mi niño, duérmete mi amor, duérmete pedazo de mi corazón（睡吧我的孩子，睡吧我的愛，睡吧我的心肝寶貝。）」這就是她讓他一夜乖巧的方法。

他愛玩，還有點淘氣。他喜歡坐在亞羅吉歐大腿上，正對著方向盤，假裝自己正在全速狂飆。

「孩子，你在這個國家能行得遠，」亞羅吉歐鼓勵他。「這孩子懂得可眞多啊！」

這預言嚇壞我們了。誰會想要在「這個國家」行得遠？我們只想儘早離開，離這永無止盡的高溫越遠越好。

◇

三年後，我已經和一般成年女性一樣高了；對熱帶地區來說過高，甚至比班上的男孩還要高，他們爲此總躲著我。他們把我當成老師的同夥。那位可憐的女人確實偶爾會請我幫忙管管他們，這些蠢貨因爲家裡有錢，就自以爲高她一等。他們一天到晚嘲諷我：波蘭鬼只跟自己人結婚，沒有每天洗澡，尖酸刻薄又貪心。我假裝沒聽到：我想，這群白癡永遠不會理解我根本不是什麼波蘭鬼，而我也壓根不稀罕被他們接納。

母親持續設計製作她的熱帶黑白制服。與爸的聯繫已完全斷線，更是沒接獲任何與李奧與他父親有關的消息。我們還能做什麼？二次世界大戰進入白熱化，每晚闔上眼睛前，我總祈求戰爭趕快結束。但我無辜的禱告中，從來不提哪方可能戰敗。我關心的是重建秩序——所謂「秩序」，指的是國際郵務服務：我想要寄收信件到巴黎，知道我們愛的人過得如何。

某個週二下午——又是週二！——時值盛夏，這個上帝遺棄的城市中最糟的時節，爲我們看管財務的律師突然來訪。

那天爲我的悲慘週二排行榜再添一筆，我得知達農先生是我們的同類。雖然他的「不純潔」在熱帶已稍褪去，卻仍然和他領月俸服務的羅森塔家族一樣惹人厭惡。不過他從來沒被人稱作波蘭鬼，因爲他的祖先來自西班牙，或可能甚至是土耳其。他和我們一樣，父母親逃離家園，躲來這座接納了他們全家人的島嶼上。家族幸而免於被拆散，不像我們。

達農先生以低沉嚴肅的口氣要我們兩人到客廳坐下，娥坦希亞帶古斯塔佛到外頭天井去，不打擾我們。雖然她不完全信任他，但知道律師總是帶著重要消息來訪。

我無法重述他講了什麼，因爲我聽不太懂，只記得有「營區」、「集中」兩個詞。我壓根不能理解爲什麼我們還沒贖完罪孽。我想跑到街上大喊「爸！」，但有誰會聽見呢？我們做了什麼？究竟還得承受悲難的重擔多久？我將臉埋進雙手，無法自制地哭了起來。爸！爸！至少我能無聲地呼喊他的名字，在達農先生面前哭泣，不管媽喜不喜歡這樣。爸！

律師突然同仇敵愾地說起自己失去了獨生女的故事——對我們來說，他畢竟不過是個陌生人。哈瓦那曾爆發流行性斑疹傷寒，奪走數千名孩童生命，他嬌弱的女兒臥病在床，最後終於也敵不過病魔而去世。他與太太因此決定留在古巴，不遠離孩子的遺體。

我很想告訴他：「我們沒有力氣爲一位陌生女孩哭泣。我多蠢啊。先生，我們眼淚所剩不多，別期望我們同情。我們還有得哭的。」

「爸！」我實在承受不了，大聲喊出了他的名字。娥坦希亞警戒地匆匆跑來，身後的古斯塔夫開始尖叫。

我跑上房間，把自己鎖起來。試著想著李奧讓自己平靜下來，但避免想像他在巴黎。

我完全不知道他命運如何！只有我認識的那個李奧、那個與我一起在柏林街道與聖路易斯號甲板上奔跑的李奧，才能在此刻給我一點安慰。

我流光僅剩的一點眼淚，等待心中的痛苦緩和下來，努力不讓眼睛透露出啃噬著我的悲痛與憎恨。多麼渴望來場流行性斑疹傷寒或什麼大災難，把我帶離這裡。我看到自己得了傷寒，臥倒病榻，臉色蠟黃虛弱，頭髮散亂在枕頭上，被醫生包圍，母親一臉慘白緊張地縮在角落。爸呢？李奧呢？他們都沒出現，即便白日夢是由我來決定如何開展與結束。

母親也關在房裡，徹夜陷入絕望。她埋入枕頭抑制哭聲，但我仍聽見了。

我待在房間，直到隔天早晨，感覺眼淚已流乾爲止。娥坦希亞沒問是什麼事。她一定往最壞的可能想了，但我們若無其事地吃早餐，彷彿什麼也沒發生。畢竟我們並不清楚爸的命運如何。

去紐約的公寓住會不會好一點？我不敢問。媽曾告訴我那裡的客廳正對公園，能看見日出。那是個有四季變化、有鬱金香生長的城市。我理解媽也許是害怕無法逃過食人魔的眼線，他們已經滲透了歐洲最偏遠的角落。巴黎現在到處都是可怕的擴音喇叭，到處掛著世界上最糟糕的顏色組合：紅、白與黑色。

不久後，他們就會把爪牙伸入古巴，此地看來早已準備好迎接他們。事實上，我確定古巴人民早已跟食人魔達成協議，不准曾可能爲我們帶來救贖的船隻停泊。

從那天起，母親再也不走近「勝家」一步。我感覺到我們在這座島上的日子再也不是過渡，而已成了永遠。

狄亞哥看起來剛洗過澡，頭髮濕濕的，穿著他最體面的衣服：熨過的襯衫，紮進皺皺的短褲裡，白襪子，還有只限特殊場合才穿的黑色球鞋。

我想分辨他身上是什麼味道，但這不容易：混雜了太陽、大海，與滑石粉的氣味。哈瓦那所有人都擦滑石粉。女人胸前、嬰兒手臂、男人頸背上，都能看到。白色粉末與狄亞哥的膚色形成強烈對比。我突然想通他爲什麼沒把頭髮弄乾：看起來剛梳過。頭髮漸乾後，又開始捲得亂七八糟。

我在紐約不能做的事，到了這兒好像都無所謂了。並不是媽對狄亞哥多信任，他年紀一定跟我一樣，她只是不想和漢娜姑婆唱反調，姑婆堅定地要她別擔心，她說狄亞哥是個好男孩，附近所有鄰居都喜歡他。

「讓她好好享受。不會怎麼樣的。」她向媽保證。

我覺得我可以在哈瓦那住下來。我覺得自由；狄亞哥察覺到我的想法，笑了出來。他牽起我的手，我們一起沿著小巷跑去。「去海邊」，他說。街角出現一隻瘦巴巴的狗兒，狄亞哥停下腳步。

「最好走這邊，」他說完朝著反方向走去，街道兩旁種滿行道樹，我一眼就認出是哪：巴賽歐街，我們第一天來的時候開過的路。

狄亞哥怕狗。我沒問他原因，只是默默地跟著他走，我不想讓我在這裡唯一的朋友覺得難看。我們沿著巴賽歐街中央，往海灘走去。

「那後面什麼也沒有，就是北方而已，妳住的地方，」他解釋。「我父親有天去了那裡，之後再也沒有回來。」

我們抵達「馬雷貢」海堤。我問狄亞哥哈瓦那是不是四面都環繞著這樣的海堤。

「女孩，妳瘋了嗎？這只是一部份而已，來，走吧！」他說完跑了起來。

雖然我已經快喘不過氣來，還是跑了一段，因爲不想跟丟：我不確定有沒有辦法自己回去。沿著巴賽歐走到二十一街，我不斷複誦，以免自己忘記。巴賽歐和二十一街，到那裡以後，嗯，我想我應該就找得到姑婆的房子。而且她是附近唯一一個德國人，所以大家一定知道她，能爲我指點方向。我沒迷路。我不會迷路的。

狄亞哥終於停下腳步，坐在灑了測試鹽霧、被汽車廢氣熏得黑黑的粗糙牆面上。

「妳和姑婆處得怎麼樣？」

這話逗得我大笑。他毫無保留，想問啥就問啥。我想我也應該如實回答，陪他玩玩，但還來不及回話他就再度開口。

「我奶奶說，很久以前你姑婆拿枕頭悶死她母親。那個老女人一直不死，你姑婆厭倦了，所以殺了她。」

我笑得停不下來，他看我不覺得被冒犯，繼續說起他的狗血肥皂劇情：

「沒辦葬禮。大家說她把已經乾掉的屍體裝進袋子，藏進衣櫥裡了。」

「狄亞哥，我們昨天才去過墓園。我看到曾祖母的墳墓了。墓碑上有她的名字。相信我，屋子裡沒有什麼乾枯屍體。但如果你想的話，可以過來當面問問我姑婆。看你敢不敢！」

「羅森一家自從來到古巴後就受到詛咒」，他口齒不清，所有字句都發音不完全。「一個墜機去世。另一個在雙子星大樓倒塌的時候死掉。」

「那是我父親，」我打斷他，遊戲結束。狄亞哥安靜下來，低下目光，對自己感到羞恥。我等了幾分鐘，延長折磨時間。我不告訴他自己從來沒見過父親，早在我出生前他就走了。也沒告訴他我並不氣他談起父親的死，因爲對我來說，打從一開始就是這樣：我沒有任何關於父親的記憶。

他打破沉默，再次沿著海濱公路奔跑，直到我們來到一座插滿旗幟與布條的廣場，上頭有些奇怪的字句。廣播喇叭傳出某些我聽不太懂的字句：「我輩虧欠大革命賦予的一切」、「無社會主義毋寧死」、「絕不投降」。還有「吾黨將持續戰鬥」。

「這是什麼？」我問。狄亞哥知道我害怕。

「沒什麼，」他笑著說。「我們習慣了。」

雖然他試著安撫我，但我確定自己已經誤入危險區域了，穿制服的男人可能會來把我們抓起來。

「別擔心。妳是外國人，比古巴人值錢多了。沒有人會逮捕妳的。如果他們眞的要抓走誰，也會是我，理由是跟妳在一起。」

「我們走吧，狄亞哥。我不想要家裡擔心。已經跑太遠了。」

擴音喇叭聲音，再加上狄亞哥的解釋，我反而更加緊張，顫抖了起來。

◇

隔天早餐時間，漢娜姑婆手上拿著泛黃照片在餐桌旁等著我們。她嘴角揚著微笑，眼裡閃著奇異的光芒。

「這是所有我們能拿回的爸的遺物，」她說，給我們看一張小小的照片，裡頭一位小女孩坐在女人的大腿上。「還有他的金星徽章，現在在他羅森家族墓園的墳上。也是依照妳阿爾瑪曾祖母的意思。」

照片裡的人是阿爾瑪與漢娜。是她們在離開柏林前拍的最後一張照片。馬克思曾祖父受難期間一直帶在身上。

「聖路易斯號從哈瓦那折返，又被美國與加拿大拒絕入境後，有兩百二十四名旅客被安置在巴黎，爸是其中一人。也許是因爲他法文流利，或因爲他熟悉那個城市，所以沒到荷蘭或比利時去，這兩個國家也收了部分乘客。如果當初他是那兩百八十七名被送到英國的旅客之一——只有這些人在二次世界大戰中逃過一劫，而且沒被送進集中營——家族墓園裡就能多一具遺體，安置在此與母親相伴了。」

漢娜姑婆彷彿不希望自己聽到似地，以低沉的聲音緩緩道來。她提到數字與日期的時候是那麼冷漠，讓媽非常驚訝。姑婆的微笑逐漸褪去，眼睛已變成了霧濛的藍。

「一九四二年七月十六日，發生了惡名昭彰的『巴黎自行車冬賽館圍捕事件』，爸也是受害人之一，法國警察把所有的不純潔之人抓起來。他被送往奧斯維辛集中營，那個死亡之地……」她嘆氣。「他沒活下來。他非常虛弱，而且我確定他允許自己離世。在這個家族裡，我們不會殺了自己，而是允許自己離世。」

她盯著我們的眼睛，握住我們的手。她雙手冰冷，也許是因爲血液循環有問題，也可能是因爲正在訴說一件想遺忘卻忘不了的事。

媽原本頗爲自持，現在則開始默默啜泣。她不想讓漢娜姑婆難過，她正努力地要把故事說完。

「妳曾祖父有位朋友叫艾伯特先生，在奧斯維辛集中營的前幾個月跟他一起，是他收著照片和徽章。」

「爸拜託他把東西寄給我，因爲他以爲母親一定已經中途放棄，永遠長眠了。他們全都小看了阿爾瑪。」她再度微笑。「她比我們想的還堅強，一直堅守到她再也無法繼續的那天爲止。」

媽看起來就要心碎了。漢娜姑婆繼續說：

「我們應該要一起待在聖路易斯號上的。」姑婆語氣轉爲無奈，藍眼睛黯沉了下來。

「艾伯特先生爲爸闔上眼睛，戰後來到哈瓦那找我們。」她又露出微笑，似乎是想起她們多麼感謝他。「他認爲自己對這位幫助自己倖存的男人有所虧欠。爸剛到集中營時，艾伯特正沉浸在失去妻子與兩名女兒的悲痛中無法自拔，生了大病。爸照顧他，接下所有他被分配到的工作，直到艾伯特身體好一點爲止。」

講到這裡，漢娜姑婆閉上眼睛，沉默了許久。

「『勞動帶來自由』，他們這樣宣稱」，她嘆口氣說，「『Albeit Macht Frei』，通往那座地獄的入口處刻著這句德文。某天，爸再也無法承受，允許自己離世。」

接著又一陣長長的靜默。

「『馬克思的金星徽章你收著，他是個好人。』多年後，艾伯特先生在哈瓦那這樣跟我們說。他說他與家人是耶和華的見證人，因此被送進集中營。接著他難過地說：『但沒有人能接手我的紫三角臂章。』」

「對我來說，艾伯特先生是幸運的」，姑婆繼續說。「但他覺得馬克思才幸運。親眼看著自己的妻子、雙親與兩個女兒——他所有的家人——被殺害後，活著還有什麼意義呢？在他看來，爸淪陷了，但我們兩個人還安好。艾伯特先生寧願這樣。他孤單一人，內心守著殘缺，口袋裡裝著耶和華見證人的紫色臂章。」

「後來艾伯特先生怎麼了？」我問。

「我們再也沒有聽聞他的消息。」漢娜姑婆回答。

嘉特琳納在客廳忙進忙出，不太在意媽的淚水、姑婆的微笑，甚至是故事本身——所有她從沒見過的死者，她肯定都再清楚不過。她有她自己的難題，但總是準備好幫忙。這會兒她拿著一壺咖啡走進來。

「這棟房子需要許多紅白玫瑰。」她說，斟滿小杯子。

記憶中，玫瑰香味混著嘉特琳納遵照嚴謹程序泡出的熱咖啡香氣。哈瓦那人人隨時都在喝熱咖啡，好保持清醒。姑婆小啜一口，繼續說下去。

「聽到爸被抓走的消息，母親流光了當時僅剩的眼淚。也許就是因爲如此，後來確定爸死亡的時候，她沒在任何人面前哭。經歷過柏林、聖路易斯號，以及哈瓦那這座漆黑的房子裡所有的淚水後，確定柏林那些經歷在巴黎再次上演，而爸被恐怖的奧斯維辛打敗時，她只剩憤怒了。她的苦痛已被冷漠的安寧取代。」

漢娜姑婆說自從那天起，屋裡窗戶再也不曾打開過，窗簾緊閉，再無樂聲。曾祖母決定活在黑暗中。她極少開口，進食也只是爲了不得不吃。她無時無刻把自己關在房間裡，閱讀西文版本的法國文學作品，透過翻譯，幾個世紀前的故事顯得更加遙不可及。我難以想像她那時是什麼樣子。

後來姑婆驚訝得知，曾祖母竟然蓋了座家族墓園——不在人稱波蘭墓園所在的瓜納瓦科阿，而是在全古巴最大的科隆墓園內。

「『這裡夠我們所有人來』，她每次去監工墓園進度，都會說一遍，」漢娜姑婆回憶，模仿她母親堅定的口氣。「她這麼做，與其說是爲了紀念記憶中所愛的人，倒不如是爲了讓她和我的遺體留在古巴，她始終不能原諒這個國家在當年船隻抵達哈瓦那港口的時候，不願意接納我們全家人。」

又一陣沉默。嘉特琳納睜圓了眼，搖搖頭。

「她要我發誓永遠不會離開古巴，」漢娜姑婆說。「我的血肉之軀註定要在她身邊長眠，留在這座她要不斷詛咒、直到斷氣爲止的島上。」

「『他們要爲此付出代價一百年』，她會堅定地說。」她又模仿一次阿爾瑪曾祖母的口吻，雙手在空中大力揮動。接著再度陷入沉默。

我們震驚地看著她。這麼多年來始終保持理智，想必非常困難。她肯定盡了力逃離她在此所受的詛咒。

嘉特琳納本忙著做家事，但一聽到阿爾瑪的意圖，打了個哆嗦，舉手摸頭，彷彿想趕走可能還留在屋內的邪靈。她拿杯水給漢娜姑婆，讓她順順喉嚨，把那些緊掐著她的悔憾清理出來。她也舉手摸摸她的頭，喃喃說著：「放開她！走開！阿爾瑪，安心上路吧！」

漢娜姑婆顫抖。嘉特琳納在客廳內來回走動，空氣中一陣尷尬沉默。我決定說點什麼：「李奧發生了什麼事？」我問，媽看著我，似乎想叫我閉嘴。

「那是另一個故事了。」漢娜姑婆回應，並再度微笑。接著她用力吞了一口。

「戰爭結束後，我連絡上李奧母親在加拿大的一位兄長，她在德國快投降前過世。那段時間，人人絕望地搜尋，想找到生還者，讓破碎的家庭團圓。大家什麼也不知道。直到有一天，我收到一封來自加拿大的信。」

她低下頭，把頭髮塞到耳後，拿起手帕擦去額頭上的汗珠。

「李奧和他父親從來沒離開聖路易斯號。」

漢娜

一九五〇年

母親成了遊魂，古斯塔佛則越來越難以捉摸。亞羅吉歐到貝連天主教學院接送他上下學，但我們從沒看過他的朋友。打從他還在學步時，娥坦希亞每周末都帶他回妹妹亞斯培蘭查家，因為她有個兒子，名叫拉法艾爾。兩人雖然年紀有差距，而且古斯塔佛對於造訪隨便一個颶風就能吹垮的破舊木屋並不是太熱衷，那裡他們老在討論世界末日，以及一位他壓根不在乎的上帝，但至少他在那兒有個玩伴。

慢慢地，他與我們漸行漸遠，對娥坦希亞尤其如此。古巴人的活力、無拘無束與隨興性格，在他身上完全展現。我想他大概為母親和我感到羞恥：兩個完全無法公開展示感情、一身祕密的女人。一對把自己關在家裡、從來不看報紙、不聽廣播、不看電視、不慶祝生日、聖誕節或新年的瘋女人。一棟太陽永遠照不進的房子。

古斯塔佛甚至不滿我們說西班牙語的方式，認為聽起來複雜又做作。我們看著他像個陌生人般來去，且常常避免在他面前說話。全家一起吃晚餐時，古斯塔佛若想談論政治，我們就會轉變話題，講些他認為是雞毛蒜皮的女人家話題。於是他的座位越來越常空著。

娥坦希亞堅信這只是普通的叛逆期行爲，並嘗試持續寵溺他，彷彿他永遠是她的孩子。但是在他看來，娥坦希亞現在不過是個家中雇員罷了。

多虧古斯塔佛，家裡開始充斥著瓜拉恰舞曲，那惹母親發瘋的哈瓦那濫情音樂。他把收音機——好幾年沒轉開過了——帶進他漆成綠色的房間，整天聽古巴音樂。一次我經過他房門邊，看到他獨自跳著舞。他扭擺臀部，接著突然下蹲，雙腳隨著無腦歌曲的節奏迅速交叉來回，沒頭沒尾的歌詞、樂句，大多不過是刺耳粗啞的吼叫。但他是快樂的，以自己的方式。

◇

我開始到哈瓦那大學上課，並決定當藥師。我不想再依靠爸在加拿大銀行帳戶內的存款度日，因爲我們並不知道到底還能繼續取用多久。我專注在課業上，母親和古斯塔佛逐漸退居次位。除此之外，時隔多年才得知李奧背叛了我，也讓我較少想到他，於是我的世界只剩下有機、無機、量化與質化化學。每天，我爬上校園階梯，經過智慧女神銅像，進入化學學院的雄偉廳堂。只有這個時候，我才覺得安全。

幾個小時間，維達多的房子消失了。我的汙點也消失，再也沒人叫我波蘭鬼，至少不會當著我的面說。一次，頭頂光禿、耳後兩撮紅髮的努尼耶茲先生走過來，他是我最喜歡的教授，他把手放在我的肩上，檢查我的算式。手上力道傳來一陣難以言喻的默契。他跟我是同類人！也許努尼耶茲不是他的眞名——也許他是和家人逃來此地、或年幼時就來了。

不知爲何，我開始顫抖。我多麼擔心絆上我的鬼魂哪！努尼耶茲教授懂我：也許他自己也有相同經歷。他什麼也沒說，只是拍拍我的背便離去，檢查其他學生的進度。但從今以後，就算我做得不夠好，他也總是給我最高分。

每次下課走別條路回家，或在城市的小巷弄間迷路時，我總會想起李奧。我能感覺自己的小手在他手中，跟隨他穿梭柏林街道。天曉得他爲什麼做出那樣的決定？在所有人都不快樂的悲慘日子裡，大家各以自認最好的方式自救。

如果能在一到哈瓦那就知道李奧已背叛我就好了。結果是，我得等待好幾年，才發現李奧從來沒把我們那些値錢的膠囊處理掉——屬於羅森塔家族的膠囊，而不是馬丁家的。他從來沒把膠囊丟進海裡，違背了聖路易斯號上最後一頓晚餐時，他信誓旦旦的承諾。

所以在好長一段時間裡，我抱著與他再次相見的希望活著；期盼我們共組家庭，一如當初他在柏林水灘上畫地圖時的夢想。

李奧不是會投降的那種人。但留在聖路易斯號上的李奧，是另外一個人。失去的痛苦改變了我們。

我永遠不會知道返回德國那天，聖路易斯號上發生了什麼事。我決定這樣想：李奧得意膠囊到手，告訴了父親。該丟進海裡嗎？怎麼可能！他好不容易從絕望的羅森塔家手上偷過來的。對他來說，讓我活命重要多了。

船接近亞述群島，距離回地獄剩不到一半距離，他們發現自己被丟在海上，沒有國家有望收留他們，也許李奧和父親因此決定留在世上唯一安全的地方：他們那瀰漫著亮光漆味道的小艙房。他們躺下入睡。

李奧夢見我。他知道我在等他，知道我會守著小小的靛藍色盒子等他回來，爲我戴上曾屬於他母親、後來父親交給他送予我的鑽石戒指。我們會到海邊生活，遠離馬丁家與羅森塔家，拋下那些與我們無關的過去。我們會生好多孩子，各個沒有汙點、不帶苦澀。世上最美的夢。

午夜時刻，馬丁先生守著快樂沉睡的獨子，決定起身。他低頭凝視睫毛修長的男孩。與他母親長得多麼像啊！他想。這是他在世上的最愛：他的希望、他的後代、他的未來。

他撫摸李奧，用最緩慢的速度讓他坐起身，避免驚醒他。他感覺到他的身體，生命的溫暖，隔著他的胸膛跳動著。他沒有思考、不想去分析他要做的事。但他知道沒有其他辦法了。最後判決來臨的那一刻，人總是心裡有數。對馬丁先生來說，這一刻已來到。

他從口袋中拿出寶物：小巧的銅製容器，當初他爲羅森塔先生從黑市買來的，多麼諷刺。他扭開蓋子，拿出小小的玻璃膠囊，小心翼翼地放進兒子嘴裡，他那才十二歲大的兒子。他用食指把膠囊往內推，推到臼齒後方，並確定男孩沒有醒來。

李奧呼了口氣，扭動身體貼近馬丁先生，尋求只有父親能給予他的東西：保護。父親再次擁抱兒子。最後一次擁抱了，他想。他雙唇貼上孩子的臉頰，那個如此盲目地信任自己、仰慕自己的孩子。

馬丁先生閉上眼睛。他想自己也許能抽離此刻，爲時已晚，前方命運已逃不掉。他用力闔上兒子精巧的下巴。玻璃碎裂聲音傳來，在腦中深深迴盪。男孩睜眼，但他父親並無勇氣看著兒子的生命慢慢逝去。李奧呼吸漸弱、開始哽咽，他無法理解發生了什麼事，嘴裡爲何傳來苦澀灼熱的味道，將他從父親身邊帶走，遠離要與他一起出發遠征世界的男人。

沒有眼淚、沒有抱怨。沒時間。他睜大著眼，四周濃密睫毛圍繞，凝向虛無。

馬丁先生拿起剩下的膠囊，放入嘴巴。這是確保自己不會活過這場可怕悲劇的最佳方法。他不敢啜泣出聲：只剩下對周遭一切的無盡憎恨。他奪走了兒子的生命。世上唯有邪魔力量才能驅使他犯下這般滔天罪孽。他絲毫無意再延續這份苦痛一分一秒。氰化鉀溶入口水，他已感受不到致命粉末的味道或質地。立即腦死。幾秒後，心臟停止跳動。

隔天，他們發現父子兩人的屍體，此時全數乘客已獲准登陸德國之外的土地。船長接獲電報指示，基於衛生考量，無法等到船停泊安特衛普後再進行葬禮。擁有世上最修長睫毛的男孩，在亞述群島附近，與父親一起被丟入海中。

我偏好這樣去想像唯一友人的下場，那位相信我的男孩。我親愛的李奧。

安娜

二〇一四年

漢娜姑婆的房間非常樸素。她盡力抹去昔日的所有痕跡。這就是爲什麼她把負片、船上的明信片、封面有她照片的《德國女孩》雜誌通通寄給我們。她不想留下任何東西。

「這裡有一份就夠了，」她說，摸摸太陽穴。「眞希望這裡的也能丟掉。」

即使閉上眼睛，她也能在正對著街道的寬敞房間內四處行走，完全不會撞上衣櫃、床、床頭桌、搖椅，以及吊掛披肩與帽子的衣帽架。她能透過心中的眼睛，看見這個她曾以爲僅是暫時棲身之地的每一吋角落。當年女孩的房間，現在已是老女人的空間了。

牆上沒有任何照片、家具或架子。她連一本書也沒有。我原以爲她的房內會放滿兒時在柏林以及祖先的照片。我們很不一樣。我這輩子老在臥室牆上貼照片，她則是不斷丟照片。

有時我覺得她從來沒經歷過童年，感覺柏林照片中、雜誌封面上的漢娜是另一個女孩，在越洋航程中已過世。

衣櫃上有支綴了藍色花紋的白色瓷茶壺。

「那是從我的藥鋪拿回來的，但是藥鋪沒了。那時，這個一切難以預料的國家，從你手中奪走了一切。」她語焉不詳地說。

她留著茶壺不是因爲懷念曾位於維達多街角上的羅森藥鋪，只是爲了蓋住櫃子，以免沾上熱帶地區無所不在的灰塵。

衣櫃門常卡住，裡頭是一系列的白色柔軟棉罩衫，以及材質沉甸的黑裙，那是她老年在哈瓦那的制式穿著。

她拉開床頭櫃，給我一個藍色小盒子。

「聖路易斯號上那三週時光，我只留著這個。實現承諾的時候快到了，再不久後就要打開盒子。」

我不明白她怎麼能這麼長時間留著盒子，都不好奇裡面到底是什麼。她早就知道李奧不會再回來，她已經永遠失去他了。

她還給我看父親在他們登船前送她的萊卡相機。

「拿去吧，安娜，」她說。「它是妳的了。自從我們到哈瓦那後，就一直收著，也許還能用。」

關起櫃子前，我瞥見一張相片背面朝上，上頭寫了些字。我只看得懂：「紐約，一九六三年八月十日」。

姑婆看我感興趣，便拿起照片，盯著看了許久。上頭一位男人穿著大衣，站在中央公園入口處。

「那是胡立安，『J開頭的胡立安』，」她微笑說。

我從來沒聽過那名字，等著她解釋。

從她看照片的方式看來，再加上照片沒跟著那封信一起寄到紐約給我們，我猜他不是我們家族的人。

「我們是在哈瓦那大學念書的時候認識的。那是非常混亂的一段時間。」

她繼續盯著黑白照片，上頭影像模糊且有幾條摺痕。

「我們好幾年沒見面了，因爲他到紐約念書。之後又回來，在我的藥鋪相遇。我們形影不離，但後來他又走了。所有人都離開這裡，只有我們例外！」

我問他是不是她男友，她大笑，接著把照片放回抽屜，掙扎起身，出門走向樓梯平台。她的房間和我們房間之間，隔了兩間上鎖的房間。漢娜姑婆察覺我興味濃厚地盯著兩扇門打量，只是不敢開口問她。

「那是古斯塔佛的房間！養出一頭那樣的怪獸眞是我們的錯！妳父親小時候來和我們一同生活時，我實在不敢讓他住那間房。那些年，妳父親是我們唯一的希望。現在換妳了。」

我抓住漢娜姑婆身後的樓梯扶手隨她下樓，她小心翼翼地踏出步伐，不是怕跌倒，而是爲了挺直軀幹。我伸手觸摸牆壁，試著想像爸在我這個年紀時，踩著階梯，跟著從「怪獸」身邊將他解救出來的姑姑下樓。他的父母在飛機失事中過世、祖母終日臥床，是姑姑奉獻心力照顧他。維達多的小小堡壘保護他長大。羅森塔家中，只有他離開了這座家族誓死留守的島嶼。

漢娜姑婆似乎解釋得差不多了。但她知道，打從她用「怪獸」來形容古斯塔佛後，我便十分好奇。古斯塔佛在學年間與後來的飛機遇難之間，有好大一段空白。但我還有機會的，每件事都有個時辰。

我們一起站在門口走廊，盯著花園看了幾分鐘，她告訴我，裡面曾經種著聖誕紅、九重葛、以及多彩的變葉木。

「這裡所有東西都會乾枯，我好想種鬱金香，父親和我都好愛鬱金香。」

那是我第一次在她的聲音裡聽到深深的思念。姑婆的眼睛似乎閃著淚，不過淚水從不掉下來，只是充滿眼眶，讓藍眼睛更加澄澈。

我留下她與媽獨處，因爲狄亞哥在等著帶我去探索城市裡的其他祕密角落。一見到他，他一如往常地開始亂講話：「我覺得妳姑婆肯定超過一百歲了！」

漢娜　一九五三年——一九五八年

在古巴，事情總是毫無預警，說變就變。烈日下出門，接著微風吹來雲朵，然後一切就變了。可能一秒就濕透，連開傘都來不及。大雨滂沱而下，狂風橫掃，吹斷樹枝，花園淹水。雨停，柏油路上蒸散大量蒸氣，令人窒息，所有氣味混雜在一塊，房屋牆面油漆被刷下，人群嚇得四處逃竄。到後來，你就習慣了。這就是熱帶大雨：你無能抵抗。

我在二十三街角第一次體驗熱帶雨。當時剛右轉進L大道，已全身溼透。爬上階梯抵達藥學院時，太陽又再次露臉，身上的罩衫逐漸乾了，但頭髮還滴著水。

突然間，十幾位學生衝下階梯，互相推擠，彷彿爭相要逃離什麼。我看到其他人爬上智慧女神雕像，朝空中揮舞旗幟，正喊著什麼口號，但已和階梯下方幾輛趕來的巡邏車警鈴聲混在一塊，聽不出所以然。

我身旁一位女孩嚇得緊抓我的手臂，一言不發地緊緊掐住。她恐慌地哭著。我們不知道到底該爬上階梯，還是沿著聖拉札羅大道跑離校園。

喊叫聲震耳欲聾。接著是一陣金屬敲擊碰撞聲；可能是槍聲。我們嚇得動彈不得。一個男孩跑下樓梯，要我們趴到地板上。我們照做，我面朝濕潤的台階，臉埋進雙手裡。突然間，旁邊的女孩站起來跑下台階。我拚了命地擠向牆邊，一動也不動，以免被絆踩到。

「妳可以起來了。」男孩說，但我沒立即反應。

我在那兒多趴了幾秒鐘，但確認周遭安穩下來後，抬頭一看，發現他還在，手臂夾拿著我的書。他向我伸手幫忙。

「起來吧，我得去上課了。」

我倚著他順了順裙子，試著把罩衫拍乾淨卻徒勞無功，全程沒看他一眼。

「妳不打算自我介紹一下嗎？」他問。「不告訴我名字，書就不還妳。」

「漢娜，」我回答，但聲音小到他聽不見。他皺眉，抬起一邊眉毛：他沒聽懂，拉高聲音認真問：「安娜？你叫安娜嗎？你是藥學院的學生嗎？」

又來了！每次都要解釋我到底叫什麼。

「對，安娜，但開頭有個『J』，」我不高興地說，「對，我唸藥學系」。

「我的榮幸，『J開頭的安娜』。我得跑去上課了。」

我看著他兩階做一階地跑跳上樓。跑到頂端時，他在柱子間停下腳步，轉頭大喊：

「回頭見，『J開頭的安娜』！」

那天好幾位教授沒來。一間教室裡，幾位受了驚嚇的學生悄聲談論暴君、獨裁政權、政變與革命等話題。四周發生的一切都沒嚇著我，校園一片混亂，但我沒興趣知道大家到底在抗議什麼，更沒興趣涉入與我毫不相干的事。

下課後，我多留在廁所一會兒，想拯救我的罩衫。但沒用：衣服全毀了。最後終於心情差勁地走出學院，接著便再次看到他靠在大門口。

「你是剛才階梯上的男孩，對吧？」我問，腳步沒停下，想假裝我對他沒什麼興趣。

「我沒告訴妳我的名字，『J開頭的安娜』。所以我來了。我站在門口一個小時了。」

我微笑，再次謝過他，繼續走下階梯。他跟上來，默默地觀察我。我不討厭他在身邊；倒是挺想知道他打算跟著我走多遠。

天空放晴了些，遠方聖拉札羅大道一端，仍有些烏雲。我考慮開口說幾個街區外可能在下雨，但想想還是別爲了跟他聊天而說廢話。幾分鐘後，他決定再次跟我搭話。

「我叫胡立安。妳看，我們名字開頭都有個J。」

我不覺得這有什麼好笑的。走到階梯底端，我還是一句話也沒說。

「我唸法律。」

我不知道他希望我怎麼回應，便維持沉默地走到二十三街，每天都在這裡左轉回家。他得沿著L大道走，於是我們在街角說再見。或應該說，他說再見，因爲到頭來我只跟他握了手。

「明天見，『J開頭的安娜』。」他的聲音傳來，身影逐漸消失在大道一端。

他是第一個注意到我的古巴男孩，但顯然就連胡立安也不想把我的名字好好唸對。他的頭髮對我來說有點長，凌亂的捲髮沿著額頭垂瀉而下。鼻樑又長又直，嘴唇寬厚。他一笑，眼睛便在又黑又濃的眉毛下瞇成一條線。終於遇到比我高的男孩了。

但胡立安最讓我印象深刻的是他的雙手。他的手指又長又粗。強而有力的一雙手。他身穿襯衫，袖子捲起，沒打領帶，外套隨興地掛在肩上。髒兮兮的鞋子佈滿刮痕，也許是幾個小時前的混亂造成的。

自從來到哈瓦那，我絲毫無意在這個我們仍視爲暫留之地的國家交朋友。但那天回到家後，我發現自己依然想著他。最讓我不解的是，每次回想他的臉龐，或是叫我「J開頭的安娜」的聲音時，我發現自己都會微笑。

曾經，我去上課是爲了逃離。現在有了另一個逃跑的藉口：去見那位「J開頭的男孩」。隔天，我提早抵達藥學院，但沒看到他。我甚至在門口等了幾分鐘，直到擔心上課遲到。還是忘了連把我的名字唸好都不肯的人吧，我告訴自己。我準備走進去，再過幾分鐘他們就要關上教室大門了，這時我感覺到他的手抓住我的手臂，嚇了一跳。我還來不及意識到自己在做什麼，便已轉過身對著胡立安微笑。

「妳沒告訴我妳姓什麼，所以我來了，『J開頭的安娜』。」

我感覺自己不可自制地紅了臉。不是因爲他那句話，而是怕他發現我有多麼開心。

「羅森，」我說。「我姓羅森。但我得走了，否則他們會不讓我進教室。」

我應該也問他姓什麼才對，但實在太緊張了。那天下午離開教室，我失望地發現他並不在。隔天也不在。一週過去了，階梯上的男孩再也沒出現過。但我依然持續想著他。每次試著唸書或睡覺時，都會想起他的笑容或他的捲髮，好想幫他順直一些。

但我再也沒看過他。

◇

大學畢業後，我告訴母親我想開間自己的藥房。她對於我的計畫不是非常熱衷，因爲那意味著永久留下，而她至今仍拒絕這個概念，即便十四年來，一切看來都暗示我們已別無選擇。她找達農先生來討論，他是第一個全力支持我的人，更何況這表示他將有個新的穩定收入來源。

十二月某個多雲的週六，羅森藥鋪開張。位置離我們家很近，就在種了鳳凰木的公園對面。母親不是太同意在週末開張生意，她覺得週一比較好，但對我來說，週一距離週二太近了。我不肯退讓，於是她決定不來剪綵儀式。

那段日子，我會整天、甚至到晚上都在調配處方，守著以公克與毫米爲丈量單位的世界。我僱用娥坦希亞的妹妹亞斯培蘭查，她成爲藥鋪的「門面」，或說「藥局」門面，她偏好這樣稱呼。她負責在狹窄的櫃台後面招呼客人。他們說她「擅長與人打交道」，是古巴人不常見的特質。她耐心十足，無怨無尤地聽著當地人發牢騷。有時他們來不是爲了拿藥，而是想要人傾聽，對著有雙誠懇大眼的沉穩女孩訴說，以此緩解傷痛。亞斯培蘭查比娥坦希亞年輕得多，但兩人看起來年紀差不多。她不修眉、不擦唇膏，臉上一點彩妝也沒有，神情雖嚴厲卻散發著善意。

亞斯培蘭查帶唸初中的兒子拉法艾爾來，他開始幫忙配送藥物到府。拉法艾爾身材高瘦，黑直髮，鷹勾鼻、杏仁形狀的眼睛，嘴巴極大。他和母親一樣規矩有禮。兩個人都無時無刻活在痛苦中。這座島上多數人有著相同信仰，他們卻與大家不同：他們也因行爲特異而有罪。

這就是爲何我無法理解，即便活在恐懼中，兩人仍然常在安慰他人時，趁機偷渡「上帝的話」。「我們有義務傳播上帝的訊息。」他們會這樣說。幸好，他們不會試著勸我改信。我確定娥坦希亞告訴過他們我是波蘭鬼，最好別打擾波蘭鬼。

和亞斯培蘭查與拉法艾爾在一起，我感到安全，並與母親日漸增長的苦澀與痛苦保持一段適當距離。她失去爸、困在她憎惡的國家，還無法控制兒子古斯塔佛。她認爲我開藥鋪是想試著快樂，而那對她來說已越線了：她很確定，羅森塔一家永遠不可能得到快樂。我們每一個人都逃不了提早死亡的命運，除此之外，任何其他僞裝都是徒然。

離家意味著風險，鬼魂可能隨時在轉角等著嚇我。這就是爲什麼我請亞斯培蘭查站櫃檯：我知道如果由我親自招呼客人，遲早有一天，某個和我一樣的人會出現、認出我、試著挑起我目前爲止都成功避開的話題。

拉法艾爾和我一起到倉庫去拿沉重的大包裹。途中，我避免與任何路人眼神接觸。如果有人靠得太近，或街角有年輕人聚集，我會低下目光。如果遇上老女人，我就走到對街去。我很肯定一定會在某處遇到他們。那是我最深的恐懼。

某個週二，我們正沿著I大道走往利尼亞街，在那兒看到一座花園。大門口兩旁的玫瑰花甚是美麗。一抬頭，一座現代化建築映入眼簾，門上刻著古老語言，我許多年沒看過了，但一眼就認出那些字句。三位身穿白衣的女孩走出來。我嚇得動彈不得：她們肯定認出我了。再一次地，鬼魂又找到方法追上我。我開始瘋狂冒汗。

拉法艾爾扶起我，完全搞不清楚發生什麼事。我別過頭，試著忽略她們，但一回頭，便看見她們臉上諷刺的微笑——一種變態的滿足神情。她們找到我了；我無處可躲。我們屬於相同種族：島嶼上的難民。我們逃離同一件事，卻找不著出口。

拉法艾爾不解地看著我。

「那是波蘭鬼的教堂。」他說，彷彿我不知道似的，且顯然沒意識到我寧可不要知道。倉庫出來的回程，我們走另一條路。從那天起，對我來說，那條街並不存在。

◇

多數傍晚，藥鋪關門前，我會和亞斯培蘭查與拉法艾爾坐下來聊一會兒。我們暗燈以免有人進來打斷對話，盡情聊著住在藥鋪樓上、每次拿到處方都一顆一顆清算藥丸的牢騷老人；收到安瓿瓶要拉法艾爾幫她注射的女人；或每次來幫老婆拿藥，都再三警告我的員工他絕無興趣聽任何跟上帝有關話題的男人。有時我會自己獨處好幾個小時，看著頭上的風扇嘈雜地轉啊轉。風扇掛得很低，我只要舉起手，便幾乎要碰到。

傍晚時分，我們三人常聽音樂：亞斯培蘭查調頻尋找播放波麗露的電台。我們愉快地聽著歌曲訴說禁忌的愛戀、漫無目的地的航程、遺棄、迷戀、悔恨、諒解、如耳環高掛夜空的明月、隨風婆娑的椰子樹、遭竊的擁抱，以及失眠的夜晚。陳腔濫調混雜著藥水甜味、樟腦、薄荷、乙醚、蘇打粉，以及退燒酒精等氣味，那時賣得最好的就是這些東西。

我們會一起大笑。忙完漫長的一天，我們休息，亞斯培蘭查跟著波麗露旋律哼唱。之後他們回家，而我則得回到陰暗的小特里亞農宮去。

娥坦希亞不斷感謝我給她妹妹與姪子工作。她永遠無法明白，是我感謝他們。我很難找到信任的員工幫忙經營藥鋪，根據媽的看法，在週六開張的藥鋪是註定要失敗的。

幾年後，古斯塔佛開始到法學院念書，越來越少回家過夜。我們從不敢問他跟誰一起、去哪兒了，但為他感到非常害怕。娥坦希亞說哈瓦那街頭最近暴力事件頻傳，但經歷過柏林的一切後，再也沒什麼能讓母親和我夜裡失眠。對我來說，這座城市依舊如常：擾人噪音、高溫、濕氣、雨及灰塵，一如往常。

一晚，所有人都上床後，古斯塔佛無預警地回來，身上襯衫扯得破爛。他一身髒污，被人打了一頓。娥坦希亞帶他回她房間，以免我們受到驚嚇，但我們還是透過我房間半掩的窗戶看見他了。母親不為所動。

盥洗更衣過後，古斯塔佛回到自己房間，一整個禮拜沒再出過門。我們完全不知道他是在逃跑、警方要搜索逮捕他、還是他被大學退學了，我們一直準時繳交學費。母親的回答永遠一樣：

「他成年了。他知道自己在做什麼。」

到了週末，他在晚餐桌上告訴我們：一位學生領袖遭人謀殺；哈瓦那大學已關閉。我不斷想到站在階梯下的胡立安。「J開頭的漢娜」，我能清楚聽到他的聲音，想像他從法學院走出來的樣子。*你去哪兒了，胡立安？為什麼沒回來找我？*

古斯塔佛狼吞虎嚥盤裡的白醬燉雞，香味把我拉回現實。他義憤塡膺地說著，揮舞雙手談起死亡、獨裁、壓迫與社會不均。娥坦希亞在他太陽穴上綁了紗布繃帶；我忍不住盯著紗布，他的臉色因憤怒與無能爲力而脹紅。他提高音量，我卻悄聲回應。他越來越絕望，不斷想以話語激怒我卻徒勞無功。娥坦希亞緊張地進進出出，爲我們收盤、倒水，最後終於如釋重負地端來點心。她認爲既然晚餐即將結束，爭辯也會告一段落，而我們兩人會各自回房。

突然間，我看到古斯塔佛的繃帶上出現一塊紅點。起初僅有小小一點，其他人都沒看見；接著逐漸擴散，最後一道鮮血沿著耳朵緩緩流下。

我跌落地上，倒在娥坦希亞與古斯塔佛中間。他頭上包著新的紗布，上頭一點血也沒有。我再次感到溫暖的體流回湧。娥坦希亞微笑。

「起來，我的女孩。把妳的布丁吃一吃。妳要爲了一小滴血昏倒呀？」

母親沒起身。我看到她緩緩地舉起一匙肉桂米布丁，送到嘴邊。我站起來，她起身回房。

看我暈眩，她毫不緊張：她比較擔心古斯塔佛把娥坦希亞捲入自家人的口角中，以及可能涉入謀殺案，只是不曉得是犯罪方還是受害方。無論是何者，她都無法接受，因爲她已經下定決心要在這個島上默默活著，不招惹任何人注意。她犧牲了這麼多，想盡力抹除她加諸在他身上的污點，現在卻發現他身陷紛爭，可能害羅森一家喪命。

古斯塔佛無法理解我們怎麼能如此冷淡，對於他視爲母國的地方所發生的不公不義毫無反應；以及我們爲何與周遭的一切保持距離。他質問我，但那時我已無力氣繼續這場毫無進展的對話。我有個隨時可能發瘋的母親，還要經營一間藥鋪，我不斷重複提醒自己。

古斯塔佛一腔熱血地對我高談闊論，評論社會權益、暴君、腐敗政府。我很想對他說：「關於暴君，你懂什麼？」但我的弟弟生來就要對抗權力、推翻建制體系。他義正詞嚴、作勢激動、聲音緊繃，讓娥坦希亞和我十分慌張。我們覺得他可能會有天醒來，怒氣沖沖地上街，鼓動全國揭竿起義。在他看來，這個國家早已崩解，法律與秩序皆已不可信。

「你出生在紐約，是美國公民。你一定可以順利離開這裡。」我提醒他，想提供他另一條路。對他來說，這如同被賞了一記耳光。

「你們沒人懂我！妳的血管裡難道沒有鮮血嗎？」他氣憤地對我大吼，雙手緊掐著頭。

古斯塔佛怒氣沖沖地起身離桌，拿起甜點砸向餐廳一角。娥坦希亞跑過去清理弄髒的牆面，一臉懇求地看著我，要我別再多說。

「別理他，他很快就好了。」她輕聲哀求，像個母親包庇犯了錯的兒子。

古斯塔佛與我們漸行漸遠，最感痛苦的是她。她擔憂自己的寵兒遇上麻煩。

「如果他遇上什麼事，誰能保護他？三個關在這樣一棟房子裡的女人？」她咕噥。

那晚，古斯塔佛上樓回房，用力甩上房門，對著牆壁摔東西，不停來回踱步、自言自語。接著他扭開收音機，用瓜拉恰大聲轟炸我們。半個小時後，他再次下樓，手上提著行李箱。他甩上前門，消失無蹤。

一直到亂糟糟的一年接近尾聲，一切經歷鉅變後，我們才再次聽聞他的消息。那天早上，母親預言，不久後我們會再次活在恐懼裡。

安娜

二〇一四年

媽和漢娜姑婆有個新計畫，兩人忙著清空已不存在的家族所居住的房間。我聽到她們兩人講著悄悄話，彷彿彼此認識了一輩子似的。

漢娜姑婆吃力地拉開老舊抽屜，拿出整堆的各色羊毛圍巾。媽十分驚訝：圍巾？在這熱帶天氣？

「妳帶回紐約去吧。」漢娜姑婆說，動手把一條條圍巾圍到我的脖子上。

她還拿出棒針與一球毛線。這次換我吃驚，想理解編織永遠不會有人穿戴的東西到底有什麼意義。

「這能緩解我的關節痛。」漢娜姑婆解釋，倚著媽的手臂走下樓。

我把這堆新圍巾放在床上——真是在古巴最料想不到的禮物啊——跟她們說我要和狄亞哥出門。他母親邀請我們吃午餐，他來接我。

狄亞哥曾經潔白的家，有道看似歷經風霜的木門。門框右邊有個小物體，因為蓋上了層層油漆，幾乎難以察覺。狄亞哥不明白我為何在那裡停下腳步。我靠近一看，發現是門框經文盒。門框經文盒！眞不敢相信自己的眼睛。

房內到處堆滿箱子，彷彿他們準備要搬家了。狄亞哥表示箱子是拿來收東西用。

「收什麼？」我問。

「就是東西。」他說，對於我的疑問略感訝異。

餐廳裡，餐桌已擺好，鋪上塑膠桌巾。狄亞哥的母親微笑走進來，沒自我介紹，便親了我一下。她和他一樣瘦，一頭黑色捲髮，頸部修長，雙胸鬆弛。超緊身的洋裝使她的小腹顯得圓凸。我們坐下前，狄亞哥急急地向母親解釋，因爲我母親是西班牙語老師，所以我說西班牙語，而且我不是德國人，住在紐約，年紀跟他差不多。我什麼也沒說，只是對她笑了笑。

她母親端來一碗熱氣蒸騰的白米飯、暗色濃湯，以及一盤顏色鮮豔的炒蛋。我快速瞄了一眼，想看看裡面是不是有香腸、蔬菜或番茄，但實在看不出來那一條條黃色、綠色的東西到底是什麼。

我盡可能地盛少一點，以免因爲吃不慣讓他們失望。我一邊吃，一邊看著牆上的家族相片，想找找有沒有和我的古巴朋友以及他母親長相神似的人。這些人說不定是他的祖父母或曾祖父母。

我發現了另一個東西：餐櫃上擺了一盞猶太教燈檯，七根燭台上覆蓋著融蠟。我既驚訝又好奇地停下動作。狄亞哥的母親注意到，表示：

「別擔心，今天應該不會停電。我們沒蠟燭了。上個月他們斷了好幾次電——為了省電。吃吧，我的女孩，快吃。」

先是經文盒，現在又來個燈檯。還有他們祖先的肖像。我決定還是問問，選定其中一對男女的肖像。

「他們是你的父母親嗎？」

狄亞哥的母親雖然滿嘴白米與豆子，還是忍不住大笑。她伸手摀住嘴巴，快速咀嚼，好在我繼續發問前回答問題。

「那是之前住在這兒的家族的照片。他們離境後幾天，房子就給了我們。那時我正值妳這個年紀。」

我無法理解那個家族的財產為什麼會落到這家人手上。他們顯然是搬進了這棟被棄置的房子裡。

「三十幾年前曾發生一場危機，政府准許很多人離境。他們搭上在美國的親戚派來的越洋船隻。」狄亞哥的母親開始解釋。「那幾個月好悲慘哪。報紙上說這些離開的人是人民公敵，罵他們是人渣、是叛徒。頭條還寫『慢走不送！』我還記得住這裡的那家人離開那天，鄰居都在外面等著辱罵他們，說這是『撇清關係』。」

她邊說話，嘴巴仍嚼個不停。我想過了這麼多年，這件事大概已不太讓她難過了。

「大家朝他們吐口水，喊著：『滾哪，害蟲！』」她繼續說。「這家人的女兒以前和我上同一所學校。我不懂他們到底犯了什麼罪，要被這樣對待，他們到底爲何要叫一個十二歲大的女孩『害蟲』。我還記得他們開車離開，她從車裡看著我的眼神。」

我試著找尋牆上照片裡有沒有那位女孩，但沒找到。

「她的眼裡滿是憎恨與痛苦，」狄亞哥的母親說，這下轉爲嚴肅，嘴裡也沒食物了。「現在這些『害蟲』突然間變成了蝴蝶，我們張開雙手歡迎他們，」她說，再次笑出來。「時間過去，一切都會改變。或根據我們的需求而改變。」

她繼續說著故事，我嘗試理解，但跟不太上。

「政府把這棟房子交給我父母親。自從我們自己家被颶風吹垮後，爸媽就一直排隊等著領房子。」

我想像狄亞哥的母親在曾以滿腔恨意看著她的女孩的房間裡。她的衣服、玩具，都變成她的。她成了那女孩的替身。

「一開始，在掛滿布簾的寬敞房間裡，我實在睡不著，但漸漸就開始習慣了。」

她暫停故事，走進廚房，帶著香草布丁回來，上面淋了糖漿，味道嚐起來有點像甘草。

「父母親維持房子原本的樣子，」她端上點心後說。她像擔心東西會突然消失似的，一下就把布丁吃光。「肖像、家具——所有東西——都擺在原位。」

甜點和房子的歷史都完結了。狄亞哥的母親帶著微笑，動手清理桌面。我走向佈滿塵埃的書櫃，在一本綁著皮帶子的古老書籍前停下動作。上頭是英文書名——我這輩子看過最長的書名：《魯賓遜・克魯索的生平與驚奇歷險記：誕生於約克鎮，水手魯賓遜在美洲海岸靠近奧力諾科大河口的一座無人荒島上獨自求生長達二十八年，於一場船難中撿回性命上岸，同船乘客皆不幸溺死，最後不可思議地由海盜救起。本人自傳。》

我轉向狄亞哥。

「我差不多可以默背出這本書的內容，」我說，「對我來說，我的父親就是魯賓遜，我嫉妒星期五。」

狄亞哥不明所以地看著我，毫無頭緒。

我轉回去瀏覽書本。我和魯賓遜一樣，有時晚上會寫下自己遇到的所有好事與壞事。我還記得很多自己寫下的事：「壞事：從來沒看過父親。好事：我有他的照片，每天對著他說話。我知道他與我同在，保護著我。」還有我七歲生日時，模仿魯賓遜，在日記第一頁上寫的：「二〇〇九年五月十二日。我，可憐悲慘的安娜・羅森，因一場可怕的攻擊事件，在島上成為喪父孤兒，獨自抵達此岸。」我大聲地用英文念出這段話，完全忘了狄亞哥根本聽不懂。

我的朋友看著我，像是覺得我瘋了，大笑出來。

「我可以把書從書櫃拿下來嗎？」我問。

「當然，妳想的話還可以帶走。這棟房子裡沒人看書。」

是一九三九年的版本，第一頁上有幾行希伯來文：「致我的女孩，妳是我眼中的瞳人。」

後面署名：「爸爸」。

漢娜

一九五九年——一九六三年

在這個混亂的島上，新年總是帶來動盪。可能一夜之間，滄海桑田。你上床，一覺醒來後，已身處全然不同、一切毫無定數的世界。熱帶日常，母親總這樣說。

新年除夕那晚，娥坦希亞給整棟房子薰滿迷迭香味。我們把迷迭香種在天井，結果長得出乎意料地茂盛茁壯。夏末採收，把葉子曬乾，讓娥坦希亞統一收在一個只盒子裡；到了秋天，她拿來沖成熱茶，在我們啜著茶的同時，講起迷迭香的神奇功效逗樂我們。一九五八年最後一夜，我的雙手、頭髮、甚至床單都充滿了迷迭香味。

隔天一早，娥坦希亞慌慌張張地，似乎想爲我們帶來她一貫的末日預言。那時她已經是我們與外界的唯一聯繫。我們全靠這位認爲島國已逐漸崩解、說什麼都不忘添上一點警世色彩的女人，與經她篩選過的消息，來了解外面發生了什麼事。在她看來，我們離默示預言、離世界末日越來越近，人類已迎來末世，世界即將告終。面對她危言聳聽地說著神的國度終於要來臨，我們總是默默忽略。

「戰爭爆發了！陷入無政府狀態了！」她一看到我們走進客廳就尖銳地說，比平常還要激動。

雖然她習慣在和我們問好時繼續手邊的工作——有時若忙碌，她會背對著我們說話，實在很難聽懂——但這次她卻是坐在桌旁，壓低著聲音。我們馬上加入，看得出來母親非常憂心。

「他們坐飛機離開，一過半夜就走了。」

「誰離開了？」我打斷她

噢！娥坦希亞老愛這樣說話！每次都假設我們早就知道發生了什麼事。

「演講結束前老愛祝大家身體健康的那位。現在換我們祝福他啦。」她解釋。

我想像著島嶼上，尤其在哈瓦那，每個人這下子有多麼喜悅，也許半壟罩著對接下來局勢的恐懼。但我們住在這座島上的另一座島，關在小特里亞農宮裡，毫無理由慶祝。

一九五九年元旦，鄰里間沒幾個人慶祝過年，歡慶氛圍大多聚集在旅館與城裡大街周圍。我們的吵人鄰居非常謹慎：她沒有在半夜開香檳慶祝。只有少少幾人向街上潑冰水。不確定性壓過一切。

◇

古斯塔佛敲也不敲地甩開門走進，身上穿著我們不認得的制服。看到他的橄欖綠迷彩裝與紅黑白臂章——那要命的顏色組合——母親閉上眼睛。歷史再度重演，她視此為對她的懲罰。

古斯塔佛走向前親她，臉上綻開笑容。他摟住我的腰，還呼喚娥坦希亞，她一聽到他的聲音，馬上從廚房跑出來，連手都來不及擦乾。他身後，一位同樣身穿制服的年輕女子站在門口。

「這是薇耶拉，我妻子，」他說。母親一聽，震驚至極。她馬上快速地從頭到腳掃過這位新人一遍，研究她的身材、五官、臉龐、牙齒、栗色頭髮的質地，以及黃綠色的眼珠。

「我們剛結婚。薇耶拉懷孕了，羅森家又有一位新成員要報到了！」

我望向母親的臉，看得出來她正想著：我們絕不能失去這個孩子。看看我們逃到這裡，老是想著遠遠遺留在大西洋另一端的人，從來不好好在這個島上安頓下來，這一切害古斯塔佛成了什麼德行。這個孩子將是家族的救星，唯一一個不必再承擔我們深重罪孽的人。她從扶手椅上起身，略過古斯塔佛，擁抱薇耶拉。

她歡喜地將一手放在薇耶拉依然平坦的腹部上，這位陌生人即將生下一位我們引領期盼的孩子、她的第一個孫兒。薇耶拉看起來雖然有點吃驚，依然任由這位她先生曾說過還活在過去、轉身漠視自己居住之地的老婦人撫摸。

阿爾瑪不知道是該慶祝、還是哀悼兒子——沒施行割禮、被她送去盡可能抹除一切可能讓他冠上罪名之痕跡的學校——最後娶了一名不純潔的妻子，一位可能跟我們一樣不純潔的女子。她很肯定。天曉得薇耶拉的家人從哪來、她又是怎麼融入島上生活的。阿爾瑪不敢詢問她的姓氏。有什麼意義呢？傷害早已造成了。

那個新年，我們還失去了亞羅吉歐。他決定是該時候自立新生活，擺脫那個不屬於他的家族的掌控。他在一夜之間，從司機變成工人，並首次感受到自己是個自由人，革命當頭，一切正要開始。最後，他告訴娥坦希亞，無論你擁有多少財產、生自什麼家庭，這個國家裡人人平等。他快速地收了行囊，沒道別便離開。

娥坦希亞一直沒原諒他，但對於母親來說，他的離去也有好處：少份支薪開銷。

◇

之後的日子裡，街上充滿了蓄鬍長髮軍人，全部戴著那叫人無法忽視的臂章。鄰居出門爲他們喝采；女人對他們投懷送抱，有些甚至親吻他們。巴賽歐成了軍人大街。群眾簇擁隊伍，跟著往大廣場前進，在那裡聽革命領袖滔滔不絕地講上一整夜，那人顯然愛戀自己的嗓音。娥坦希亞驕傲地告訴我們，古斯塔佛站在講台上，就在那位以武力奪權的年輕人身旁。母親驚恐地聽著，但一滴淚也沒流，她的淚水早已全部用罄了。

十月某個下午，薇耶拉下車，懷裡抱著嬰兒。古斯塔佛留在駕駛旁邊。她一看到我們，也沒打招呼，直接宣布：

「這是路易斯。」她不想吵醒孩子，悄聲地說。

我們驚愕地面面相覷：路易斯？古斯塔佛總能帶來驚喜。母親接過嬰兒，接著換娥坦希亞抱。我親了親他的額頭，心想他長得跟爸爸的家族比較像，有著一頭黑髮。

薇耶拉並不打算喝點什麼，連坐下都不要。

「古斯塔佛在車上等我，他沒耐性。我不想讓他生氣」，她說。兩人就這麼走了。

娥坦希亞忙著探聽「薇耶拉到底從哪來」，雖然到頭來，這根本一點也不重要，因為打從第一天起，母親就確定薇耶拉跟我們一樣。有天，娥坦希亞確認了這件事：

「薇耶拉是個波蘭鬼。她跟你們一樣在德國出生，五歲的時候搭上船前往古巴，跟早她一步到古巴的叔叔一起生活。家人顯然都在戰爭中去世了。」

母親睜大雙眼，看起來似乎想試著喘過氣來。

「她叔叔年紀不小，思想自由，跟島上的新掌權派有點關係，」娥坦希亞解釋。「他的眞名是亞伯拉罕，但到古巴後改名叫法比厄斯。」

家裡迎來新的羅森成員，我開心地出門到藥鋪去，拒絕讓娥坦希亞的消息影響心情。

到藥鋪時，我看到亞斯培蘭查正在門口熱烈地跟一名高挑的男子說話。看不出來他們是在爭執還是聊天。亞斯培蘭查一看到我，便露出微笑，並走回鋪子裡，男子轉過身來。

從我的所在位置看過去，男子站在陰影中，刺眼陽光下，我看不出來他是誰。只看得到他穿著米色西裝，肩膀寬大。接著我看到他的手掌，一眼認了出來。

是胡立安。捲翹髮尾剪了，下巴比從前更方正，頸背強壯，一對濃眉把臉龐一分爲二。我們相視而笑：他的眼睛瞇起，像從前那樣。嘴巴跟以前一樣，淘氣的神情也彷彿昨日。

「我親愛的『J開頭的安娜』。妳以爲我忘記妳了嗎？妳的羅森藥鋪眞不錯啊！」

我想也沒想，便張開手臂抱住他。他顯得驚訝，但笑著回應，再次說了我的名字。

「J開頭的安娜，」這次他低語。「妳一定有很多想對我說的。」

我拉住他的手臂，我們走到對街，坐在公園的鳳凰木下。

他告訴我，大學出事的那陣子，家人決定送他到美國念書。

「我念完法律學位，現在回來幫忙父親的生意……結果只看到整個城市都是軍人。」

看著他說話，我的視線完全離不開他。胡立安再也不是當年那個稚嫩的大學青年了。

「我一直想著妳，」他說，害羞地低下頭。

在這個城市裡，一直以來我都是個陌生人。現在他也成了陌生人，將我倆連結在一起。我第一次感到有希望，也許圈圈的開口將爲我圓滿合起。

從那天起，胡立安每天晚上在我們關門前都會來藥鋪。我們會在公園裡聊一會兒天，接著他送我回家。有時他會中午來，我們沿著二十三街走到迷人的卡媚羅餐廳吃午餐。

胡立安想知道更多我的事，但我能說的只有一點點：爸在戰爭中死亡，而我們還在哈瓦那等著他一起去紐約，本來應該只在哈瓦那待幾個月，最後似乎變成將永遠留下。

我們握著彼此的手，有時他伸出手臂摟住我的肩膀，有時甚至會摟著我的腰催我過街，我們就這樣一起度過時光。我做過最大膽的事，是某個傍晚在等紅綠燈時，把頭靠在他的肩膀上。

亞斯培蘭查稱呼胡立安爲我的男友，我沒糾正她。我懶得再解釋了：解釋我的名字不是安娜、解釋我不是波蘭人，還有胡立安不過是一位我喜歡一起待著的好朋友。

他從沒要求走進我們陰暗的房子內，我也從來沒邀他。日子一天天過去，比起說話，我們更享受默默相伴。我們能好幾個小時一起，什麼話也沒講，只是看著學生嘰嘰喳喳地從公園對面的大學走出來。

我發現有時胡立安看起來與我遙遙相隔，心思在其他事情上，似乎很擔心某件事，但又不敢告訴我到底是什麼。

一天傍晚，他打電話到藥鋪給我。亞斯培蘭查告訴我他在線上，我瞬間有種奇怪的預感。他的父母親拿到離境許可證，要去美國了。他剛到機場跟他們道別，且不知道何時能再看到他們。

充滿活力、凡事樂觀，爲我帶來安全感，總是帶著微笑解決所有困難，跟蒂爾加滕的樹木一樣高大的男子，此時變得一蹶不振。他請我到他的住處去。

我拿起包包，什麼也沒跟亞斯培蘭查說，便直接出門了。我走到利尼亞街與L大街交叉口，胡立安住在那，剛好就在一間藥鋪樓上。

那是棟有著白色陽台的白色建築。我搭電梯到八樓後，敲敲門，才發現門開著。

「胡立安？」我輕聲呼喚，但沒人回應。我走過短短的門廊，進入一間沒有家具的房間，牆上黑點是原本掛了裱框圖片的地方。胡立安在陽台邊，朝北盯著大海。

我慢慢走向他，突然發現我正居高望著大海，一如多年前那樣。我深吸一口氣，肺部充滿了自濱海大街吹來的微風氣息。

「胡立安？」

沉默。我再向前一步，感受到他的體溫。我離他好近，能觸碰到他。心臟瘋狂跳動；我閉上眼睛，伸手環繞他的背部。他轉身，緊緊抱住我，開始哭泣。

「怎麼了，胡立安？」

他抽抽噎噎地說著，父母親被迫逃亡：新政權不容許他們繼續經營生意。他們離開前，設法賣掉了家具和一些貴重物品。那些人透過大使館，把他們的家族遺產搶走了。新政府發行了新貨幣，他們銀行裡的存款頓失價值。

「我留下來把剩下的事情處理好。」他聲音顫抖地說。

「你也要走嗎？」

我知道他不會回答。我看著他幾秒鐘，接著閉上眼睛，吻了他。我不想思考。不想後悔。睜開眼睛，只見海浪拍打著濱海大街。嘴裡有著鹽霧與淚水的味道。我難以理解究竟發生了什麼事。陌生的感覺一湧而上。

胡立安抓住我的手。我跟著他，彷彿失去了所有意志。他帶我到他的房間，中央有張鋪著白色床單的床。我閉上眼睛，我倆輪廓逐漸合而爲一。

「安娜，我J開頭的安娜。」他不斷在我耳邊呢喃，手指順著我的身軀游移，從沒想到他那雙寬大厚實的雙手，竟然能如此輕柔。我的眉毛、眼睛、鼻子，嘴唇……

我完全不知道那天傍晚自己是幾點離開，怎麼走回藥鋪，晚上又是如何入眠。

從那天起，每天中午，我都到那棟樓的八樓，去呼吸海的味道，任憑自己迷失在他的臂彎裡。

◇

哈瓦那有了另一番樣貌。比方說，與胡立安一起時，我會更仔細地觀察維達多高聳樹木枝頭上的綠葉。我們會沿著巴賽歐漫步，隨便找張長椅坐下。在他身旁，一天、一週、甚至數個月的時光，感覺都像短短幾個小時。

有時我們會從巴賽歐走到利尼亞街，再從那兒走回他的住處。我們不在乎天氣是晴是雨，也不在意遊行人潮擁護或反對著之於我們毫無意義的口號與信念。

某個週一，他打電話到藥鋪給我，說這週無法見面：他得花時間做幾件事。我並不擔心。但隔週，他連電話都沒打，我開始心生警戒，雖然內心深處一直明白，胡立安總有一天會消失。

一天，軍人藉著革命陣營的名義來沒收藥鋪，我提早抵達。開門時，看見一封塞在門縫底下的信。是胡立安。

親愛的J開頭的安娜，

我不知道該如何說再見，我不擅長道別。我要回紐約找家人，我們失去了一切，這裡已經沒有我的容身之地。

我知道妳不能丟下母親，對家庭還有責任。我也一樣。他們只有我了。

我希望有妳在身邊，希望世上只有妳與我。我知道總有一天，我們會再次重逢。我們已經分開過一次，而我仍然找到了妳。

我會想念在公園的傍晚時光、妳的聲音、妳那白皙的肌膚、妳的頭髮。最重要的，是那雙我這輩子見過最澄澈的藍色眼睛。

妳永遠都是我的「J開頭的安娜」

胡立安

又一個人離開我。

我沒哭泣，但也無法工作。我一再反覆讀著信，已完全熟記在心。我默念、大聲念，反覆回溯每一個句子。和他在八樓海景住所度過的時光，深深烙印在心裡、腦海裡、肌膚裡。這樣就夠了，我告訴自己。

還有雨。從那刻起，每當下雨，胡立安伸出手臂讓我依偎、抱起我、緊緊擁抱的畫面便歷歷在目。我對他有著好多感謝。

我答應自己，從那刻起，再也不讓任何人進入我的生命。那種希望不屬於我。隨著時間，記憶中胡立安的臉逐漸褪去。猶能清楚記得的，是他的聲音：「J開頭的安娜」。

接著軍人就來了。

我看著他們姿勢怪異地爬出車外，走向藥鋪正門。我反覆默唸著胡立安的道別信，彷彿那是能保護我的咒語。幸好亞斯培蘭查非常冷靜，讓我跟著安定下來。我站在櫃台後面，一言不發地等待。他們要來搶走我的東西——我辛勤工作所建立的一切。我再也沒有什麼能失去的了。

我直盯著他們的眼睛，將信撕得粉碎。此生最大的祕密落在腳邊，進入小小的垃圾桶內。

我不讓他們說話。士兵們心生顧忌，只是瞪著我看。我依然什麼也沒說，擁抱過亞斯培蘭查與拉法艾爾，頭也不回地走出藥鋪。讓他們通通拿去吧。我再也感受不到憤怒了。

回家的路上，我加快腳步，告訴自己：這是個過渡之境；我們不是要來此像這些老樹一樣紮根的。

抵達家門時，古斯塔佛與薇耶拉帶著孩子在客廳裡，他剛滿三歲。古斯塔佛下定決心要讓路易斯離我們越遠越好：我不知道這是要懲罰我們，還是要避免我們把對於他願意誓死捍衛的祖國的苦澀之意，灌注到他兒子身上。我想過了這麼久，他突然現身，大概只是想知道我們對於藥鋪被沒收有什麼想法。

曾經屬於我們的，現在已落入新政權手中，而我弟弟是他們的一份子。

◇

夜晚變得十分難熬。如果成功入睡，回憶便糊成一團。我會搞混胡立安與李奧，有時我半夜驚醒，因爲看到胡立安在聖路易斯號甲板上握著我的手，在階梯跑上跑下，李奧則成了成年男子，陪我坐在公園鳳凰木下。

我回歸過去的家庭日常，並幫根本無心學習的孩子上英文課，成爲人人當我是波蘭鬼的社區中，教英文的德國老師。孩子與青少年登門拜訪，在家中前廊聽我教他們「湯姆是個男孩，瑪莉是個女孩」，這些人都在等待名單上，準備與父母親離境。其中一個男孩畢業後本應服兵役，一心急著想走，卻被告知因爲他「正值役齡」，所以離境無望。我成了老師，我的前廊則變爲告解室。

藥鋪被奪走後，亞斯培蘭查和拉法艾爾並沒有因此丟了工作。他們偶爾來訪，告訴我新業主——國家——的經營情況。另一項新發展，是亞斯培蘭查的丈夫因爲篤信臨時政府不承認的宗教，而被打入監獄。他們認爲那是異端邪教，有礙他們將愛國精神灌輸給渴求改變的狂熱群眾。亞斯培蘭查與其他耶和華見證人拒絕向國旗致敬、不唱國歌，也反對戰爭。這樣一群人不見容於這個得隨時警戒、準備爲從來沒宣布開打之戰爭投入沙場的國家。

一天傍晚，他們道別時，亞斯培蘭查看起來憂心忡忡。她悄聲說著新政府「已經變成了西瓜：外表是綠的，裡頭卻是紅的。」我不太清楚那是什麼意思。

薇耶拉開始日以繼夜地待在古斯塔佛身邊工作，只好把男孩留給我們看照。我們對路易斯講英文，幾個月內，他就開始聽懂我們的話了。一年後，他英文已經說得比西班牙文溜。薇耶拉與古斯塔佛發現後，兩人都沒表示反對。他們已深陷泥沼，全心投入整頓社會秩序。在那騷亂喧鬧的日子裡，家庭並非最重要的事。

最後，路易斯幾乎週間天天睡在我們這裡。母親決定他該有間自己的房間，於是我們在她房間隔壁爲他整理了一間房。我們抱著希望。我不知道確切來說，我們在期盼什麼，但那眞是段快樂的日子。最讓我快樂的，莫過於看著一個孩子能擺脫羅森塔家族的罪孽，日漸茁壯。

我們有些驚訝地發現，娥坦希亞與路易斯保持距離，當年嬰兒古斯塔佛從紐約回古巴時，她並沒有這樣。我想當初她是認爲我們需要協助，但這個孩子情況則不同了：我們把所有時間投入在他身上，並對他展現關愛。又或者她不想投入感情，最後又落得像古斯塔佛那般的冷落對待，當她不過一名雇員，而非照顧他、餵養他、在他最需要的時候愛他的人。某個夏天——當時我們遭遇過最酷熱的一次——我收到胡立安從紐約的來信。裡頭有張他在公園裡拍的相片，跟我們從前見面的地方很像。

沒有信，只有照片、日期、以及獻詞。胡立安向來話不多。我把他在照片背面寫下的寥寥數字當作他的道別：「獻給安娜與她的開頭J。我永遠不會忘記妳。」

安娜

二〇一四年

在這裡，天亮是一瞬間的事。前一分鐘還是黑夜，下一分鐘，白日降臨。兩者間毫無過渡。日光穿過眼皮，將我亮醒，我感覺到媽就在身後。她微笑著細細打量我，順著我的頭髮。今日的她也帶著紫羅蘭香味醒來。

我轉向隨身帶來的爸的照片，將照片靠著檯燈立起。我們彼此對望，看得出來他是快樂的，這趟旅程改變了我們每一個人。

「最近沒怎麼陪你，」我說，「但你現在回到你的家囉！」

看到我對著照片說話，媽露出笑容。自從我們到這裡後，媽和漢娜姑婆變得形影不離，能聊天聊上好幾個小時，不曉得爸對此有什麼看法。

他們倆人搜遍了屋子每個角落、衣櫥一個也不放過。媽知道每一件整齊收折的罩衫、每只胸針、每一枚老硬幣，都有段她想保存的故事。

「妳不該丟掉這個，」她指著一疊綁了紅絲帶的泛黃文件，對漢娜姑婆說。「留著吧；世事難料。」

那是他們在柏林的公寓所有權狀，對她來說神聖無比。

「雖然已經失效了，依然是家族遺產。」她堅決地摸了摸姑婆的手。

爸每天都離她越來愈近，他再也不僅僅是她當年在聖保羅禮拜堂音樂會上遇到的那名男子。現在他擁有過去，他的家族有了面容，他也有了童年。漢娜姑婆打開了爸的那本書，將他的歷史告訴我們。媽漸漸地不再有理由抱怨。確實，她失去丈夫，我失去父親，但漢娜姑婆失去了她的一輩子。

我想，看到家族墓園的墓碑上爸的名字，以及連結上羅森塔家族的過去，都讓媽的哀悼有了憑據。我抱抱她，並為了不讓她擔心，告訴她一切都會好好的——我感覺自己認識爸；而現在我們有人要照顧。

日子一天天過去，漢娜姑婆顯得越來越衰弱。有時她看起來甚至像迷失一般，不知道要做什麼、去哪裡。我第一次看到她時，她站在門口，幾乎與門框一樣高。現在卻越來越駝，成了走路緩慢、步伐沉重的老太太。

也許只是因為我來了以後長高了，媽這樣說。

她還說她想回紐約了。

我不懂為什麼。也許她是想回大學繼續教授西班牙文學，重新拾回過去她遺棄的生活。如果我能做主，我們會留下來，住在漢娜姑婆的房子裡，找間我能去的學校。

漢娜姑婆說故事時，沉默的時間越來越長、也越加頻繁。那是好久好久的從前，但她常常以現在式敘述，讓我們摸不著頭緒。

我陪她坐上好幾個小時，仔細聆聽這不容旁人打斷的獨白。有時我會在她敘述自己無止盡的故事時，爲她拍照，不過她似乎並不介意。她陷入沉默時，我和媽看得出來她有多麼脆弱。不過等她開口後，蒼白的臉頰會恢復一絲血色。

到了旅程尾聲，對於爸，媽再也沒有不知道的事了。但直到我們離開，大概都無法得知古斯塔佛祖父到底發生了什麼事。漢娜姑婆總把焦點放在路易斯身上。

◇

狄亞哥沒耐性。我能從前門看見他的身影。他不知道該怎麼辦，只好朝著樹木丟石頭。把人行道上絆倒我們的地磚挖起來，接著雙手在褲子上抹一抹。他試著避開他人注意呼喚我，他怕那位他仍視爲納粹的德國老女人會向他母親告狀。

等我終於成功脫身，他給了我一個溫暖的擁抱，我回頭確認有無其他人看見。到現在還難以相信，陌生城市裡，一個男孩竟然在光天化日下抱我。這是我的祕密，我會就這麼守著。

烈日把柏油路烤得滾燙，我和狄亞哥就這麼走著。我們來到一座公園，他指著轉角一間藥鋪給我看。

「看！我奶奶說那間藥鋪以前是妳姑婆的。」

佈滿霉斑的牆上，仍看得到昔日的黃漆。水泥門廊上，只見斑駁字跡寫著我的名字：羅森藥鋪。

我們沿著卡薩達大街奔跑，來到兩座大房子間的狹窄通道。我不想問狄亞哥我們要去哪、他們准不准他進去。反正已經來不及了，我們早就在別人的私人土地上了。我們到天井去，沿著螺旋狀金屬階梯往上爬，梯子搖搖晃晃，彷彿即將鬆脫。爬上階梯時，聽到有人彈鋼琴，一旁傳來女聲以法語指導，數著奇怪的拍子。

我們跳過矮牆，來到平坦的頂樓。我透過窗戶，看到下面正在上芭蕾舞課。女孩們隊伍整齊劃一；手臂伸向天花板，彷彿想觸碰無盡遙遠的彼端。她們大概希望自己看起來輕盈如空氣，但從上往下看去，她們模樣沉重——被地心引力向下拉。狄亞哥坐著，背對窗戶，全神貫注地聽著音樂。

「她們有時候有管弦樂團伴奏，或兩支小提琴加鋼琴。」他夢囈般說著。

狄亞哥總能做出一些出乎我意料外的事。通常他無法好好待在定點，但這下他卻躲在別人的陽台上坐定，聆聽單調的練習音樂。

我想走了，這樣不請自來讓我覺得不太自在，但狄亞哥還想繼續他的音樂療程。

「小心，你會踩到我的螞蟻。」

狄亞哥在這屋頂上有個螞蟻窩。他會帶糖粒盒餅乾屑來，並仔細觀察他們，他們是他的寵物。他從口袋裡拿出一張細心摺疊的紙片，裡頭有他的神奇粉末。他把糖晶倒到一角，蟻群蜂擁而至。有些是紅色的，有些是黑色，排成長長一列，從牆壁這頭連到那頭。狄亞哥停下動作，看他們背著小小的白色晶體回巢。接著他捏起一隻，仔細觀察。

「這種不咬人，」他說，再小心翼翼地放下。「幾年後，我會學好游泳。這樣我就能爬到木板上，過去跟妳一起了。」

「狄亞哥，連你也是嗎？所以這裡眞的每個人都想著要出海嗎？」

「這裡沒有未來，安娜，」他非常認眞地說。

他的語氣悲觀，我早發現這裡的大人都這樣講話。

「妳想當我的女孩嗎？」狄亞哥沒頭沒腦地突然問。他顯然覺得難以啓齒；看也不看我。也好，因爲我也受不了被人看見自己臉紅，雖然那並不是我能控制的：被大家看出我的心情。我的心情是我自己的事，無可分享。

我瞬間看到自己人在費爾斯頓，告訴班上的女孩自己愛上了黑捲髮、大眼睛、膚色曬成小麥色的男孩。他講西班牙語，講話時把S音通通略過，幾乎不看書，在哈瓦那大街上跑來跑去，還想等一學會游泳，就坐上木板漂離自己的國家。

「狄亞哥，我住在紐約。我要怎麼當你的女朋友？你瘋了嗎？」

他沒答腔，依舊背對著我。他一定是後悔剛才自己說的話，但又不曉得該如何脫身。我也不知道該如何幫他。

我握住他的手，他嚇得跳起來——他以爲我的意思是接受了嗎？他緊緊握住我的手，我完全無法掙脫。天氣實在太熱了，沒辦法靠這麼近。我不想對他無禮。

終於，他放開我的手，站起身，走向搖搖晃晃的階梯。

「明天我們去濱海大街那裡游泳。」

達農先生最後一次來訪。他以一貫的高傲姿態走進來，身上菸味更勝以往，但頭髮卻頗凌亂，沒怎麼擦髮油，他桀驁不遜的捲髮可需要多抹點油，才能在那寬大的頭上乖乖躺平。

這次母親沒在客廳接待他，而是請他進了餐廳。我想她知道律師此次是來將一向奠基於金錢與相互便利的關係畫上休止，但她仍心存感激，雖然從沒親口說過。

事實上，我不知道這些年來如果沒有達農先生，我們會變成什麼樣子。他索費高昂，但也從不背棄我們。他也沒騙我們錢，這點我很肯定。

娥坦希亞爲他送上剛煮好的咖啡與一杯冰水，接著走來低聲告訴我她爲他感到遺憾。

「可憐的男人，他不知道該怎麼辦。」

雖然達農先生從沒提過自己的困難，但從他汗流浹背、緊張地擦抹額頭、試著把不聽話的亂髮整理好的模樣看來，她知道他遇上什麼麻煩。自從他告訴我們失去女兒的事後，娥坦希亞看他的眼光便不再相同。我想母親也是。

他身上散發著刺鼻菸草味，我不想靠近：唯有這樣，我才能與他待在同個房間內。他靠近母親，幾乎是貼著她的耳朵說話，她冷靜聆聽。娥坦希亞和我都看不出來究竟是好消息還是壞消息。母親猛地起身上樓，達農先生吞下冰水，拿起餐巾擦乾嘴唇，在上面留下褐色印子，拿起沉重的公事包，隨同上樓進她房間。

「發生壞事了。」娥坦希亞斷言，但我決定不理她。其實我頗緊張，但不想開始自問些沒有意義的問題。我厭倦了先把所有最糟情況想一遍，只為了在最後發現事情沒那麼可怕時能鬆一口氣。而且，我永遠不可能預料到究竟發生什麼事情。那時我已經放棄這把戲了。

我走到天井旁的樓梯，在娥坦希亞身旁坐下，等著達農先生離開，好知道我們在古巴的法律與財務現況。也許我們得再次動身往下一個國家去。

一個小時後，我得前往以烈士命名的那所學校接路易斯下課，他在那裡上幼稚園，過著開心的日子。剛到學校那幾天，把他留在教室時他會大哭。去接他時，他又再次泣不成聲，彷彿是想讓我有罪惡感似的。一個禮拜後，他適應了，雖然沒什麼交朋友的天份，卻也很快學會如何在群體中生存。他對學校唯一不滿的地方，是其他孩子講話都太大聲。我對自己說：你人在加勒比海，會習慣的。

達農先生緊張兮兮地下樓，說他想道別了。我想他並不期待我抱他，但看我對他伸出手時，表情確實挺驚訝的。他沒與我握手，而是溫和地握著我的手，用他溫暖潮濕的手掌包覆我的手指。這麼多年來，那是我們第一次有肢體接觸。

「好好照顧自己。願你幸運。」娥坦希亞說，伸手拍拍他寬大濕濡的後背。

他離開時，公事包輕了不少。他在鐵門前停下腳步，回頭與我們道別，盯著屋子、樹木、凹凸不平的人行道，看了幾秒，接著嘆口氣，爬進車裡。我們聚在前廊，目送他離開。

我感到焦慮。不是因爲他可能帶來什麼消息，而是因爲我確定他再也不會回來了。我明白現在只剩我們獨自留在這個國家內，朝向未知前進，且無時無刻準備開戰。憤怒的軍人領導這個國家，以重構歷史、換成他們的版本爲目標，妄想以他們自認正確的方式改變國家前途。

我們的美國護照早就過期了，但我確定只要我們想，一定能找到方法離開。但母親從沒想過這個選項，她早已決定，自己的屍骨要在科隆墓園長眠。現在路易斯現身，軟化了她的苦澀與怨懟後，她更加堅決要留下。我想她是認爲，出於某種必要性，她人非得在古巴不可，直到她選擇人生告終那天爲止，都應當如此，因爲這片熱帶土地「得留著我的骨骸至少再一百年」。

她也不想把路易斯丟給一對深信自己正在建構新社會的父母，在她看來，套句俗話，那不過是場「閃邊，輪到我了」的愚蠢遊戲。富人權勢被奪走，轉交到窮人手中，後者搶走他人房屋與生意，自視無敵。於是惡性循環再次重演：總有人被踐踏，淪落底層。

母親叫我上樓進她房間；娥坦希亞作勢催我別讓她等。她知道無論好壞，母親絕對不會與她分享消息。更何況她並不需要知道：晚餐時間，她看到我們就知道了。

一如預期，達農先生的法律事業被沒收了。三年前美國與古巴斷交，但他和妻子成功取得離境准許證，打算在哈瓦那附近的港口搭上從邁阿密派來接全家人的船。他若繼續來訪實在不好，因爲現在人人視他爲「蠕蟲」。

一聽到那個字，母親渾身顫抖。他們這樣辱罵想離開古巴或不同意新政府做法的人，對她來說，那彷彿是惡夢再現。人群又一次被啐爲蠕蟲，歷史再度重演。眞沒創意啊，我想。

達農先生爲她留下一筆可觀的錢財。從今以後，我們在加拿大的帳戶會更難聯繫上。新政府可能視其爲非法帳戶，我們有可能得放棄。

我們決定那不值得憂心，手邊有的錢應該夠用了。我每個月會收到一筆少得荒謬的錢，作爲藥鋪被政府沒收的補償金；還有教英文的收入。不需要更多。

那天晚餐後，娥坦希亞接到妹妹打來的緊急電話，但她不想在線上透漏太多細節。兩人都害怕對話被政府派員竊聽。她請了兩天假，驚慌失措地離開。我從來沒看過娥坦希亞這副樣子。

兩天變成了五天。接著她打電話來，說一位叫嘉特琳娜的女人會來幫忙。從那天起，那位身材壯碩的女人接管這間房子，再也沒離開我們。

嘉特琳娜是陣旋風，對秩序與香水非常執著。她堅持我們一定要帶著香味才能出門。我從那時起，也開始用起從前娥坦希亞每天在路易斯出門上學前，在他額頭上噴灑的紫羅蘭水。

「這能驅趕邪魔糾纏」，她解釋。

她是殖民時期非洲奴隸與西班牙人的混血後代，母親是她唯一的家人。嘉特琳娜來自島嶼最東邊，兩年前家園被旋風吹垮、整座村落遭土石活埋，獨自一人來到哈瓦那。致命旋風過後，她又失去了母親。她說自己一輩子辛勤工作，從來「沒時間找老公」或組成家庭。

多虧嘉特琳娜，生活回歸正常，屋子裡到處都是向日葵。

「無論你把它們放在哪，它們都會找陽光」，她總這麼說。

很快地，她成了母親的影子，雖然媽講話方式奇怪，常有些極口語、我們聽不懂的表達，嘉特琳娜卻能與她溝通無礙。她用親暱口吻對我說西班牙語，對我們非常坦誠，很快地逗樂了我們。

「我們在加勒比海。還能期待什麼呢？」母親說。

漸漸地，我們習慣了沒有娥坦希亞的日子。妹妹亞斯普蘭查丈夫在監獄中，比我們更需要她；又或者他們家族有人病了。事實上，我們完全不知道她究竟發生了什麼事。

嘉特琳娜開始沿著天井種植薄荷，拿來泡茶喝。她還種了蘿勒，用來驅趕一種她稱之爲「呱薩薩」的蟲子，一種果蠅；還有白花藤，以便晚上睡覺時，讓香氣隨著微風飄進房間，助我們入眠。

◇

一週後，某天深夜，娥坦希亞和妹妹亞斯培蘭查突然來訪。路易斯已經睡了，我們也已各自回房。嘉特琳娜請我們下樓，說有人在餐廳等我們。

她們沒打招呼，也不理睬我的微笑；應該說，她們直接忽略我。兩人著急地看著母親在桌旁主位坐下。顯然只有她能爲身陷絕望的兩人做些什麼，她們馬上在她兩邊坐下。嘉特琳娜和我繼續站在後方，因爲我想她們也許需要一些隱私，但她們實在太急著與媽說話，壓根沒注意到我們。

娥坦希亞試著冷靜，但顯然怒不可遏。她完全無法說話，因爲一旦開口，肯定會變成大吼，而她知道該對我們尊敬一點。我頓時明白，她不僅再也不會回來替我們做事，這還會是我們最後一次看到她。她不敢直視我的眼睛，但臉上寫著滿滿的反感，幾乎是對於得與我們在同個屋簷下感到作噁。

最後是亞斯培蘭查開的口：

「有天傍晚，我們準備打烊藥鋪時，他們來找拉法艾爾。一整車的軍人。我鼓起勇氣質問他們爲何要逮捕他，他到底做錯什麼，要把他帶去哪裡，但沒人回答。他們忽視我，直接把我兒子帶走。」

絕望的亞斯培蘭查走遍當地所有警察局，卻徒勞無功。隔天，她得知他們抓走了所有信仰異教、年滿十六歲的青年，關進馬里亞瑙區一處體育館內。明白發生什麼事後，人在家中的她跌坐地上，嚎啕大哭。她詛咒自己，責怪自己將自己的信仰熱忱灌輸到兒子身上。拉法艾爾是心地善良、無法傷害任何人的好孩子。他們嘗試離開古巴好一陣子了，但因爲「偉大的領袖」指控他們的宗教團體是「社會毒瘤」，因此根本不可能取得離境簽證。身上沒有錢，也沒有能幫助他們的海外親戚。他們完全仰賴著教友集會的熱情支撐下來，但那早已被官方視爲違法行爲了。

母親動也不動，靜靜聽著亞斯培蘭查說話，兩手緊貼身邊，雙手交疊在腿上。這回她面對的，不是爲了打造完美體態、身型與膚色，爲追求純潔而發起的種族清洗行動。這次是思想清洗。他們害怕的是人心，而非他們的生理特徵。祖國一位瘋狂哲學家的話頓時浮現她的腦海：「是人類爲上帝之罪，抑或上帝爲人類之罪？」

因爲拉法艾爾還算未成年——距離他的十八歲生日還有幾個月——她們獲准到位於中部的勞動營探望他。仇視新政府與有宗教信仰的人都被關在那兒，上帝成了新掌權者的頭號敵人，政府不遺餘力地進行政治、道德與宗教整肅行動。拉法艾爾遭禁閉的勞動營四周環繞蛇籠圍籬，入口處寫著偌大的標語：「勞動成就人格」。

她們有半小時的會面時間。拉法艾爾沒能告訴她們自己的遭遇有多悲慘——根本無法，因爲警衛一直在旁待命。他瘦了二十幾磅，頭髮也剃光了。

「他手上滿是水泡，」亞斯培蘭查繼續說。「他被逼著向國旗致敬、唱國歌、否認自己的信仰。他拒絕，所以他們每天加重刑罰。他只是個孩子，阿爾瑪，還是孩子啊……」

不過拉法艾爾來得及告訴她們，有一團人前來訪視勞動營，又稱爲「修復治療勞動營」。團裡有幾位政府官員，來關注獄中人的狀況，看看再教育工作進行得如何。他認出其中一人，那人回望了他。拉法艾爾微笑，突然感到一線希望。

「古斯塔佛也是團隊一員，」亞斯培蘭查說，直盯母親。

一聽到兒子的名字——那個她沒施行割禮、讓他自在長大的孩子——母親開始發抖。她一滴眼淚也沒流，但全身打起哆嗦、無聲地抽噎。受難的顯然不只是靈魂，她連肉體也痛苦不堪。

嘉特琳娜雙手環繞我。我腦筋一片空白；我無法相信。娥坦西亞跪在媽面前，握住她的雙手。

「阿爾瑪，只有妳能幫我們。拉法艾爾是我們的生命，阿爾瑪。」她苦苦哀求。

母親盡全力緊閉雙眼。她不想聽。她不明白爲何時至今日，她還得爲自己償罪。

「跟古斯塔佛談談吧。求他把拉法艾爾還給我們。我們沒有任何其他要求。要是拉法艾爾死了……」娥坦西亞沒把話說完。

母親依然神遊在外，盯著牆壁，全身抖個不停。

沉默持續許久後，娥坦西亞起身。亞斯培蘭查撐住她的手臂，兩人疾步朝向大門走去。她們沒道別，我們也再無她們的消息。

母親持續顫抖，試著從座位上站起。嘉特琳娜趕緊上前幫忙。她舉步困難，我們費盡千辛萬苦——幾乎是背著她——將她帶回床上。她躲在白色床單下，頭埋進枕頭中，模樣看似睡著了。

隔天清晨，路易斯上學前，我帶他進她房間說再見。他親她的額頭，她睜開眼睛，捉住他的手臂，盯著他瞧。她使盡僅存的一點力氣，在他耳邊氣若游絲地用他聽不懂的語言說：

「Du bist ein Rosenthal.[10]」

自從我們抵達哈瓦那港口，走下命運坎坷的聖路易斯號之後，那是母親第一次開口講德語，也是最後一次。

這趟旅程比媽預料的來得困難。漢娜姑婆訴說拉法艾爾的遭遇時，媽無法理解，古巴，一個她推崇爲社會進步之堡壘的國家，竟然弄出集中營來拘禁「沒人要的一群」，而全世界只是袖手旁觀。也許古斯塔佛祖父眞心以爲自己在做對的事：修復那些步上歧路的人，改造「社會毒瘤」。古斯塔佛祖父的罪孽出自救贖之心。我不能理解的是，爲何漢娜姑婆從沒開口，要求弟弟做些什麼解救拉法艾爾，她全權交給曾祖母做決定。

過了一年，他們才釋放拉法艾爾，流放他們一家人出境。嘉特琳娜說她一得知消息，馬上跑去告訴曾祖母，那時她臥榻在床，作爲永久的自我懲罰。即使拉法艾爾已恢復自由，曾祖母仍不滿意。罪孽比那深重得多，古斯塔佛也得爲此付出代價。

最後，古斯塔佛與薇耶拉有天登門告訴阿爾瑪，他們要代表這個她恨之入骨的國家，出使某個遙遠國家，嘉特琳娜說曾祖母轉頭背對他們，那是她唯一的回應。嘉特琳娜說那

10 德文。「你是羅森塔家的」。

代表她詛咒兒子，希望看到兩人去死。她的回應深深傷害了古斯塔佛的靈魂。從父母親遠赴世界另一端那日起，爸便留下來待在漢娜姑婆身邊。

嘉特琳娜全心全意照料阿爾瑪，餵她進食，幫她洗澡，處理逐日侵蝕身體的褥瘡。奇怪的是，雖然她日漸凋零，頭髮卻恢復了從前的光彩。

我獨自上樓到曾祖母的房間，裡頭有消毒水的味道。灰色床單覆蓋在彈簧斷裂的床墊上，似乎仍保留著她的存在。我坐在床角，能感覺到她在人生最後幾年痛苦中，沉默地躺在那兒。

漢娜姑婆留了一撮阿爾瑪的頭髮，與她們最值錢的珠寶一起收在黑色木箱中。那是羅森塔家族遺物。裡頭還有褪色的皮質筆記本，以及姑婆從沒打開的藍色小盒子，她依然守著多年前在船上許下的承諾。

嘉特琳娜走進來，伸手摟住我的肩膀。

「薇耶拉的遺物裡，我們就只有這些。那是她的家族相本，還有幾封她母親將她留在哈瓦那與叔叔一起生活時寫的信。她一定是覺得她們不會再相見了。」嘉特琳娜說完，陷入沉默。

「阿爾瑪是個好女人，」一會兒後，她又開口，似乎是想讓我放心。「是我告訴她，兒子和薇耶拉因爲飛機失事而喪命。我的孩子，無論你有多麼痛恨兒子，死亡依然是個打擊。又一座沒有遺體的墳墓啊。」

根據嘉特琳娜的說法，曾祖母有好長一段時間已不算眞的活著，卻又不知道該如何讓自己離開，即便知道自己該加入丈夫和兒子的行列了。

「如果你沒有信仰，又不肯原諒，如果你不相信任何事情，你的身體與靈魂就無法一同離開。我日子不多了。等我倒下的那天，我會讓自己離開，就這樣！那樣受苦有什麼意義呢？」

嘉特琳娜是位聰慧的老女人。

嘉特琳娜說，一早她醒來，看到阿爾瑪曾祖母已停止呼吸，沒了心跳。嘉特琳娜爲她闔上眼睛，在她冰冷灰白的臉上畫了十字，親吻她向她道別。

現在我明白，爲什麼姑婆總說我們家族裡沒人死亡：我們是讓自己離世；自己決定在什麼時候離開。這讓我想到爸。也許他也一樣，在受困之時，讓自己在瓦礫堆下離開。

漢娜

一九八五年—二〇一四年

每天打開臥室窗戶，看見枝繁葉茂、爲我抵擋晨光入侵的樹木，我才發現自己仍然活著，待在這個父母不顧我的意願，強行把我帶來的島嶼上。思緒疾馳，回憶卻跟不上腳步，速度遠超過我能力所能追趕。我記不得自己夢到什麼。也不記得我想了什麼。夜晚輾轉難眠，難以平靜。半夜驚醒，卻不知道原因爲何。我已經不在位於柏林市中心的公寓了；臥室外看不到鬱金香。腦海中，聖路易斯號早已遠去，完全回想不起甲板上的氣息。

在哈瓦那的時光混淆不清，有時我以爲娥坦希亞要進我房間，或是我正要和亞羅吉歐去市中心的書店。藥鋪、亞斯培蘭查、與胡立安的散步、古斯塔佛的到來、路易斯誕生。所有事情全混在一起。我能看見孩提時代的古斯塔佛在身邊，眼前卻是路易斯在向我說再見。

他是唯一一個可能獲救的人。

念完大學後，路易斯開始在物理教育研究中心工作。下班回家後，他關在房裡看書，啃遍手邊所有書籍。任何、所有經手的書都一字不漏地讀：糖的製程研究、代數論文、相對論、斯湯達爾作品全集等。他全神貫注，一頁也不放過。

他話很少，但與嘉特琳娜有著特別的關係。他不需要開口，她就知道他需要什麼。他每次出門或回家，都會給我額頭一吻。這樣對我來說就夠了。

他週末都泡在電影院裡，在那裡，他不用跟任何人說話；他是永遠的旁觀者。

到紐約後，他一個月會打一次電話回來，說為我們存了些錢，但電話次數漸漸減少。得知九月那個可怕的週二，曼哈頓發生了什麼事後，我們猜想應該會一陣子接不到他的電話。但時間實在拉得太長，於是我決定寫信給我們的信託基金經理人。幾年後某個早晨，我接到電話：路易斯死了。就這樣。

我幾乎肝腸寸斷，雖然其實我們早在很久以前就失去他了。

「別為同一具屍體哭兩次，」嘉特琳娜說。「他的離開早就為我們做好準備了」。

我知道：我們都逃不過早死的命運。

天氣實在熱得難以入眠的一晚，我在澡盆裡加了紫羅蘭香精，讓自己清爽一些，也讓路易斯貼近我一些。不到一個小時後便睡著了。

睜開眼，我能看到他走在紐約的街道上，兩旁是高聳的摩天大廈。他是大城市裡的一小點。四周悄然無聲：汽車聲、行人急切的腳步聲、風聲，全聽不見。四周一個人也沒有，只見他人在遠方，坐在陰暗寒冷的角落。我聽見他沉重的呼吸聲，我想，他已準備好迎接眼前要發生的事了。

突然間，陽光遭到屏蔽。爆炸。不久後，又一次；接著城市逐漸被吞噬。

我邁入黯霧，向他跑去，看到他正如嬰兒般沉睡。他再次成爲我的小男孩。我閉上眼睛，聞到他的香味。再次睜眼，他就在那兒，我臂彎裡的嬰兒。我開始爲他唱起搖籃曲：「Morgen früh, wenn Gott will, wirst du wieder geweckt.（明天早晨，若上帝首肯，你將再次甦醒。）」「親愛的，天將破曉時分，我會喚醒你。」

「咱們一起去找太陽。」我用西班牙文對他低語。我不在柏林，不在紐約，也不在哈瓦那。

命運降臨的那天，我再也不存在，直到後來得知，原來路易斯有個女兒。

紐約一名律師與我聯絡，想知道我有無興趣索討父親爲羅森塔家族開的帳戶中，屬於我的那份財產。那位男士想藉由我從不打算聲討的案子賺一筆，但他爲我帶來一份珍貴的禮物：羅森家還有一個人，安娜——沒有羅森塔家族的重擔，一身輕快地來到這個世界上。

我們簡直不敢相信：嘉特琳娜興奮地跳起來抱住我，那是我第一次看見她哭。路易斯不只有妻子，還有帶著他姓氏的女兒，她們是他的繼承人。悲劇過後，往往會出現好消息，智慧的嘉特琳娜向我保證。

嘉特琳娜說，羅森一家人都是背著十字架來到這個世界上，我聽了笑出來。我試著跟她解釋那不可能，尤其不可能發生在羅森塔家族上。

在我們家，紫羅蘭水與路易斯有著密不可分的關係。自從知道羅森塔家有位新成員，路易斯的女兒，我便開始每天在頭髮上噴灑幾滴紫色水珠，之後就持續用著。

我將滿八十七歲，一個該開始道別的年紀。我想自己應該與安娜聯絡，她是這個家族留在世上唯一的痕跡。如果就這樣斷了她與家族的連結，對我的父母親可不公平。人得知道自己是從哪來的，得知道如何和自己的過去和平共處。

時至今日，我只剩一件未了之事，一個尚未實現的想望：與李奧一起打開靛藍色的小盒子。

上一次吹熄生日蠟燭，是在路易斯號上。好久以前的事了。慶祝的時刻到了。

安娜

二〇一四年

成長過程中，爸與漢娜姑婆和嘉特琳娜非常親近。兩人全心全意地教導他獨立自主，或許同時在不經意中，養成他獨來獨往的個性。

「古斯塔佛與薇耶拉的死並沒有對他造成太大的影響，因爲那時他才九歲，」姑婆說。「眞讓他傷心的，是看著祖母幾乎無重量的身體被安入她在墓園的墳裡。對路易斯來說，父母親只是某天走了，再也沒回來，那對他來說還可以。但這次卻是一具屍體，第一次看到屍體，被放進箱子裡，準備入土。」

父親生活中有兩個語言，在家講英文，西班牙文則是在學校用的，而他不喜歡那裡。漢娜姑婆認定他用不到德文。他主修原子能物理學，畢業後沒多久，漢娜姑婆就帶著他到哈瓦那的美國辦事處去，就在濱海大街附近。她帶著古斯塔佛的出生證明文件，爲他的兒子路易斯申請美國公民證。

「最後是你父親得到機會，擺脫羅森塔家族的污名。」她說。

漢娜姑婆自認應該與母親的遺體一起留在古巴，最後在她身邊長眠，好讓這個國家爲了當初拒絕讓她丈夫入境付出代價。但無論她怎麼解釋自己不去紐約的原因，我都無法理解。

抵達新國度後，爸接手入住我們現在在紐約的房子，並重新啓動馬克思曾祖父的信託基金。

屋裡各處，甚至連他的房間，都沒有他曾經存在的痕跡。漢娜姑婆與阿爾瑪曾祖母的存在太過強烈，壓過所有他曾經在此的證據。

這裡也沒有家族照片。姑婆唯一一張照片模糊而泛黃，照片中她坐在母親的大腿上：那是她父親帶在身上，直到他允許自己死在食人魔掌管的土地上的照片。現在所有其他照片，從她在柏林到路易斯號上的照片，都在我們手上了。

我覺得疲倦，於是出門找狄亞哥。他答應過我們要去濱海大街那兒游泳。至少，他要去游泳：我不敢跳進浪花兇猛拍打海塘的漆黑海水中。一天中的這個時候，海岸與水下的礁石海膽等，總會引來鄰里內所有孩童前來玩耍。一開始，腐爛的魚隻、水草與尿騷味讓我頭暈，但短短幾分鐘後，臭味竟然就被我拋諸腦後了。狄亞哥潛入波瀾起伏的海中，他看起來像是溺水似的：頭朝下，掙扎著要浮出水面，但接著又跟水裡其他男孩打鬧起來。

我拿起相機對著他，他微笑，縱身躍入瘋狂的大浪中。

他走回牆邊時一跛一跛的，我又幫他照了一張，他擺出姿勢，舉起受傷的腳，右腳掌上扎滿了海膽刺。他在我身邊坐下，我耐心地幫他把黑色的刺一根根拔出來。他一言不發地忍著痛，但兩隻眼眶充滿淚水。他再次微笑，挺起胸膛、資牙咧嘴，彷彿想說：「這不算什麼，我遇過更糟的！」

等我除掉所有刺以後，他又跳入海中。太陽往海平面緩緩下落，我的思緒飄到他處，我想在回紐約前盡可能多幫他拍點照片。一片雲擋住陽光，爲我們帶來幾分鐘的遮蔭。

我放下相機，突然間情感全湧了上來。我無法停止想著狄亞哥和這個家族——我的家族——這才開始探索的一切。我是羅森塔家的成員！現在想回去已經太遲了。

走回家的路上，狄亞哥心情沮喪。他知道我和媽幾天後要走了。學校準備開學，也許我們會寫信給對方。我得說服媽再次回來古巴。見過漢娜姑婆後，我不認爲我們能就這樣這樣拋下她。我們是她僅存的家人。

狄亞哥不斷講著他的出國計畫。他不想和他的叔叔阿姨們一樣，老是在擔心 自己的房子會倒塌，過著苦澀又無望的日子。一個家族經過一次浩劫就夠了。也許他會到美國找到父親，或者我能幫忙找。也許他人在邁阿密，那裡很多古巴人；也許他會對自己的兒子感到愧疚，將他收留。狄亞哥說也許眨個眼，他人就到北方了。他滔滔不絕講著離開，不提我們要分開的事。

該休息了，明天又是全新的一天。

◇

回紐約前，媽希望我們能到墓園道別。只有我們兩人，計程車載我們到大教堂。媽沒進去，但在外面站了幾分鐘，閉起眼睛深呼吸。

我也不想讀墓碑上的字、觀賞凍結在大理石上的天使雕像，或看人啜泣。又是那些味道！

家族墓園出現在遠方。媽發現漢娜姑婆改了三角楣上的刻字。現在變成西班牙文的「羅森塔家族」，下面則是家族名字在德文裡的意涵：「玫瑰谷」。她回歸本質了。她現在再也不是羅森，而是回到她一直以來的身分：父親的女兒。

墓碑都在那兒，上面各刻了字。阿爾瑪曾祖母與馬克斯曾祖父的，古斯塔佛祖父的，爸爸的，還有——姑婆的！漢娜・羅森塔，1927—2014。看到這裡，我們捏緊彼此的手。漢娜姑婆肯定已經決定好今年是她人生的最後一年了，而我們現在知道了，家族裡的人不是死去，而是讓自己離去。

媽不想讓我擔心，試著假裝我們發現的這回事並不太重要。但我無法忽略她臉上驚恐的表情，從沒看過她這樣。她試著緩和氣氛：

「她一定會重寫日期的。到她這個年紀，人都以爲自己已經一腳踏進棺材了。別擔心，漢娜姑婆還會健在好一陣子的。」

嘉特琳娜已枯萎的花束還在，旁邊是媽在除了漢娜姑婆外的墓碑前放置的石頭。她在每一位過世親戚碑前又放上一顆。到了漢娜姑婆的碑前，她停下動作，大概是思量著是否也要放一顆，但最後決定作罷。她知道我在看她，認爲自己不該承認她知道我的想法：漢娜姑婆早已下定決心，沒人能讓她改變主意。她把石頭放回包包裡。

我們回頭往計程車走去，陽光打上一片片白色大理石，刺得我們睜不開眼。我想姑婆已經活到了自己無法想像的年紀，就在這個她從沒想過會留下的國度。她比較想回到她的玫瑰谷去。

我們回家準備慶生，嘉特琳娜和我要爲姑婆烤塊蛋糕。我奮力打蛋，直到蛋白膨起，幾乎要滿出瓷碗外爲止。

加入麵粉後，蛋白霜變得濃稠。一匙油，一撮鹽，模具上油，進烤箱！不過在那之前，我還撒了點香草上去，空氣變得香甜溫暖。我的第一個蛋糕！

接下來是做糖霜。雪白的蛋白霜隆起，我加入糖，直到發得膨鬆爲止。幾滴檸檬汁、鹽、以及肉桂粉。蛋糕蓋上糖霜，變成一顆斜斜的雪球：我送給漢娜姑婆的禮物。

媽非常驚訝，說我們應該每年都烤個蛋糕。

壽星女孩全程看著我們，臉上掛著她可愛的微笑，她散發出一股我從沒見過的祥和氣息。知道我們即將離開島嶼，當年她與母親自從走下聖路易斯號起便永遠錯過的機會爲我們敞開大門，已經足以讓她快樂。

嘉特琳娜坐在扶手椅上休息打盹。只要有機會，她就會隨處坐定，閉上眼睛——我們得搖她才能叫醒她。她聽力越來越差。她的腦袋裡肯定有各種聲音交織成的交響樂，讓她聽不明白外在世界發生了什麼事。

「上了年紀就是這樣，沒辦法。」她笑了笑說，接著起身去做點事——任何事情——讓自己不閒下來。

媽認爲姑婆和嘉特琳娜需要人幫忙。她說起她們時，講得好像她們是家人一樣。她們確實是。

漢娜姑婆請我們在黃昏爲她慶生：聖路易斯號船長就是在這個時間，出現在她的艙房，送她那張現在在我們手上的明信片。她的十二歲生日。從此之後，便是在這個她從不覺得是家的地方所度過的漫長人生。對她來說，在古巴的歲月最不重要。她眞正的人生在柏林，在聖路易斯號上。其他的大多是惡夢。

嘉特琳娜在廚房抽屜找到一支燒了一半的蠟燭，插上白色海綿蛋糕中央。我出門找狄亞哥，邀他一起嚐嚐我的第一塊蛋糕。

我們關掉廚房的燈，媽點燃蠟燭。首先爲我唱英文歌，雖然我的生日早就過了。是姑婆堅持的，我們照做好讓她開心。我閉上眼睛許願。此刻我最想要的，是能夠再次回來哈瓦那。

接著蠟燭重新點燃，這次是爲了漢娜姑婆。嘉特琳娜用西班牙語唱了一首我從沒聽過的歌：「生日快樂，漢娜，願妳開心愉悅，祝妳長年和平安祥，生日快樂……」

漢娜姑婆感動地傾身靠向蛋糕，閉起眼睛，默默許願。過了好長一段靜默後，她向蠟燭吹氣，但氣息太弱，無法吹熄火焰。最後，她用手指將燭火拈熄，向所有人微笑，並給我一個大大的擁抱。

那晚上床時，我在枕頭上發現一小瓶紫羅蘭水，以及一張紙條，扭曲歪斜的大字寫著：「給我的女孩。」

第四部

漢娜與安娜

哈瓦那，二〇一四年五月二十四日星期二

安娜

該走了，我不知道該怎麼說再見。媽忙進忙出搬我們的行李。她緊張地順了順頭髮，擦掉汗珠，我則在外頭人行道上，一邊是前廊上的漢娜姑婆，一邊是狄亞哥。他背對我站在街角。

「安娜，該走了！不能再晚了。好了啦，我們又不是要去地球的盡頭！」媽的聲音把我從白日夢中拉回。

我跑向姑婆，抱著她時，能感覺到她倚靠著我，以免自己跌倒。

「小心！」媽警告，「別忘了，妳姑婆已經八十七歲了。」

八十七歲。我不知道爲什麼她覺得有必要提醒我。

「再給我一個擁抱，安娜。這就對了，我的孩子；現在，盡快離開這座島嶼吧，」姑婆聲音顫抖地說。

我感覺到她冰冷的雙手放在我肩上，但我依然雙手環抱她。不知道狄亞哥是否還在那裡，或已經走了。

「安娜，這條淚珠項鍊送給妳。我可以爲妳戴上嗎？」她的聲音現在聽來眞的非常虛弱。「這是瑕疵珍珠，跟妳有點像：都是獨一無二的。項鍊早在我出生好久以前，就來到這個家族裡，現在該交給妳了。好好照顧它。珍珠能流傳一輩子。你的曾祖母總愛說，每個女人都該至少有一條珍珠項鍊。」

我摸摸小巧的珍珠。絕對不能弄丟。等回到家裡，我一定要放在安全的地方，放在床邊桌上，跟爸的遺物一起。

分分秒秒飛快流逝，彷彿我們再也不會回來了。

「我的母親在我十二歲生日，在聖路易斯號上我們的艙房裡把項鍊交給我。現在是妳的了。」

我捏緊珍珠，試著抽離，但她依然緊緊抱著我。

「別忘了，回到紐約後，妳一定要種鬱金香，安娜，」她悄聲說。「以前爸和我在柏林時，都喜歡從我們住處窗戶往外看向庭院裡的鬱金香。這個島不長鬱金香。」

我跑向狄亞哥，從背後抱住他。他不敢看我，我知道他一定滿眼淚水。

他轉過來給我一吻，我躲不開。狄亞哥吻我！有沒有被誰看到？我的初吻！我想大叫但不敢。

「這個給妳，」他看著我說。

他打開右手掌，裡頭有個黃、綠、紅相間的小貝殼。我小心翼翼地接過來，再次擁抱他。

「我們很快會相見的，等著瞧。」我想讓他知道，我一定會再回來。

我轉身離開，媽在車上等我，我走過去，數著每一個步伐。漢娜姑婆還站在前廊上微笑，但我不想看她，我不想哭。突然間，所有微風靜止，我以慢動作踩出最後幾步路。

「安娜！」姑婆喊，我回頭走向她。「這裡還有個故事等著妳探索。」

她把薇耶拉祖母的褐色皮面相本交給我，原本與藍色盒子一起收著。我們再度擁抱。

「現在是妳的了。」

她緩慢地放開我。我上車，靠在媽身旁，車身緩緩駛離，她搖下車窗，沒有回頭。

我一手握著貝殼。另一手拿著相本。

「我的初吻，媽。我剛第一次接吻了……」

「妳永遠不會忘記初吻的。」她微笑著說。

我們經過爸從前就讀的紅磚老學校，兩人沉默。我想像他像姑婆描述的那樣，穿著藍白制服。他就在那裡，某個被迫參加的行進隊伍裡。或是和同學坐在學校圍牆上，揮著古巴國旗。

爸，再見。我把他的照片從衣服口袋裡拿出來。

「我們在這裡，你的願望實現了，」我對著照片說，獻上一吻。「我們一起完成了這趟旅行。」

我把照片放進薇耶拉祖母的相本中，閉上眼睛。

抵達機場，到處都是提著大行李箱的家庭。我細看他們的臉，覺得看似熟悉：孱弱的老太太準備前往邁阿密，軍人仔細地檢察一對夫妻與女兒的旅遊文件，看了我一眼便跑去躲在媽媽身後的小女孩。在他們眼裡，我看到害怕被無能離去者批判的焦慮。

透過機窗，我向從來不認識的父親出生所在的國家道別。我們將哈瓦那留在身後，飛越佛羅里達海峽。我不由自主地想著這是否是我最後一次看到迪亞哥與漢娜姑婆。不知道我們有天會不會再回到這片埋葬曾祖母的土地。我頭靠著窗戶逐漸睡著，直到廣播宣布飛機抵達紐約。

我抬頭看媽，她摸著我的頭髮，眼裡噙著淚水。

準備降落。我打開相本，首先映入眼簾的是一張跨大西洋郵輪照片，上頭寫著聖路易斯號，漢堡—美洲航線。

「記得鬱金香，媽。我們要種鬱金香。」

我還有個地方要去；至少今天，禮拜二，得去。而且我要自己選擇。我能決定要去哪裡、要往哪兒前進。我想做誰都可以，拋下一切，重新開始，或一次了結一切。這就是我的判決。我感到自由。

我能最後一次漫步在變色木叢、聖誕紅、迷迭香、羅勒與香草蔓生的荒廢庭院裡，就在這座我從來無能認識的城市中，我的堡壘裡。剛濾煮好的咖啡香氣瀰漫四周，烤箱傳來肉桂香。我想看什麼、感覺什麼都行。多麼幸運啊！

在我們的小特維亞農宮門邊，我第一次看到安娜，在她身上看到自己的影子，握緊她溫暖的手，並透過她的眼睛，看著身邊現在我將永遠不會認識的世界，那也是我的眼睛。母親痛恨道別。她沒有勇氣與我道別，將自己藏在床上，緊閉雙眼，任憑身軀日漸萎縮。

但事實上，我需要道別。過了這麼久，我卻仍然無法忘懷，他們不允許我向李奧、向父親、船長、古斯塔夫、路易斯以及胡立安道別。今天，沒人能阻止我這麼做。在安娜身上，我無時無刻看到自己，那是我曾有機會成為、卻無能成為的樣子。

我感到困惑。安娜站在駛出海灣的船上。看不清楚那些不斷朝我們喊著再見的臉龐，但突然間，我聽到爸的聲音：

「忘掉妳的名字！」

我無法冷靜地向安娜道別。我將她摟在懷裡，耳中聽到的是全世界最高貴的男人絕望的呼喊聲。

若閉上雙眼，我和安娜與狄亞哥在一起，兩人緊緊抱著。對，狄亞哥，道別多麼令人難過啊。去吧，吻她，好好把握每一秒鐘。謝謝你給我這一刻，我的孩子。

天空越加湛藍，陽光兀自閃耀，雲朵輕快飄過，減低螫人鋒芒打上皮膚的力道，我能承受的差不多僅此為止。大海氣味侵入呼吸道。海風拂亂髮梢。我們三人，獨自在維達多此處街角。李奧呢？李奧不在這裡。

在安娜身邊，我感到快樂。我們是如此親近……狄亞哥親吻她。那是她的初吻。我也不敢相信。她在十三歲出頭吻了一個男孩，而我則得忍受與她道別。

睜開眼睛，我放開她。一切靜止。她要走了，我失去她了。安娜與狄亞哥之間的距離、與我的距離，開始逐漸擴大，多麼痛苦。

狄亞哥與我被她留下，悵然若失。他止不住地哭泣，發現我在看他後，轉身跑走。

最後兩週的時光彷彿永恆。我重新度過原本被剝奪了一切意義的一輩子。七十五年間困在不眞實的城市裡，看著這麼多人離開、逃亡，將我們拋棄在此，注定長眠於這塊從來不要我們的土地上。

我應想多當幾分鐘的安娜。將過去留在這棟破敗的建築中：我已受夠爲他人的罪孽與詛咒付出代價。我不在乎我們受的一切苦難是否已被遺忘。我沒興趣回憶過去。

他們都走了。只剩嘉特琳娜在我身後。我轉身擁抱她。我也不知道該如何與她道別。她看著我，心裡有數；她了然於心，但寧願什麼也別說。她轉身背對我，緩慢沉重地走回我的小特里亞農宮裡，現在歸她所有了。門關上。

我聽見船隻鳴笛聲。那是信號。該回歸大海了。

我沿著巴賽歐往下走，數著自己到濱海大街要走上幾步路。沿路看到新建築、疏於修剪的花園，枝繁葉茂的樹木根部拒絕受限，衝破水泥路面。

安娜已不在身邊，令我傷心。我想盡力看著褪色的房屋，以及孩童騎腳踏車沿著巴賽奔馳，卻做不到。眼中所見盡是她的身影，即便我知道她並非生來要住在這座島嶼上，這是我注定得長眠之地，母親總這麼說。到最後，這件事成了我的撫慰。

像今天這樣一個日子，慶生過後，實在無法理解爲何自己活得比家族所有人都長。柏林小巷中，在泥水灘地圖裡畫出我們命運的李奧。打從初始便註定將化爲虛無，徒爲空想的胡立安。

我毫無意願回到過去。該了結一切了：就連苦痛也有期限。是的，我活在當下，此時、此地，任何能讓我再呼一口氣的一切，即便是最後一口也好。目標已在眼前，我感覺有了自己的聲音。我存在，即便此刻的我不過是昔日之我的鬼魂。

身上穿戴的一切彷彿緊掐著我，珍珠項鍊千斤重般將我向地面拉，洋裝成了阻礙呼吸的盔甲。鞋子嵌入人行道，似乎不願再多走任何一步。擦抹在臉上、只為了向自己證明我還活著的淡妝，在這場活出當下的戰役裡，也不過是幼稚的武器。

記憶濃重凝結——濃地連道別都迷失在遺忘之中。

我能想起七十五年前，母親登上聖路易斯號時，身上那襲洋裝的所有細節，卻想不起來自己與安娜道別前做了什麼事。我有關上臥室房門嗎？不曉得燈到底有沒有關、有沒有向嘉特琳娜道別、安娜是否收下了我們的珍珠項鍊。至少我知道自己畫了妝。是的，我的臉上還有點生氣。或至少有其餘影。

我唯一感興趣的，是今日。昨日與明日是其他人的事，與年已八十七的老婦人無關。安娜，一個從來不該倖存的家族的一切遺跡，就交給妳了。這就是為何我把相片與珍珠項鍊給了妳。

是的，時候到了。我在這裡，為了你。

你聽得嗎，李奧？我帶著我的褐色小手袋。裡頭有鑰匙、粉盒、唇膏、爸有次去布魯日旅行為我帶回來，現已破舊的蕾絲手帕。以及你的禮物，李奧，最後一個，我等到今天才要打開的禮物：我倆被拆散前，你塞進我手中的靛色小盒子。我們不像安娜與狄亞哥，我們沒有機會道別。我從來沒能依照承諾，給你一吻。

我還有地方要去，還有個聲音，我再次告訴自己，說服自己，但臉頰上的妝將我與你、我與童年分別開來。但我知道，每跨出一步，我就離你更近。

終於，海平面映入眼簾。我靠著為城市抵擋大海的堤牆，牆面年久斑駁，佈滿鹽霧痕跡。

「我八十七歲了，」我大聲說，一對坐在濱海牆上的愛侶受到驚嚇。他們回應，但我聽不清楚說了什麼。我已經習慣活在喃喃自語的世界裡。現在已不去嘗試聽懂他人說什麼，也不學新字了。都這個年紀了，還有什麼意義呢？

我繼續走著，直到接近連接維達多與米拉馬爾的隧道。難以呼吸，全身發冷，直打哆嗦，但那並不代表我害怕。心跳漸慢，呼吸變得微弱。

來到破舊餐廳廢墟旁的石堆之間，我跌坐在曾經銀亮的鐵椅上，看著港口遠方浪花拍打礁石。已經來到我們承諾要一起共享的年紀了。李奧，還記得嗎？

家族裡只有我一人倖存，但我並不像阿德勒夫婦那樣躺在床上奄奄一息，我說，想說服自己這漫長的等待確實值得。沒必要再多想。我準備好了。

我守住所有承諾，知道安娜是我們羅森塔家族最美好的存在，我感到寬慰。多少失落的世代啊……

我在袋子裡小心翼翼地尋找聖路易斯號上一片混亂中，你交給我的靛色小盒子。我遵守承諾，李奧。我忍不住微笑，明白爸媽逼著我隱居在此城市的這幾十年間，你一直在我身邊。

該是時候爲雙手染上靛藍了。我用盡所有力氣，緊抓著七十五年前，父親哀求我忘掉那受詛咒的名字時，你給我的小盒子。

該向島嶼道別了。直至今日，小巧褪色的盒子保護著我。八十七歲。我們做到了，李奧。

我使盡僅存的所有力氣，奉獻予你。這是屬於我倆的時刻，等待了多年的一刻。李奧，謝謝你送我這份禮物，但我不能獨自打開。我需要你與我一起。

我閉上眼睛，感覺到你逐漸靠近。你也八十七歲了，李奧，踩著蹣跚步履。別急。我爲你等待了這麼久，多一分鐘並不會改變我們的命運。我深吸一口氣，你如同我們兒時在柏林扮大人那般，一個勁地向我走來。

你是那麼地近。我能感覺到你。你在這裡。

你拉起我的手，我起身擁抱你，那是從前我們從未膽敢做的事。你發抖著，我靠在你身上，讓你將暖意慢慢傳給我。這不是掉淚的時刻：這是我們的夢想。

你比我高壯。一頭亮白捲髮，與我稀疏的長髮同樣雪白，襯得你的膚色比從前還黑。你的眼睫毛？一樣總早你一步抵達呀……

你等待了七十五年才現身，因爲你確定我會在這裡，在日落時、海岸邊，與我一起打開我爲你守護的禮物。

我在作夢，我知道。但這是我的夢，我想怎麼做都行。

我倆一起慢慢打開盒子。就在裡頭，完好無缺：你母親的鑽石戒指。它在陽光下多麼閃耀啊，李奧。而在一旁，我不敢相信自己的眼睛：一小片泛黃的玻璃。

我的心搜索著氣力，但已丁點不剩，心跳快了些。我得堅持下去。

閉上眼睛，我終於理解：是我們登上路易斯號前，父親買的氰化物膠囊。第三顆膠囊，僅存的那顆。你保留給我，李奧！

我感到懊悔——這輩子極少如此——懊悔自己指控你背叛我，以爲你和馬丁先生偷走了本應給我和父母親的膠囊。現在我知道了：你無從得知還有多少島嶼會拒你於門外。世界上所有島嶼躲在沉默之後。而我們都知道，戰爭時期，沉默是顆定時炸彈。

你當然不得已要留著膠囊，一切都已寫入我們的命運中。

你爲我保留珍貴久遠的膠囊，已經過期了。現在已無法讓我瞬間腦死，或麻痺心臟。

但我不再需要。我等待了這麼久，因爲我答應過你：我遵守自己對有著長眼睫毛男孩許下的承諾。該步上我的路途，讓我自己離開了。

你離我前所未有地近，李奧，我開心地打起哆嗦。但罪惡感也油然而生，因爲父母親都不在我最後的思緒中。因爲事實上，只有你和安娜是我的希望、我的光，馬克斯和阿爾瑪則是我人生悲劇中的要角。

我不想感覺罪惡。打從決定離開的那一刻起，輕巧即不可或缺。

◇

最後一次夕陽顯得越加澄紅，微風也有了不同的角度。身軀依然過於沉重，於是我專注在海浪、總讓母親頭暈的浪沫臭味、穿越隧道的喧鬧青年、呼嘯而過的車裡隆隆作響的音樂上。當然，過程中還不斷感覺到我一直容忍到今日爲止，熱帶地區潮濕擾人的暑氣。

我失去所有的時間感。任憑自己漂盪，就在我感覺心臟即將放棄時，你把鑽石戒指滑上我的手指。我舉起膠囊，放到唇邊——你依然溫暖的手掌所碰觸到的最後一樣東西——彷彿我終於得以親吻你。那一刻，我倆同在聖路易斯號上，我父母親豪華的艙房裡。

鬱金香，李奧，鬱金香要開花了，我凝視著你，在你耳邊輕語——你聽得見嗎？你雙眼緊閉，還有那對纖長、總是早你一步抵達的眼睫毛。

如今你二十歲，年輕帥氣。我也二十歲，一個我倆都不得享受的年紀。我抬頭貼近你依然溫暖的臉龐，終於給你一吻，那是我倆於想像之島上重逢時，我的承諾。我們依舊雙手緊緊相握，比從前更加親密，你在我身旁，在主帆頂端，全聖路易斯號上最接近天空的位置。自從你我被拆散之日起，我背負在身上的重擔，現已落下，我得到了讓自己離去所需要的輕盈。

我們起飛，越過綿長的濱海堤防，由高處向下俯瞰地面大街。哈瓦那第一次屬於我們。跨越海灣，我們來到靜默的莫羅城堡旁凝視城市，看起來像張過境旅客留下的老舊明信片。

我們又回到十二歲，沒人能把我們分開。日子還沒完，李奧，太陽正要升起。哈瓦那依然一片黑暗，只有街燈微弱的琥珀色燈光。依稀僅見座落在棕櫚樹間幾棟建築物的輪廓。

接著，傳來輪船震耳欲聾的鳴笛聲。

我們回到在甲板上首次看到此座城市時的位置。當年無法理解爲何沒人要我們的年紀。然而此刻，一切悄然無聲。沒有人哀求，沒有人朝空絕望地喊著名字。我的父母親再次堅持把我帶離你身邊，不顧我反對，將我拖向夾在兩塊大陸間的小小島嶼。

我沒有哭喊，沒有掉淚，也沒有央求他們讓我留在你身邊，留在聖路易斯號上，那個我們唯一感到自由快樂的地方。

我牽起母親細緻滑嫩的手，頭也不回，允許他們將我送入深淵。

而這一次，是的，我能向你說聲，Shalom[11]。

11 希伯來文，有「和平、完整、安好、寧靜」等意思，可用於見面打招呼或道別之時。

作者後記

一九三九年五月十三日，星期六，晚上八點，越洋郵輪聖路易斯號漢堡——美洲航號（HAPAG）從漢堡港口出發，前往古巴哈瓦那。船上共有九百名乘客，多數爲德國猶太難民，以及兩百三十一名船員。兩天後，另外三十七名旅客在瑟堡港登船。

難民乘客持有古巴移民署長曼紐爾・貝尼蒂茲發行、HAPAG公司提供的的登陸許可證，船公司在哈瓦那有辦公室。古巴原本只是過境地點，乘客都已取得美國入境簽證。他們本應待在古巴等待輪他們入境美國：也許是待一個月，也可能長至幾年。

郵輪自漢堡港口出發一週前，古巴總統費德里科・拉雷多・布魯頒布第九百三十七字號政令（以聖路易斯號上乘客總人數作爲編號），宣布貝尼蒂茲發行的登陸許可證作廢。唯有古巴國務院與勞動部所發行之文件具有效力。當時每位難民已花一百五十美金購入登陸許可證，路易斯號船票價格則在六百到八百國家馬克之間。船離港時，德國政府要求每位乘客購買回程票，並只允許每人隨身攜帶十國家馬克。

郵輪在一九三九年五月二十七日凌晨四點抵達哈瓦那港口。古巴政府不准郵輪於

HAPAG 公司所屬之港位停泊，於是船身被迫在哈瓦那海灣內下錨。

部分乘客親屬已在哈瓦那等待，許多人租了小船接近郵輪，但遭禁止不得登上甲板。

只有四位古巴人、兩位非猶太裔西班牙人，以及二十二位難民獲准登陸，這幾位難民手上有古巴國務院在貝尼蒂茲之前所核發的許可證，這位移民局長由軍隊首領富爾亨西奧・巴蒂斯塔爲他撐腰。

六月一日，羅倫斯・貝倫森律師代表美國猶太人聯合分配委員會，與拉雷多・布魯總統在哈瓦那會面，但最終兩人未能達成協議允許乘客登陸。

協商繼續進行，後續古巴總統要求貝倫森爲每位乘客繳交五百美金保證金，始可上岸。各猶太組織與多位美國古巴使館成員先後與拉雷多・布魯總統對話，然皆徒勞無功。他們也嘗試了聯絡巴蒂斯塔，卻只聯絡上他的家庭醫師，對方表示巴蒂斯塔將軍恰好在聖路易斯號抵達古巴當天不幸感冒，必需靜養，連電話也不能接聽。

貝倫森回應談判，要求將每位乘客所需保證金減少二十三點一六美金，古巴總統於是宣布談判破裂，要求郵輪在六月二日早上十一點前離開古巴水域。若不照辦，古巴政府將會強行將聖路易斯號拖至公海水域。

郵輪船長古斯塔夫・斯羅德打從郵輪開出漢堡港後，便不斷努力保護船上乘客，全力尋找德國外能登陸的港口。

於是聖路易斯號往邁阿密前進，但在即將抵達弗羅里達海岸時，富蘭克林・羅斯福政府拒絕讓其入境美國。之後加拿大的麥肯齊・金政府也同樣拒其於門外。

船長不得已，只得跨越大西洋，回頭往漢堡方向前進。抵達德國幾天前，歐洲聯合分配委員會主委摩里斯・特魯珀與各國取得共識，分別收留部分難民。

英國收留兩百八十七名；法國兩百二十四名；比利時兩百一十四名；荷蘭一百八十一名。一九三九年九月，德國宣戰，收留了難民的歐陸各國不久後便被阿道夫・希特勒軍隊攻下。

只有英國收留的兩百八十七人安全躲過一劫。聖路易斯號上多數乘客皆飽受戰火摧殘，或被納粹抓入集中營內。

古斯塔夫・斯羅德船長再度帶領聖路易斯號啓航，回到德國時，正好遇到二次大戰爆發。後來他不再出航，奉命在辦公室裡改作內勤。聖路易斯號在同盟軍空襲德國時遭毀。戰後去納粹化期間，斯羅德船長面臨判決，多虧聖路易斯號生還者的證詞與寫信支持，獲得減刑。一九四九年，他寫下著作《Heimatlos auf hoher See》（暫譯：流浪公海），紀錄聖路易斯號航程經過。一九五七年，德國聯邦政府頒贈功績勳章，表彰他在營救難民上所做的努力。

斯羅德船長於一九五九年過世，享壽七十三歲。該年三月十一日，致力保存大屠殺受害者記憶的官方組織，以色列猶太大屠殺紀念館，在船長去世後，頒授國際義人獎肯定其貢獻。

二〇〇九年，美國參議院通過法案「認知難民因古巴政府、美國政府與加拿大政府拒絕提供政治庇護所受之苦難」。二〇一二年，美國國務院爲聖路易斯號經歷之遭遇公開道歉，並邀請生還者至總部敘說自身故事。

二〇一一年，加拿大哈利法克斯城設立「良心之輪」紀念碑，經費由政府支付。紀念碑紀錄與譴責該國政府當年拒收聖路易斯號難民之決定。

直至今日，古巴的課堂教室與歷史書籍內仍不見聖路易斯號之相關內容。古巴國家檔案局內，所有與郵輪當年抵達哈瓦那港口，以及與費德里科・拉雷多・布魯政府和富爾亨西奥・巴蒂斯塔交涉之相關之文件，皆全數失蹤。

謝詞

感謝 Johanna V. Castillo 鼓勵我重新檢視聖路易斯號的悲劇遭遇，她是我的第一位讀者，也是催生本書的頭號大功臣。

致 Judith Curr 及西蒙與舒斯特公司阿垂亞出版的優秀團隊，謝謝你們相信我、支持我，和對《德國女孩》的盡心竭力。

致我的祖母 Tomasita，是她在我的孩童時期，首次告訴我聖路易斯號的故事，並送我到哈瓦那上英文課，同行的鄰居在一九三九年從德國移民至此，並不幸在鄰里間遭人誤解稱爲「那個納粹」。

致我哈瓦納的猶太朋友 Aaron。

致我的小學朋友、耶和華的見證人 Guido。

感謝姑姑 Monina 提供身爲哈瓦那大學藥學系學生的故事，並與我分享家族故事，讓我了解耶和華的見證人在古巴的生活情形。

感謝我的教母 Lydia 爲我重述她於一九四〇年代，在哈瓦那巴爾多學院上學的時光。

致美國華盛頓特區大屠殺紀念博物館館長 Scott Miller，感謝他對聖路易斯號的專業知識，提供多達一千兩百份文件，並協助我聯絡生還者。

感謝 Carmen Pinilla 做我在柏林的嚮導，並謹慎閱讀本書第一章，給予我諸多寶貴建議。

感謝兩位審稿人 Néstor María 與 Esther María 一絲不苟的協助。

感謝 Ray 的支持與信任。

感謝 Mirta 自始全心相信本計畫。

感謝 Carole 早在翻開本書前，便已愛上我的小說，鼓勵我完成寫作。

感謝 María 初遇德國女孩便受到感動，並指出我的主角在哈瓦那的時光並非總是不快樂。

感謝 Annie Philbrick，在完成《德國女孩》後，與我一同到古巴旅行。謝謝妳成爲第一位閱讀英文版的讀者，謝謝妳的美言，以及成爲德國女孩的教母。

感謝 Leonor、Osvaldo、Romy、Hilarito、Ana María、Ovidio、Yisel、Diana、Betzaida、Rafo、Rafote、Herman、Sonia、Sonia María、Radamés、Gerardo、Laura、Boris：我親愛的家人與朋友，感謝各位耐心包容我對聖路易斯號的狂熱。

致我的母親與姊妹，她們絕非僅是本故事的主角而已。

感謝 Gonzalo 無條件的支持，並在我需要專心寫作時，爲我照顧家庭。

致 Emma、Anna 與 Lucas，你們是本書的靈感起源。

致聖路易斯號遭拒絕進入古巴、美國與加拿大的九百〇七位乘客，我們永遠對你們有所虧欠。

參考書目

Afoumado, Diane. *Exil impossible. L'errance des Juifs du paquebot "St-Louis."* Editions L'Harmattan, 2005.

Almendros, Néstor y Jiménez Leal, Orlando. Conducta impropia. (Documental) 1984.

Arditi, Michael. *A Sea Change*. London: Maia Press, 2006.

Bahari, Maziar. *The Voyage of the St. Louis.* National Center for Jewish Film, 2006.

Bejar, Ruth. *An Island Called Home: Returning to Jewish Cuba.* New Brunswick, NJ: Rutgers University Press, 2007.

Bejarano, Margalit. *La comunidad hebrea de Cuba.* Instituto Abraham Harman de Judaísmo Contemporáneo, Universidad Hebrea de Jerusalem, 1996.

——. *La historia del buque San Luís: La perspectiva cubana.* Instituto Avraham Harman de Judaísmo Contemporáneo, Universidad Hebrea de Jerusalem, 1999.

Breitman, Richard, and Allan J. Lichtman. *FDR and the Jews.* Cambridge, MA: Harvard University Press, 2013.

Buff, Fred. *Riding the Storm Waves: The St. Louis Diary of Fred Buff.* May 13, 1939 to June 17, 1939. Margate, NJ: ComteQ, 2009.

Castro Ruz, Fidel. Speech given (against Jehovah's Witnesses) at the end of the ceremony commemorating the sixth anniversary of the assault on the presidential palace, celebrated on the staircase of the University of Havana, March 13, 1963. Departamento de versiones taquigráficas del gobierno cubano.

De la Torre, Rogelio A. "Historia de la enseñanza en Cuba". Proyecto educativo de la escuela de hoy. Ministries to the Rescue, 2010.

Goeschel, Christian. Suicide in Nazi Germany. New York: Oxford University Press, 2009.

Goldsmith, Martin. *Alex's Wake: A Voyage of Betrayal and a Journey of Remembrance.* Boston: Da Capo Press, 2014.

——. *The Inextinguishable Symphony: A True Story of Music and Love in Nazi Germany.* New York: John Wiley & Sons, 2000.

Hassan, Yael. *J'ai fui l'Allemagne nazie. Journal d'Ilse (1938–1939).* Gallimard Jeunesse, 2007.

Herlin, Hans. *Die Tragödie der St. Louis. 13. Mai–17. Juni 1939.* Herbig, 1979.

Hitler, Adolf. *Mein Kampf.* Montecristo: 2011. Kindle edition.

Kacer, Kathy. *To Hope and Back: The Journey of the Saint Louis*. Toronto: Second Story Press, 2011.

Kidd, Paul. "The Price of Achievement Under Castro." Saturday Review. May 3, 1969.

Korman, Gerd. *Nightmare's Fairy Tale: A Young Refugee's Home Fronts, 1938–1948*. Madison: University of Wisconsin Press, 2005.

Lanzmann, Claude. *Shoa*. (Documentary) France, 1985.

Levine, Robert N. *Tropical Diaspora: The Jewish Experience in Cuba*. Gainesville: University Press of Florida, 1993.

Lozano, Álvaro. *La Alemania Nazi. 1933–1945*. Álvaro Lozano. Marcial Pons, 2008.

Luckert, Steven, and Susan Bachrach. State of Deception: The Power of Nazi Propaganda. Washington, DC: United States Holocaust Memorial Museum, 2011.

Mautner Markhof, Georg J. E. Das St. Louis-Drama. Leopold Stocker Verlag, 2001.

Mendelsohn, John, and Donald S. Detwiler, eds. *Holocaust Series. Vol. 7. Jewish Emigration: The S.S. St. Louis Affair and Other Cases*. New York: Garland, 2010.

Meyer, Beate, Hermann Simon, and Chana Schütz, eds. *Jews in Nazi Berlin: From Kristallnacht to Liberation*. Chicago: University of Chicago Press, 2009.

Montaner, Carlos Alberto. *Otra vez adiós. Tres mujeres, tres vidas, una huida infinita*. SUMA de letras, 2012.

Ogilvie, Sarah A., and Scott Miller. *Refugee Denied: The St. Louis Passengers and the Holocaust*. Madison: The University of Wisconsin Press, 2006.

Ortega, Antonio. "A La Habana ha llegado un barco". Bohemia. Número 24, 11 de junio de 1939.

Padura, Leonardo. *Herejes*. Tusquets, 2013.

Porcheron, Michel. "*Le drame du paquebot Saint Louis à La Havane (mai 1939) : Une page de honte de l'histoire des USA, et donc de Cuba aussi*". Tlaxcala, 2010.

Reinfelder, Georg. MS *"St. Louis": Frühjahr 1939 - Die Irrfahrt nach Kuba. Kapitän Gustav Schröder rettet 906 deutsche Juden vor dem Zugriff der Nazis*. Hentrich & Hentrich, 2002.

Ros, Enrique. *La UMAP: EL gulag castrista*. Ediciones Universal, 2004.

Rosenberg, Stuart. *Voyage of the Damned*. Sir Lew Grade for Associated General Films, 1976.

Schleunes, Karl A. *The Twisted Road to Auschwitz: Nazi Policy Toward German Jews, 1933–1939*. Champaign, IL: Illini Books, 1990.

Schröder, Gustav. Heimatlos auf hoher See. Beckerdruck, 1949.

Seiden, Othniel. *The Condemned Journey of the S.S.* St. Louis: The Jewish Series History Novel Series Book 6. A Books to Believe In Publication, 2013.

Shilling, Wynne A. *Over the Big Water: Escaping the Holocaust Twice*. CreateSpace Independent Publishing Platform, 2012.

Shirer, William L. *Berlin Diary: The Journal of a Foreign Correspondent, 1934-1941*. Rosetta Books, 2011 (ebook).

——. *The Rise and Fall of the Third Reich: A History of Nazi Germany*. Rosetta Books, 2011 (ebook).

Sosa Díaz, Adriana. "Aproximaciones lingüísticas al estudio del antisemitismo en la prensa cubana: Diario de la Marina". *Perfiles de la cultura cubana*. Número 14, mayo-agosto, 2014.

Sotheby's. *The Greta Garbo Collection*. (Catalogue) 1990.

The Jewish Virtual Library. "U.S. Policy During the Holocaust: The Tragedy of S.S. St. Louis (May 13–June 20, 1939)."

Thomas, Gordon, and Max Morgan-Witts. *Voyage of the Damned: A Shocking True Story of Hope, Betrayal, and Nazi Terror*. Skyhorse Publishing, 2010.

United States Holocaust Memorial Museum. *Voyage of the Saint Louis*. (Catalog.)

Whitney, Kim Ablon. *The Other Half of Life: A Novel Based on the True Story of the MS St. Louis*. Alfred A. Knopf, 2009.

Wyman, David S., ed. *The World Reacts to the Holocaust*. Baltimore: Johns Hopkins University Press, 1996.

Yahil, Leni. *The Holocaust: The Fate of European Jewry, 1932–1945*. New York: Oxford University Press, 1990.

聖路易斯號乘客相關資料

以下是登上聖路易斯號，遭逢厄運之九百三十七名乘客之復刻名單與照片，紀念當年他們追尋自由的身影。《德國女孩》謹獻予彼。

感謝位於華盛頓特區之美國大屠殺紀念博物館慷慨提供史料。

美國大屠殺紀念博物館提供。照片擁有人：茱莉 · 克萊恩（Julie Klein）。
攝影：馬克思 · 萊德（Max Reid）。

...a Levy
...rnd Scheuer
Eugen ...
Walter Selig
... Berggruen
Waltrud Herz
Regi Blumenstein
... Herz
Tori Berggruen
...ch Strauss
Selmar ...
Armin Bové
... Biener
Dr. Fritz Kassel
Johanna Heilbrunn
... Weis
Else Blumenstein
Julie Feld
... Feld
Charlotte Atlas
Emma Strauss
Elise Loewe
... Schepanik
... Nussbaum
...e Felix Neuhaus
...d Fink
Herta u. Michael Fink
... Salm
Ida Salm
Bruno Bernstein
... Nussbaum
Ruth Gerber
Rosa Gerber
... Krahn
... Moskiewicz
... Bohm
...bwall
... Rosenfeld
Heinz Bohm
...rünstein
Max Pauly
Berta Pauly
... Pauly
Werner Feig. Fritz ...
Regina Gottschalk
...ttschalk
Blumgarten ...
Wolfgang Ueti
...mmenstock
... Hamburger
... Lebrecht
... Koser
Edith Friedheim
Siegfried Hoffmann
... Jacobsohn
Margarete Jacobsohn
Rudolf ...
... Jacobsohn
Else Goldschmidt
... Goldschmidt
... Maier
Frieda Maier
Sonja Maier
... Maier
... Maier
Helene Maier
... Hirsch
Hermann Gronowski
Liesel Joseph
Rose Guttmann.

Dr Levith Julius u. Valerie
J. Sofie
Heymann
Ella Sietz
Max? Epstein u. Frau
Susanne Jacoby
Wilhelm Goldberg
Emil Baer
A. Wolf Frau
Walter [illegible]
Oskar Flechner
Kurt [illegible] u. Frau u. Kind.
Egon [illegible] u. Frau
Otto Jacoby und Familie
Bruno Dzialowski
Lici Dzialowski.
Adolf Grünthal
Berta Grünthal
Walter Grünthal
Grete Grünthal
Eduard Weil
Emma Weil
Alfred Friedheim
Herta Friedheim
Elly Reutlinger

Siegfried Weiss
Siegfried Frau
Walter [illegible]
Arno [illegible]
Fritz Strauss
Alfred B[illegible]
Ilse [illegible]
Hans Wolfgang Pl[illegible]
Ruth Heilbronn
Heinz Gemblitz
Günter [illegible]
Manfred Frank
Alfred Arons
mit Samuel [illegible]
Marie Schillinger
Lotte [illegible]
Oskar Wechselmann
Johanna Fischer u. Kin[illegible]
Moritz Salomon
Sibilla Salo[illegible]
Siegfried Prä[illegible]
Johann Brandt u. Fam[illegible]
Rosa Stahl
Lilli Bornstein
Joseph Wachtel u. Fra[illegible]
Hermann Golde[illegible] u. Famil[illegible]
Julius Hermann
Ernst Roth
[illegible]mann

Käthe Michaelis
Richard Schlesinger
Meta Schlesinger
Julius Schulhof
Stella Schulhof
Moses Singer
Amalie Singer
Josef Singer
Aron Secemski
Luise Secemski
Otto Löwenstein
Arthur Breitbarth
Ludwig Meyerstein
[illegible] Kühnemann
Dr. Oscar Schwartz
Friedrich Margolis
Richard Dresel
Ruth Dresel
Percy Gins
" Irma
" Jaques
Flora Karliner
Herta Arndt
Paula Kühnemann
Salomon Marx
Hilde Falkenstein

Walter Michaelis
Ruth Fellner
Margot Bernstein
Dr. Adler
Günther Skotzka
[illegible] Dawidowski
Simons [illegible]
Vali [illegible]
Rosa [illegible]
Ruth [illegible]
Oz. Landstein
Kurt Schloss
Hugo Israel
Dr. Fritz Eisner
Alice Meyerstein
Dr. Arthur Kassel
Felix Weil
Vali Spitz
Josef Spitz
Erich Spitz
Dr. Arthur Arndt
Georg Moses
Lina Cohn
Friedmichen Weisel
Gisa Löwy
3

Martin Rothmann
Carl Alexander & Braun
Fritz Gotthelf & Frau
Max Norbert Lichtenstein
Dr Georg Maining
Herbert Brüch
Herbert Marcuse & Frau
Walter Grevey
Arthur Blaut
Alfred Heldenmuth + Frau
Gustav Kahn & Frau
Max Franz
Regina Freiberg u. Töchter
Frau Ida Edelstein
Günter Rothholz
Theodor Max
Familie Ernst Silberstein
Frau Johanna Lindau
Familie Adolf Goldschmidt
Familie Josef Turkowitz
Josef Oppenheimer
Frau Lilly Joseph

Rudolf Ball
Dr Heinemann
Heinz Rosenbe[illegible]
Ernst Weil
Wilhelm [illegible]
Siegfried + Else Schott
Dr. Ernst Löwenstein & Frau
A. Wolff
Albert Schwarzer
Resi Schwarzer
Siegf. Rosenzweig
Emil Plumenowsky
Dr [illegible]
Bruno Schulz
Gustav Weil
Siegbert Seligmann
Adolf Hass[illegible]

Max u. Fritzi Schlesinger
Lilli Huber
Walther Fuchs-Marx
Anna Fuchs-Marx
Lea Sietz.
[illegible]
Kurt Levin
[illegible]
Hermann [illegible]
Benjamin Gelband
Chana Gelband
Idel Grossmann
Helene Grossmann
Friedrich Grossmann
Nathan Haber
Sally Guttmann
Maja Knepel
Gisela Knepel
Sonja Knepel
[illegible]
Klara Marx
Julius Weil
Klara Weil
Willy Baer
Susanne Weil

Bertha Ackermann
Lieselotte Arndt.
[illegible]
Hermine Obstfeld
[illegible]
Paula Oberndorfer
[illegible] Weil
Anneliese Weil
Ingeborg Suse Weil
[illegible]
Helmut [illegible]
und Frau Ruth Guttmann
Herbert Glass
[illegible]
Eva Rothschild.
Berthold Adler
Robert Hesse
Fritz Haendler
Josef u. Grete Guttmann
Helga Guttmann
Harry Guttmann

9

Hermann Riesenburger
Georg Cohn u. Frau
Johanna ...
... Rosenthal u. Frau
Sara Cohn
Dr. H. Borchardt u. Frau
Dr. Schönemann Gertrud Schönemann
Berthold Weil
Westheimer Frau
Alfred Beifus
Emma Beifus
Hermann Strauss.
Moritz Frank u. Familie
Selig Rosenberg
Louis Rosenberg
Frau Recha Rosenberg
Moritz Lederer u. Frau
Olga Koch u. Hans Otto Koch.
Aron Einhorn u. Frau
Dr. Ira Finkelstein
Dr. Fritz ...mann
Frau Gusti Collin
Betty Unger
Max Czerninski u. Frau
Ernst Philippi & Familie
Thea Freund u. Kracker

Emma ... Hoffmann
Dr. Heinrich ... u. Fr.
Max Hirsch u. Frau
Herma Liepmann
Herbert Liepmann
Philipp Banemann u.
Erwin Rothschild
... Grant
Moritz Grant
Adolf ...
Anna Aber...
... Grunik
Hermann Gruber
Gisella Gruber
Max Gruber
Alex Gruber
Kurt Stein u.
Frau Betty Schlös...
Frau ... Opp...
Max ...
... Dyrdeich
Harry Fischler
... Fischler
Etty Gamb...
Karl Silz...
Leontine Silzer
Fela Lauchtler
Hilde Levin 3 Kr.
Ernst Ostroda
Gisela Altfam...

[illegible]

Fritz Neufeld

Dr. Walter Cohn

Sofi Aron

Emil Klein

Georg Nathanson und Frau

Leopold Weiss

Blanka Brenner

[illegible]

[illegible]

...ppel

...öppel u. Familie

...ed Aron

... Greve u. Familie

...t Manasse u. Fam.

...a Bianca Bak

Josef Kaliàr

Berthold Rothholz

[illegible]

...ef Klar u. Familie

Georg Haendler

Amalia Haendler

Levi Birnbaum

...rthold [illegible]

Blanka Tridel

...le u. Margot Keyser

Leopold [illegible]

Rita Goldstein

Marie Hirschler
Siegf. Rosenzweig
Karl Löwenstein
Addi Löwenstein
Julius Bernstein
Paul Kohn
[illegible]
Joseph Neufeld
Lydia Adler
Abraham Sprig & Frau
Erich Grünbaum
Leo Wartelski
Anton Haas
Roder Elisabeth
Hirsch Hermann
Grete Stein
[illegible]
[illegible]

Erich Stein
Henriette Schap…
Julius Schap…
Henriette Altse…
Selma u. Karli Ha…
[illegible]
Max [illegible]
Adele do
[illegible] do
Charlotte Müh…
Jacob Wolfen…
Rosa Rosenta…
Kurt Feuerstein
Thea Feuerstein
Renate [illegible]
Gert Lebenstein
[illegible]
Karl Opler
Rose Guttman
Max Falkenst…
Julius Weinsberg
Regina Hirsch…

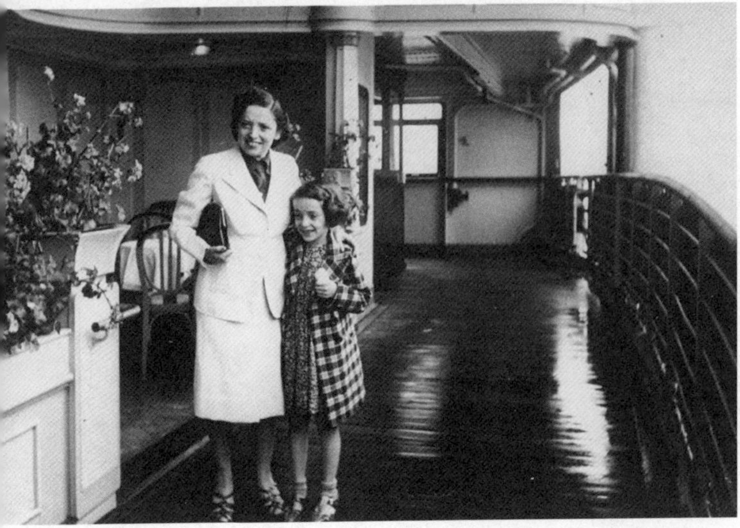

▲安娜・瑪麗亞（卡門）・戈登（Ana Maria Karman Gordon）與母親席朵妮（Sidonie）在甲板上合影，一九三九年五月。（照片擁有人：安娜・瑪麗亞・戈登）

▶愛莉・侯廷南（Elly Reutlinger）與九歲女兒荷娜特（Renate）於船上餐廳合影。（美國大屠殺紀念博物館提供。照片擁有人：荷娜特・侯廷南・布雷斯羅〔Renate Reutlinger Breslow〕）

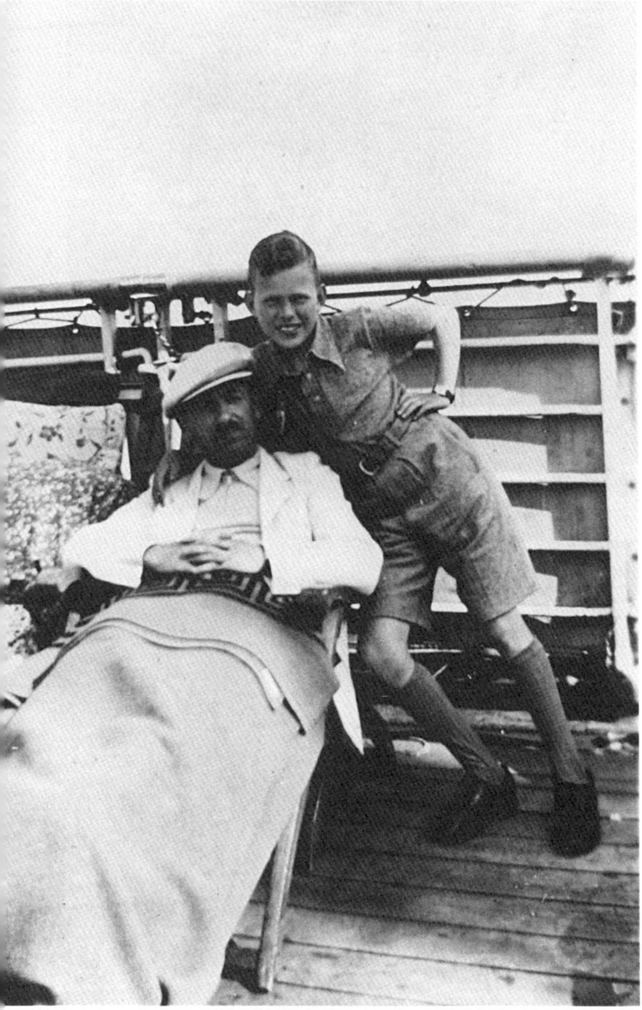

◀赫伯特・加林那（Herbert Karliner）與父親猶瑟夫（Joseph）於甲板合影。加林那家族中，只有赫伯特與哥哥華特（Walter，未出現於照片中）兩人在戰爭中倖存，並於一九四六年移民美國。（美國大屠殺紀念博物館提供。照片擁有人：赫伯特・加林那與薇拉・加林那〔Vera Karliner〕）

▲照片前排由左至右：伊爾莎 · 加林那（Ilse Karliner）、荷莎 · 古特曼（Rose Guttman）、亨利 · 戈史坦（葛蘭特） Henry Goldstein （Gallant）、哈利 · 古特曼（Harry Guttman）。後排右方：阿爾福德 · 亞倫（Alfred Aron）與蘇菲 · 亞倫（Sophie Aron）。（美國大屠殺紀念博物館提供。照片擁有人：赫伯特 · 加林那與薇拉 · 加林那）

◀從左到右：德國猶太難民，柯普（Koeppel）一家人：俄姆賈德（Irmgard）、尤瑟夫（Josef）、亞可伯（Jakob）、尤蒂斯（Judith）。俄姆賈德與尤瑟夫後來於集中營中過世。尤蒂斯則被送到美國，與叔叔和嬸嬸同住。（美國大屠殺紀念博物館提供。照片擁有人：茱蒂絲・柯普・史提爾〔Judith Koeppel Steel〕）

▼聖路易斯號船長古斯塔夫．斯羅德（Gustav Schröder）。（美國大屠殺紀念博物館提供。照片擁有人：赫伯特．加林那與薇拉．加林那）

▲猶太難民兒童團體照。照片中成員有艾芙琳・克萊恩（Evelyn Klein，後排中）、赫伯特・加林那（前排左）、華特・加林那（前排左二）與哈利・福爾德（Harry Fuld，前排最右）。克萊恩一家獲准登陸古巴。（美國大屠殺紀念博物館提供。照片擁有人：唐・歐特曼［Don Altman］）

▶聖路易斯號船上乘客。(美國大屠殺紀念博物館提供。照片擁有人:黎安・萊夫里爾博士[Liane Reif—Lehrer])

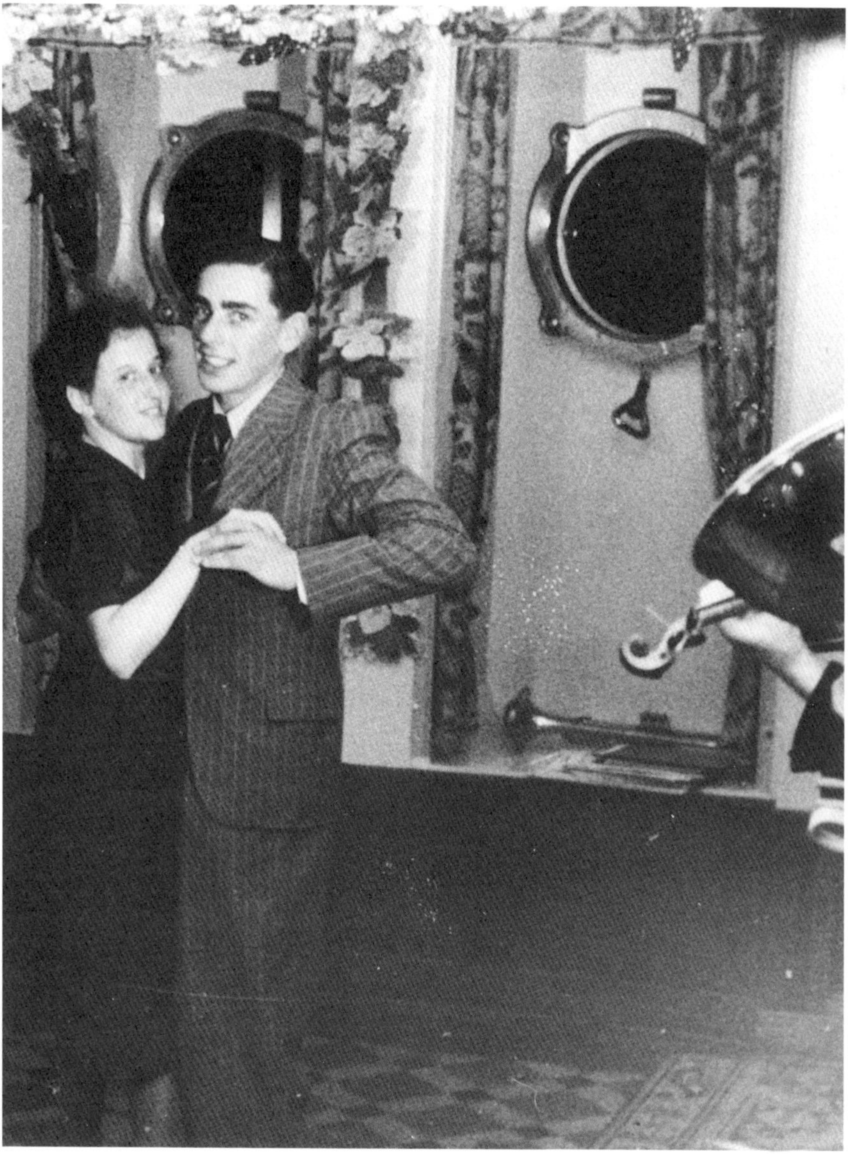

▲弗里茲・巴夫（Fritz Buff，現稱弗萊德［Fred Buff］）與薇拉・赫斯（Vera Hess）於舞廳共舞。弗里茲於比利時登船，之後於一九四〇年成功抵達紐約。（美國大屠殺紀念博物館提供。照片擁有人：弗萊德・巴夫）

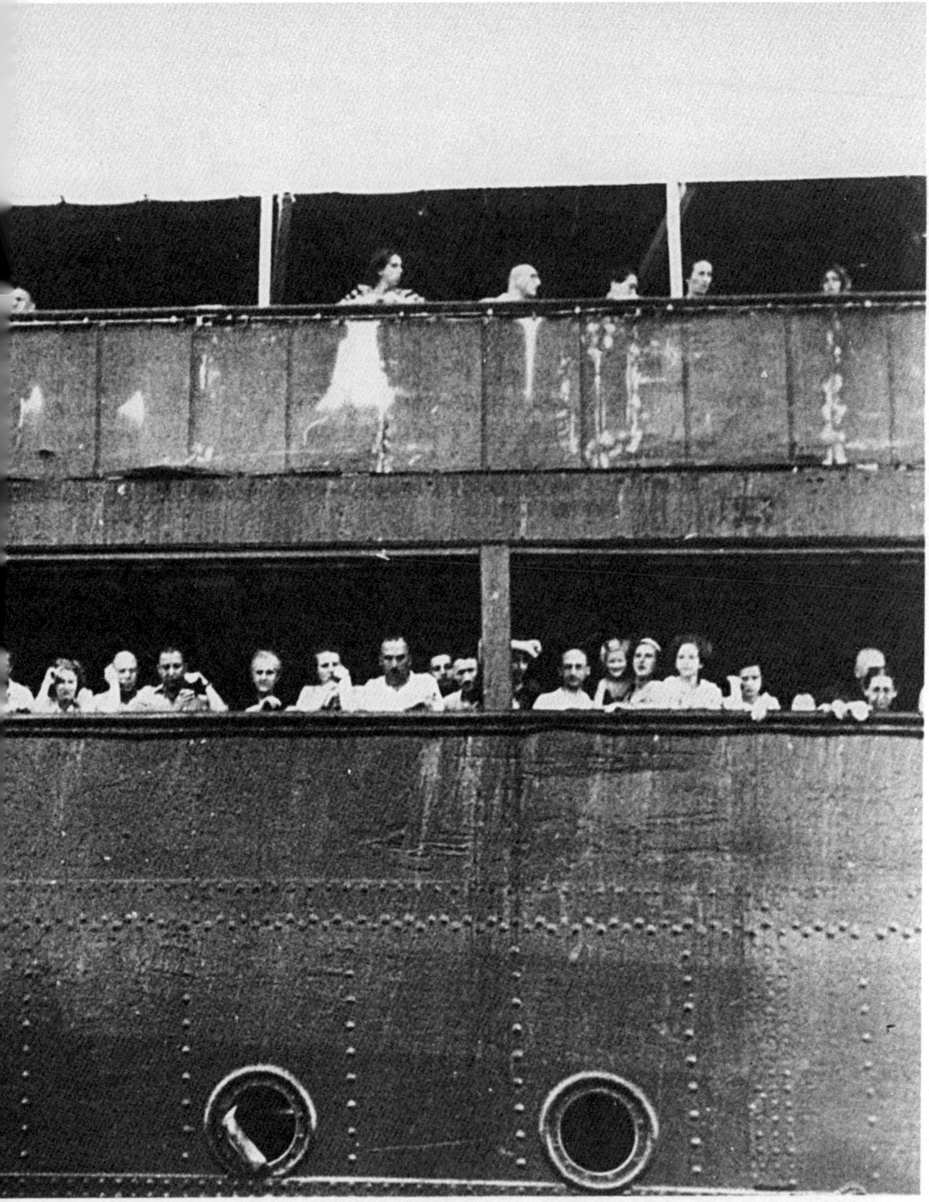

▶在古巴的親友獲准划著小艇，接近停泊的聖路易斯號，船上乘客試著與親友對話。（美國大屠殺紀念博物館提供。照片擁有人：大學公園市國家檔案與紀錄管理局）

NON STOP 書系

德國女孩

THE GERMAN GIRL

作者　阿曼多・盧卡斯・科雷亞
　　　Armando Lucas Correa
翻譯　簡萓靚
編輯　李　潔
封面設計　賴佳韋工作室
內文編排　張家榕
行銷　劉安綺
發行人　林聖修

出版　啓明出版事業股份有限公司
地址　台北市敦化南路二段 59 號 5 樓
電話　02-2708-8351
傳真　03-516-7251
網站　www.chimingpublishing.com
服務信箱　service@chimingpublishing.com

法律顧問　北辰著作權事務所
印刷　漾格科技股份有限公司

總經銷　紅螞蟻圖書有限公司
地址　台北市內湖區舊宗路二段 121 巷 19 號
電話　02-2795-3656
傳真　02-2795-4100

初版　2018 年 11 月 30 日
ISBN　978-986-96532-9-9
定價　NT$420　HK$125

國家圖書館出版品預行編目（CIP）資料
德國女孩 / 阿曼多・盧卡斯・科雷亞 (Armando Lucas Correa) 作 ; 簡萓靚譯
. -- 初版 . -- 臺北市 : 啟明 , 2018.11
416 面 ; 14.8x21 公分
譯自 : The German girl
ISBN 978-986-96532-9-9（平裝）

874.57　　107017530
